한국의 전승 민화
韓国の伝承民話

한국의 전승 민화

2025년 12월 12일 초판 1쇄 인쇄 발행

역자	박영무
이메일	happyworld42@naver.com
휴대폰	010-3230-7161
팩스	031-262-7161
Mobile	+82-10-3230-7161
Fax	+82-31-262-7161
펴낸이	박종래
펴낸곳	도서출판 명성서림

등록번호	301-2014-013
주소	04625 서울시 중구 필동로 6 (2, 3층)
대표전화	02)2277-2800
팩스	02)2277-8945
이메일	msprint8944@naver.com

값 37,000원

ISBN 979-11-7439-069-1

韓国の伝承民話

2025年 12月 12日 初版第1刷発行

訳者	朴永茂
メール	happyworld42@naver.com
Mobile	010-3230-7161
FAX	031-262-7161
Mobile	+82-10-3230-7161
FAX	+82-31-262-7161
出版者	朴鍾來
出版社	図書出版 明成書林

登録番号	301-2014-013
〒04625	ソウル特別市中区筆洞路6(2、3階)
代表電話	02-2277-2800
ファクス	02-2277-8945
メール	msprint8944@naver.com

値段 37,000ウォン

ISBN 979-11-7439-069-1

지혜와 해학이 담긴 우리의 전해 내려오는 옛날 이야기!!

(知恵とユーモアが込められた、私たちに伝わる昔話)

한국의 전승 민화
韓国の伝承民話

역 박영무(訳 朴永茂)

일본과 코리아의 월간지 게재문(日本とユリアの月刊誌に掲載文)

「삽화 회원 마쓰자끼 나오코(挿絵 会員 松崎直子)」

도서출판 명성서림
圖書出版 明成書林

出版に臨んで
출판에 임하여

「知恵とユーモア (諧謔)」が込められた『韓国の伝承民話』を日本語原文と韓国語翻訳文で編纂するにあたって...

ある時、日本で発刊されている月刊誌『日本とユリア』にて昔から伝えられてきた「韓国の伝承」が日本語に翻訳されている連載物に偶然出会いました。

2006年2月、約3か月間、日本を訪問し活動している際、市民団体の集まりで『日本とユリア』代表の堀田広治(ほりたひろじ) 先生と出会い、交流を続けてきました。その過程で『日本とユリア』で毎月掲載されている「韓国の伝承」に深い興味を持つようになりました。

日本語の勉強も兼ねて、辞書などを頼りに翻訳を試みした当時、伝承の神話や伝説、昔話の中に我ら祖先の「知恵とユーモア(諧謔)」、人生の「喜怒哀楽」がその

「지혜와 유머(해학)」가 담긴 「한국의 전승민화」를 일본어 원문과 한국어 번역문으로 함께 역는 과정에서...

어느 날 일본에서 발간되는 월간지 「일본과 코리아」를 통해 오랜 세월 전해 내려온 「한국의 전승」이 일본어로 번역되어 연재되고 있는 것을 우연히 접하게 되었습니다.

2006년 2월 약 3개월간 일본을 방문하여 활동하던 중 시민단체 모임에서 『일본과 코리아』의 대표인 호리타 히로지(堀田広治) 선생님을 만나 교류를 이어오게 되었습니다. 그 인연을 계기로 『일본과 코리아』에 매달 게재되고 있는 「한국의 전승」에 깊은 관심과 애정을 갖게 되었습니다.

일본어 공부를 겸하여 사전 등을 참고하며 번역을 시도하던 당시, 전승 속의 신화와 전설, 옛날이야기 안에 우리 조상들의 「지혜와 유머(해학)」, 그리고

4

まま込められていることを改めて実感しました。

幼少期、父がしつけの一環として聞かせてくれた「高麗葬」や「蒸し豚肉を背負って」などの昔話も掲載されており、忘れていた貴重な教えを再び思い起こすことができました。私は、このように祖先の知恵を受け継ぎ、今日の韓国が世界の中で経済と文化の花を咲かせる礎となったと信じています。

現在、学生たちは英語、日本語、中国語はもちろんのこと、様々な外国語を学んでおり、男女や年齢を問わず趣味で外国語を勉強する人も増えています。

しかし、国内の書店で『韓国の伝説』や関連書籍を探してみても、1冊も探すことができず非常に残念に感じました。結局、日本の知人を通じて「朝鮮の民話」、「民話で知る韓国」など出版社ごとにそれぞれ異なる、本9冊を苦心して購入するほかありませんでした。日本はやはり、読書王国であることを痛感しました。

その後、長い間考えました。
どうすれば祖先の「知恵とユーモア(諧

인생의 「희로애락」이 고스란히 담겨 있음을 새삼 실감하였습니다.

어린 시절 아버지께서 훈육의 일환으로 들려주셨던 「고려장」이나 「삶은 돼지고기를 등에 메고」와 같은 옛이야기들도 실려 있어, 잊고 지냈던 귀한 가르침을 다시금 떠올릴 수 있었습니다. 저는 이러한 조상들의 지혜가 이어져 오늘날 한국이 세계 속에서 경제와 문화의 꽃을 피우는 초석이 되었다고 믿습니다.

현재 학생들은 영어, 일본어, 중국어를 비롯하여 다양한 외국어를 배우고 있으며 남녀노소를 불문하고 취미로 외국어를 공부하는 사람들도 점점 늘고 있습니다.

하지만 국내 서점에서 『한국의 전설』이나 관련 서적을 찾아보아도 한 권의 책 조차 발견할 수 없어 매우 안타까웠습니다. 결국 일본의 지인을 통해 「조선의 민화」 「민화로 아는 한국」등 출판사마다 각기 다른 아홉권의 책을 어렵게 구입할 수밖에 없었습니다. 이때 일본이야말로 진정한 독서의 나라임을 실감 했습니다.

그 후 오랫동안 고민했습니다.
어떻게 하면 조상들의 「지혜와 유머

諺)」が込められた民話」を後世に継承し伝えることができるのか？

私は、まず『日本とユリア』に連載された「韓国の伝承」をもとに、日本語原文と韓国語翻訳文を「左右対称」に掲載した書籍を出刊することにしました。

これにより、ハングルを読める学生だけでなく、日本語学ぶ人々も役立ち、伝承の神話や伝説、昔話などで民話の味わいを感じながら外国語学習効果も高まることを期待します。

『韓国の民話伝説』の著者が言ったように、
「テレビが、家族団欒の中心となることで、私たちはおばあさんの膝に寄り添って聞いた昔話や囲炉裏端の会話さえも忘れてしまった。」という言葉は、まさに今日の現実を反映しています。ましてやスマホと人工知能（AI）の時代を迎え、世の中は、目覚ましく速く変わっています。

この本が、学生や多様な読者たちに広く読まれ、祖先の「知恵とユーモア(諧謔)」、そして人生の喜怒哀楽が込められ

(해학)가 담긴 민화를 후세에 전하고 계승할 수 있을까?

저는 우선 「일본과 코리아」에 연재된 「한국의 전승」을 바탕으로 일본어 원문과 한국어 번역문을 「좌우 대칭」으로 게재한 서적을 출간하기로 하였습니다.

이를 통해 한글을 읽을 수 있는 학생뿐만 아니라 일본어를 배우는 이들에게도 도움이 되고, 전승속 신화와 전설, 옛이야기에서 민화의 정취를 느끼며 외국어 학습의 효과도 함께 높아지기를 기대합니다.

『한국의 민화 전설』의 저자가 말했듯이, TV가 가족 단란의 중심이 되면서 우리는 할머니 무릎에 기대어 듣던 옛이야기나 화롯가의 대화조차 잊어버렸다.라는 말은 바로 오늘날의 현실을 반영하고 있습니다. 하물며 스마트폰과 인공지능(AI) 시대를 맞이한 지금, 세상은 눈부시게 빠르게 변화하고 있습니다.

이 책이 학생들과 다양한 독자들에게 널리 읽혀, 조상들의 「지혜와 유머(해학)」, 그리고 인생의 희로애락이 깃

た伝統文化復興の小さな礎となることを切に願います。

　最後に、この道を開いてくださった『日本とユリア』の代表堀田広治先生、あわせて、この月刊誌に貴い文章を投稿と、挿画を描いた松崎直子理事にも真心から感謝の気持をお伝え致します。

　そして、日本語の監修にご助力いただいた、日本語講座の橋本典子先生にも深く感謝を申し上げます。

　ありがとうございました。

2025年12月
翻訳者 朴 永茂(Park, Youngmu)

든 전통문화 부흥의 작은 밑거름이 되기를 간절히 바랍니다.

　마지막으로 이 길을 열어주신 『일본과 코리아』의 대표 호리타 히로지(堀田広治) 선생님을 비롯하여 귀중한 글을 투고해 주시고 삽화를 그려 주신 마츠자키 나오코(松崎直子) 이사님께 진심으로 감사의 마음을 전합니다.

　또한 일본어 감수에 도움을 주신 일본어 강좌 하시모토 노리코(橋本典子) 선생님께도 깊은 감사를 드립니다.

　감사합니다.

2025년 12월
번역자 박 영무(Park, Youngmu)

訳者紹介
번역자 소개

박 영무(朴 永茂)

* 1942年 전라남도 무안군 무안읍 고절리 2구 출생
  (全羅南道 務安郡 務安邑 高節里 二區 出生)

호리다 히로지(堀田博治)

* 「일본과 코리아 협회 후쿠오까(福岡)」 월간지 발행 대표
  (「日本とコリア協会福岡」月刊誌発行代表)

「하카다항(博多港)귀환」(「博多港引揚」)

* 「전후의 그림엽서 사진과 귀환자 자료 사진」 책자 발간
  (「戦後の絵葉書写真と引揚者資料写真」本の発刊
* 「그로부터 73년 15명의 전후 귀환 체험기」 발간
  (「あれから73年15人の戦後引揚体験記」発刊)

마츠자키 나오코(松崎直子)

* 전후 한국에서 하카다항(博多港)귀환
  (戦後、韓国で博多港引揚)
* 「일본과 코리아 협회 후쿠오까(福岡)」 이사
  (「日本とコリア協会福岡」理事)
* 「한국의 전설」문 기고 및 삽화를 그림
  (「韓国の伝承」文の寄稿及び挿絵描く)

하시모도 노리코(橋本典子)

* 한국의 「기업체 및 문화센타」에서 일본어 강사
  (韓国の「企業及び文化センター」で日本語講師)

8

目次

01. 山鳥の恩返し「산 새의 은혜 갚음」 12

02. 鶏の値段とエサの値段「닭값과 사료값」 16

03. 乾坤二竜「하늘과 땅, 두 마리 용」 20

04. 李さんの妻「이씨의 아내」 24

05. 蒸し豚を背負って「삶은 돼지고기를 등에 짊어지고」 28

06. 覚皇殿の由来「각황전의 유래」 32

07. 金剛山の明鏡台「금강산의 명경대」 36

08. 犬に生まれ変わった母「개로 환생한 어머니」 40

09. ヤンバンの災難「양반의 재난」 44

10. 鹿を助けたチョンガ-「사슴을 도운 총각」 48

11. 雨乞い伝説鉄山の竜女「기우제 전설 철산의 용녀」 52

12. 落し穴に落ちたトラ「구렁텅이에 빠진 호랑이」 56

13. 兄妹岩「남매 바위」 60

14. 敵討ち「원수를 갚음」 64

15. 話をするヤギ「말을 하는 염소」 68

16. 生きて鎮川(チンチョン), 死んで竜仁(ヨンイン) 72

「살아서는 진천, 죽어서는 용인」

17. 砂の帆柱「모래 돛대」 76

18. 平壌カムサの愛人「평양 감사의 애인」 80

19. 貞操の木「정조 나무」 84

20. 虎女「호랑이 여인」 88

21. 知恵多い美女「지혜 많은 미녀」 92

22. 人を喰う大蛇「사람을 잡아먹는 이무기」 96

23. チョンガ―の知恵「총각의 지혜」 100

24. 三兄弟岩「삼형제 바위」 104

25. 虎の母性愛「호랑이의 모성애」 108

26. 前世の願い「전생의 소원」 112

27. 大きな梅桃(ゆすら)「큰 앵두(유스라)」 116

28. くしゃみをした石仏「재채기를 한 돌부처」 120

29. 高麗葬「고려장」 124

30. 愚かな婿 2話「어리석은 사위 두 가지 이야기」 128

31. 大蛇 2話, カササギと大蛇 132
　　「이무기의 두 가지 이야기, 까치와 이무기」

32. ネギを植えた人「파를 심은 사람」 136

33. キジとハトとカササギ「꿩과 비들기와 까치」 140

34. 合図の旗「신호의 깃발」 144

35. ロバの卵「당나귀의 알」 148

36. 坊さんと牛商人「스님과 소(牛)장사」 152

37. 姿を盗まれた話「모습을 도둑맞은 이야기」 156

38. トッケビのシルム「도깨비의 씨름」 160

39. 鹿足のお母さん「사슴 발의 어머니」   164

40. 鳳仙花哀歌「봉선화의 슬픈 노래」   168

41. トラとウサギ「호랑이와 토끼」   172

42. 地球の始まる頃・三話   176

　　「지구가 시작될 무렵・세 가지 이야기」

43. 一日でしらが頭「하루 만에 백발머리」   180

44. 塩売りの息子「소금 장수의 아들」   184

45. 嫁さがし「며느리 찾기」   188

46. しんぼう3年「참고 견딘 3년」   192

47. 米の減らないパガジ「쌀이 줄지 않는 바가지」   196

48. 大同江の流れを変えた男   200

　　「대동강의 물 흐름을 바꾼 남자」

49. 上手なお裁き「훌륭한 심판」   204

50. もぐら「두더지」   208

01

山鳥の恩返し
(산 새의 은혜 갚음)

ある片田舎に一人息子と暮らしている寡婦がいた。寡婦は息子に勉強させなければ、と意を決して山を越え李先生の家に行き、事情を話して息子の勉強を見てもらうことにした。

息子は毎日毎日山を越えて李先生のところまで勉強に通った。息子は頭がよく、ほかの子の何倍もよくできるので、李先生にもかわいがられた。

数年が過ぎ立派な若者になった息子は、その日も勉強に行く途中、道端で大きな蛇が山鳥の子を捕まえて飲もうとしているのを見た。上では母鳥が身もだえて、飛び回っていた。それに気づいた若者はとっさに石で蛇を殺して小鳥を助け、先生の家に行った。

来る途中たまたま遭遇したことを先生に話すと、先生は「次からは、何かことが起これば私に尋ねてから行動しなさい」と言われ、続けて、山に棲むどんなけだものも年を経れば化けるが、蛇は化けても舌はそのまま二つに分かれていると教えてくださった。

어느 외딴 시골 마을에 외아들과 살고있는 과부가 있었다. 과부는 아들에게 공부를 시켜야겠다고 마음을 먹고 산을 넘어 이 선생의 집에 가서 사정을 이야기하고 아들의 공부를 돌봐 주기로 했다.

아들은 매일 매일 산을 넘어서 이 선생이 계신 곳 까지 공부를 하러 다녔다. 아들은 머리가 좋고 다른 아이들보다 몇 배나 잘하기 때문에 이 선생님한테도 귀여움을 받았다.

여러해가 지나 훌륭한 젊은이가 된 아들은 그날도 공부하러 가는 도중에, 길가에서 큰 이무기가 산새의 새끼를 잡아먹으려 하는 것을 보았다. 위에서는 어미 새가 몸부림치고 날아돌고 있었다. 그것을 눈치챈 젊은이는 순간 돌로 뱀을 죽이고 작은 새를 구해준 후 선생님 집으로 갔다.

오는 도중에 우연히 만났던 일을 선생님께 말씀드리자 선생님은 「다음부터는 무슨 일이 생기면 나에게 물어보고 행동하라」라고 하시며 이윽고 산에 사는 어떤 짐승도 나이가 들면 둔갑하지만, 뱀은 둔갑해도 혀는 그대로 둘로 갈라져 있다고 가르쳐 주셨다.

若者は山を越え
て川を渡ろうとする
と、美しい乙女が川
辺で洗濯をしてい
た。若者は先生の言
葉を思い出してそれ
を見ないようにして
家へ帰った。しかし
どうしたことか、そ
の夜からあの乙女のことがしきりに思い
出されるようになり、それからは毎日通
う山越の道の川辺に姿を見せる乙女に、
ある日先生の訓戒も忘れて声をかけた。
そしてたちまち恋のとりこになってしま
った。

次の日、塾へ行くと先生は鋭く察知し
て、つまらない気持ちは捨てなければな
らないと叱ったが、その言葉が耳に入る
わけがなかった。

ある日、乙女はしきりに自分の家に行
こうと誘った。風雅な部屋で向かい合っ
て話しているうちに、乙女の舌が二つに
分かれているのに気づいたが、抗いきれ
ず若者はそこの布団に横になって眠って
しまった。

夢うつつのうちに息苦しさを感じて目
を開けると、大蛇が自分の頭を一飲みに

젊은이는 산을
넘어 강을 건너려
고 하자 아름다운
처녀가 강가에서
빨래를 하고 있었다.
젊은이는 선생님의
말씀이 떠올라 그
것을 보지 않으려
고 집으로 돌아갔
다. 그런데 어찌된
일인지, 그날 밤부터 처녀의 일이 자꾸
만 떠오르게 되었고, 그리고는 매일 다
니는 산넘어 길 강가에 모습을 보이는
처녀에게 어느 날 선생님의 훈계도 잊
은 채 말을 걸었다. 그리고 순식간에 사
랑의 포로가 되고 말았다.

다음날 서당에 가자 선생님은 예리
하게 알아채시고는 쓸데없는 마음은 버
리지 않으면 안 된다고 꾸짖었지만 그
말이 귀에 들어올 리가 없었다.

어느 날 처녀는 자꾸만 자기 집에 가
자고 졸랐다. 멋스러운 분위기 좋은 방
에서 서로 마주 앉아 이야기하고 있는
동안에 처녀의 혀가 둘로 갈라져 있는
것을 눈치챘지만, 거부하지 못하고 젊
은이는 그곳의 이불에 누워 잠들어 버
렸다.

꿈결에 답답함을 느껴 눈을 떠보니
이무기가 자기의 머리를 한입에 삼키려

しようと口を開けており、体は蛇にぐる
ぐる巻きにされていた。若者がもがき苦
しんでいると、蛇は「私はあの時お前が
殺した大蛇の妻だ。亭主の恨みを晴らし
てやる。われわれ夫婦は、後ろにぶら下
がっている鐘が三度鳴りさえすれば、龍
になって天に昇るところだったが、鐘が
鳴らないのでここにとどまっていて、運
悪くお前の手で亭主が殺されてしまった
のだ。今でも後ろの鐘が鳴れば私は龍に
なって天に昇っていけるのに」と言い終
わらないうちに、後ろの鐘が「カーン」と
一度鳴った。

　すると蛇は首を震わせて、若者の体を
ゆっくりと解き始めた。続けざまに鐘が
二度鳴った。蛇は龍になって天へ昇って
行き、若者は命拾いをした。

　若者が正気を取り戻してみると、一本
のクヌギの木の下にいた。すぐそばの鐘
の音がしたところへ行ってみると、鐘が
下がっているその下には、一羽の小さな
山鳥が死んでいた。若者を救うために山
鳥は頭をくだきながら必死に鐘を三度鳴
らたのだ。若者は深く頭をたれ、山鳥の
なきがらを山道のかたわらに、丁寧に葬
ってやった。

고 입을 벌리고 있었고, 몸은 뱀에게 칭
칭 감겨져 있었다. 젊은이가 몸부림치
며 괴로워하자 뱀은 「나는 그때 네가 죽
인 이무기의 아내다. 남편의 원한을 풀
어 줄 거다, 우리 부부는 뒤에 매달려
있는 종이 세번 울리기만 하면 용이 되
어 하늘로 오를 참이었지만, 종이 울리
지 않아서 여기에 머물고 있다가 운 나
쁘게 네 손에 남편이 살해당하고 말았
던것이다. 지금이라도 뒤편의 종이 울
리면 나는 용이 되어서 하늘로 올라갈
수 있을 텐데」라고 하는 말이 끝나기도
전에 뒤의 종이 「쾅~」 하고 한번 울렸
다.

　그러자 뱀은 고개를 떨며 젊은이의
몸을 천천히 풀기 시작했다. 연달아 종
이 두 번 울리자 뱀은 용이 되어 하늘로
올라갔고 젊은이는 목숨을 건졌다.

　젊은이가 정신을 차려 보니 한 그루
의 참나무 밑에 있었다. 바로 옆에서 종
소리가 났던 곳으로 가보니 종이 걸려
있는 그 아래에는 한 마리의 작은 산새
가 죽어있었다. 젊은이를 구하기 위해
산새는 머리를 부딪쳐 필사적으로 종을
세 번 울린 것이다. 젊은이는 깊이 머리
를 숙여 묵념하고 죽은 산새를 산길 옆
에 정성껏 묻어 주었다.

それからは元の真面目な若者に戻り、また李先生のところへ通い、落ち着いて勉学に励むようになった。やがて科挙を受けて首席合格をした。そして郡主になり農民たちをよく治めた。頭のよい若者は、自分の母親や李先生ばかりでなく、山鳥の母からも深く学んだのである。

-終り-

그리고 나서는 원래의 성실한 젊은이로 돌아와 다시 이 선생님의 거처에 다니며, 침착하게 공부에 힘쓰게 되었다. 이윽고 과거시험을 치르고 수석합격을 했다. 그리고 군수가 되어 농민들을 잘 다스렸다. 머리 좋은 젊은이는 자기의 어머니와 이 선생님뿐만이 아니라, 산새의 어미로부터도 깊이 배웠던 것이다. -끝-

MEMO

_____
_____
_____
_____
_____
_____
_____
_____
_____
_____
_____
_____

本稿（日本語と挿絵を含む）は、「日本とユリア協会・福岡」の月刊誌（2006~2013年）に掲載されたものである。
「본 원고(일본어와 삽화 포함)는 「일본과 코리아 협회 · 후쿠오카(福岡)」의 월간지(2006~2013년)에 게재된 것임」

15

02

鶏の値段とエサの値段
(닭값과 사료값)

昔、ある村に欲張りな長者のお爺さんがいた。お爺さんは土地を沢山持っていて、貧しい農夫に田んぼを貸していた。秋の取り入れが終わると、半分以上の米を持って行った。だから農夫たちは腰が曲がるほど働いても、残るものはほとんどなかった。

ある年のこと、農夫たちは長者のお爺さんの屋敷の庭で豆の脱穀をした。自分の家では庭が狭くて脱穀しにくかったので、庭の広い長者の屋敷でやっていた。脱穀棒で枝についた豆をたたいて豆穀を取るのだった。

丁度その時、ひよこが一羽ちょこちょこ歩いていたが、運の悪いことに農夫の脱穀棒に当たって死んでしまった。

欲張りお爺さんがそれを見て、放っておくわけがなかった。

「こいつ、お前のせいでうちのひよこが死んだんだ。今すぐひよこを弁償し

옛날 어느 마을에 욕심 많은 부자 할아버지가 있었다. 할아버지는 토지를 많이 갖고 있어서 가난한 농부에게 논을 빌려주고 있었다. 가을걷이가 끝나면 절반 이상의 쌀을 가져갔다. 그래서 농부들은 허리가 휘어질 정도로 일을 해도 남는 것은 거의 없었다.

어느 해의 일이다, 농부들은 부자 할아버지의 저택 마당에서 콩 탈곡을 했다. 자기 집에서는 마당이 좁아서 탈곡하기가 어려워서 마당이 넓은 부자의 저택에서 하고 있었다. 탈곡봉으로 가지에 붙은 콩을 두드려 콩알을 따내는 것이었다.

마침 그때 병아리 한 마리가 쪼르르 걷고 있었지만 운 나쁘게 농부의 탈곡봉에 맞아 죽고 말았다.

욕심쟁이 할아버지가 그것을 보고 가만둘 리가 없었다.

「이봐요, 당신 때문에 우리 병아리가 죽었어요. 지금 바로 병아리를 변상

ろ」「へい。そりゃあもう、お払い致します。で、いかほどですか」「15両もらおう」「えっ、何ですって。小さなひよこに15両も払えとおっしゃるんですか」「あれは今は小さいが、来年の春に立派な鶏になるだろう。大きな鶏の値段で15両もらおう」

　農夫はお爺さんの話を聞いてあきれはてた。これは無理やり人の金を奪い取ろうとするものだ。「それは払えません」といった。「払え」「払えない」と言い争って、とうとう二人はその地方の郡守様の所に行って、郡守様にお裁きをしていただきたいと願い出た。

　「この男が私のひよこを殺しておいて、弁償はできないと言います。こんなことがどこにありましょうか」「小さなひよこの値段として15両くれと言われました。こんなでたらめがどこにありますか」

　こう訴えると、黙って聞いていた郡守様がお爺さんにたずねた。「ひよこの値段がどうしてそんなに高いのか」「私の家のひよこは、貧乏人のひよことはわけが違いまして、毎日もち米を1合ずつ食べ

해요」「예. 그럼 곧 지불 하겠습니다. 그런데 얼마입니까」「15량 받아야 해요」「엣, 뭐라구요. 작은 병아리를 15량이나 내라는 겁니까」「저것은 지금은 작지만 내년 봄에는 훌륭한 닭이 될 거예요. 큰 닭값으로 15량을 받아야 해요」

　농부는 할아버지 이야기를 듣고 어이가 없었다. 이것은 억지로 남의 돈을 빼앗으려는 것이었다. 「그것은 지불할 수 없습니다」라고 했다. 「지불해요」「지불할 수 없어요」라고 다투다가 마침내 두 사람은 그 지방의 군수님이 계신 곳으로 가서 군수님께 심판을 해달라고 청원을 냈다.

　「이 남자가 나의 병아리를 죽여 놓고 변상은 할 수 없다고 합니다. 이런 일이 어디에 있을까요」 작은 병아리 값으로 「15량을 달라고 했습니다. 이런 엉터리가 어디 있습니까」

　이렇게 호소하자 잠자코 듣고 있던 군수님이 할아버지께 물었다. 「병아리 값이 어떻게 해서 그렇게 비싼 것입니까」「나의 집 병아리들은 가난한 사람의 병아리들과는 사정이 달라서 매일

させております。来年の春にはガチョウほどの大きい鶏になります。当然、大きな鶏の値段で賠償してもらいます。」

群守様はその言葉を聞いて膝をたたいた。
「聞くと老人の言葉は正しいので、農夫は直ちに15両を支払え」

農夫は悔しくてたまらなかったが、郡守様のお裁きなのでどうしようもなかった。"泣きながら辛子を食べる"の諺通り、農夫はお爺さんに15両渡した。それを見ていた郡守が、またお爺さんにたずねた。「ひよこに毎日もち米を1合ずつやると、来年の春までにどれほどのもち米がいるのか」「ざっとひとカマ二牛でございます」郡守はその言葉を聞いて、また膝をたたいた。

「そうじゃ、その方はひよこがしんだおかげで、もち米ひとカマス半の金を余計に稼いだことになるな。これはすべてひよこを殺した農夫のおかげじゃ。もち米分の金15両を農夫に渡すようにいたせ」こうしてお裁きは終わった。

참쌀을 한 홉씩 먹이고 있습니다. 내년 봄에는 거위만큼 큰 닭이 됩니다. 당연히 큰 닭값으로 변상을 받습니다」

군수님은 그 말을 듣고 무릎을 쳤다.
「듣자하니 노인의 말이 옳으니 농부는 즉시 15량을 지불하시오」

농부는 분해서 견딜 수 없었지만 군수님의 심판이라 어쩔 수 없었다. "울면서 겨자 먹기식" 이라는 속담대로 농부는 할아버지께 15량을 건넸다. 그것을 보고 있던 군수가 다시 할아버지께 물었다. 「병아리에게 매일 참쌀 한 홉씩 주면 내년 봄까지 참쌀이 얼마나 필요할까요」「대충 한 가마니 반이 필요합니다」 군수는 그 말을 듣고 다시 무릎을 쳤다.

「그럼, 그쪽은 병아리가 죽은 덕분에 참쌀 한 가마니 반의 돈을 더 번 것이 되겠군요. 이것은 다 병아리를 죽인 농부의 덕분이잖아요. 참쌀값에 해당하는 돈 15량을 농부에게 주도록 하시오」 이렇게 해서 재판은 끝났다.

理屈に合う言葉だったので、どうしようもなかった。お爺さんは農夫から受け取った15両をそっくり返した。

結局欲張ったせいで、お爺さんは1文の銭も取れなかったそうな。 -終り-

이치에 맞는 말이었기 때문에 어쩔 수 없었다. 할아버지는 농부로부터 받았던 15량을 고스란히 돌려보냈다.

결국 욕심을 부린 탓으로 할아버지는 한 푼의 돈도 못 받았다고 하네요.

-끝-

MEMO

03

乾坤二竜
(하늘과 땅, 두 마리 용)

昔、新羅の山の奥深く、木立に囲まれた小さな湖があった。訪ねる人もない淋しい湖の周りには、うっそうと木が茂り、昼なお暗い幽玄の世界だった。

近くの村では、この湖には大きな竜が棲んでいて、時おり湖上に姿を現したり、林の中を這い遊んでいると言い伝えられているが、だれひとり竜を見た者はなかった。しかし雨が降らなくて困っているときなど竜の鳴き声を聞くと雨が降ると信じていて、人々はこの林を竜林と呼び、湖を竜淵と名づけて毎年竜の祭りを行った。

この名も知れぬ小さな村に、世にも美しい2人の姉妹が住んでいた。大切に育てられた2人は、美しいだけでなく性格も姿もよく、純情可憐で村人の羨望の的だった。仲のよい姉妹はそろって年頃となり花の青春が訪れ、いつしか恋に悩むようになった。物憂げにうちしずむ日が多くなり、2人はお互いに慰めたり心配し合うようになった。

옛날 신라의 산속 깊숙한 곳에 나무 숲으로 둘러싸인 작은 호수가 있었다. 찾는 사람도 없는 외로운 호수 주변에는 울창한 나무가 우거져 낮에도 어둡고 그윽한 세계였다.

인근 마을에서는 이 호수에 큰 용이 살고 있어서 가끔 호수 위에 모습을 드러내기도 하고 숲속을 기어 다니며 놀고 있다는 말이 전해지고 있었지만 누구 한 사람 용을 본 사람은 없었다. 그러나 비가 내리지 않아 어려움이 있을 때에는 용의 우는 소리를 들으면 비가 내린다고 믿고 있어서 사람들은 이 숲을 용의 숲이라고 부르고 호수를 용못이라고 이름 붙여 매년 용의 축제를 치렀다.

이 이름도 모를 작은 마을에 세상에서도 아름다운 두 자매가 살고 있었다. 소중하게 자란 두 사람은 아름다울 뿐만 아니라 성격도 모습도 좋아 깔끔하고 순수함으로 마을 사람들의 부러움의 대상이었다. 사이좋은 자매는 모두 나이가 들면서 꽃 같은 청춘이 찾아왔고 어느새 사랑에 고민하게 되었다. 시름에 잠기는 날이 많아지면서 두 사람은 서로 위로하고 걱정하게 되었다.

「お姉様、何をそんなに考え込んでいらっしゃるの？」「いいえ、何も考えてなんかいませんよ。あなたこそ何か心配事でもあるのじゃない？正直に言いなさいよ」「お姉さまはきっと恋の病ですね。お姉さまの思っている人はどんなに素晴らしい立派な方なんでしょう」「まあ、おませな子！それでは私も当てましょうか、あなたもきっと素晴らしい男の人を思っているのでしょう。何というお方？」「まあずるい、お姉様が先におっしゃってよ」「いいえ、そちらが先」と互いに譲らず、ついに一、二の三で一緒に言うことにした。こうして一緒に告白した名前はなんと同じ1人の青年だった。2人は恥ずかしさと辛さで奈落のどん底に突き落とされた。しかし、仲のよい2人はすぐに気を取り直し、姉は妹のために、妹は姉にこの恋を譲ろうと同時に考えた。

「可愛い妹よ、私はこの恋をたった今捨てました。あなたを悲しませてごめんなさいね」「いえ、お姉さま本当に申し訳ないことをしました。何も知らなかったものですから、お姉さまの恋に邪魔したりしてすみませんでした」とお互いに詫びて、それぞれ自分の恋を締めようと努めた。こうして2人が苦悶の日々を送っ

「언니 뭘 그렇게 생각에 잠겨 있어요?」「아니야 아무 생각 같은 거 없어. 너야말로 무슨 걱정되는 일이라도 있는 것 아냐? 솔직히 말해라」「언니는 분명 사랑 병일 거예요. 언니가 생각하고 있는 사람은 틀림없이 근사하고 훌륭한 사람이겠지요」「아이구 미안해! 그럼 내가 맞힐까요 너도 분명 멋진 남자를 생각하고 있는 것이겠지. 뭐 하는 분이야?」「어머 치사해 언니가 먼저 얘기해요」「아니야, 그쪽이 먼저」라고 서로 양보하지 않고 마침내 하나 둘 셋 하고 함께 말하기로 했다. 이렇게 함께 고백한 이름은 웬지 같은 청년이었다. 두 사람은 부끄러움과 괴로움으로 나락의 구렁텅이에 빠졌다. 그러나 사이좋은 두 사람은 곧 정신을 가다듬었고 언니는 동생을 위해 동생은 언니에게 이 사랑을 양보하려고 동시에 생각했다.

「귀여운 동생아 나는 이 사랑을 방금 버렸다. 너를 슬프게 해서 미안하구나」「아뇨, 언니 정말 미안한 짓을 했습니다. 아무것도 몰랐기 때문에 언니의 사랑을 내가 방해하게 되어서 미안했습니다」라고 서로 사과하고 각각 자신의 사랑을 마무리하려고 노력했다. 이렇게 두 사람이 고민의 나날을 보내고 있을 무렵 이 평화로운 산촌에 갑자기 어수

ているころ、この平和な山村に突然あわ
ただしい警鐘が鳴り響いた。

　隣国の百済が新羅に攻め込んで来た
のだ。村の青年たちは手に手に武器を持
ち、戦場へ駆けつけた。勿論2人が心寄
せる青年もあわただしく戦場へと向かっ
た。

　2人から思いを寄せられているとも知
らずに村を出て行った青年は、やがて戦
争が終わっても村へは帰って来なかっ
た。

　心ひそかに待ちわびていた2人のもと
へ届いたこの青年の消息は、戦死という
悲しい知らせだった。2人は悲しみのあ
まりそのまままっしぐらに竜林へ駆け込
み、竜淵の岸に立った。そして、しっか
りと相抱いたまま水中に身を投げた。鏡
のように静かな碧い水は大きな波紋に破
られ、2人が深い湖底に沈んだころ元の
ように静まりかえっていった。

　竜林は新羅王朝歴代の猟場とも言わ
れ、今も村人たちに保護されている。こ
の竜淵のほとりには2本の藤の老木が並
び立ち、樹齢の判断もつかぬほどの2株

선한 경종이 울려 퍼졌다.

　이웃 나라 백제가 신라를 쳐들어온
것이다. 마을 청년들은 손에 손에 무기
를 들고 전쟁터로 달려갔다. 물론 두 사
람이 마음먹은 청년도 서둘러 전장으로
향했다.

　두 사람으로부터 사랑을 받고있는
줄도 모르고 마을을 떠난 청년은 이윽
고 전쟁이 끝났어도 마을로 돌아오지
않았다.

　은근히 기다리고 있던 두 사람에게
도착한 이 청년의 소식은 전사했다는
슬픈 소식이었다. 두 사람은 슬픈 나머
지 그대로 곧장 용 숲으로 달려가 용못
물가에 섰다. 그리고 단단히 서로 껴안
은 채 물속으로 몸을 던졌다. 거울처럼
고요한 푸른 물은 큰 파문에 휩싸였다.
두 사람이 깊은 호수 밑바닥에 가라앉
았을 무렵 원래와 같이 조용해졌다.

　용 숲은 신라 왕조의 역대 사냥터라
고도 불리며 지금도 마을 사람들에게
보호를 받고 있다. 이 용못가에는 두 그
루의 등나무 노목이 나란히 서 있고 수

は傍らの榎の大木に絡み付いて、まるで双竜が如意珠を奪い合うかのように天に向かってうねっている。人々はこれを乾坤二竜の藤といい、あるいは悲恋の姉妹の化身だと

も言い、藤の花咲く春にはあたり一面藤の芳香に包まれ、新羅の乙女の香りを思い起こすと言い伝えられている。 -終り-

령을 가늠할 수 없을 정도의 두 그루는 옆 팽나무에 얽혀 있어서 마치 쌍룡이 여의주를 서로 빼앗듯이 하늘을 향해 넘실거리고 있다. 사람들은 이것을 하늘과 땅(건곤) 두 용의 등나무라고 하거나 혹은 비련의 자매 화신이라고도 하며 등나무가 꽃피는 봄에는 온통 등나무의 향기로운 냄새로 감싸여 신라 처녀의 향기를 떠올린다고 전해지고 있다. -끝-

MEMO

李さんの妻
(이씨의 아내)

04

昔、李という役人が人の妬みをかい、あらぬ疑いをかけられ朝廷に居られなくなった。こっそりと都を逃れ遠い田舎へ向かったが、あてもない長旅に疲れ、ひどい喉の渇きでもう一歩も進めないと、あたりを見回すと、若い女が川のほとりで水を汲んでいたので、「すみませんが、その水を一杯めぐんでくださいませんか? 喉が渇いてもう歩けないのです」と言うなりぐったりとその場に腰をおろした。「まあ大層お疲れのようですね」と言って女はすぐに水を汲んでその器に岸辺の柳の葉を一枚ちぎって入れ、李の前にさし出した。

李はおかしなことをする女だと思い、「この柳の葉を水に入れたのはどういう訳ですか?」とたずねた。すると女は「大変喉が渇いていらっしゃるご様子なので、そんな時沢山の水を急にお飲みにな

옛날 이씨라는 관리가 사람들의 질투를 사서 엉뚱한 의심을 받아 조정에 있을 수 없게 되었다. 슬그머니 도읍을 피해 먼 시골로 향했지만 정처 없는 긴 여행에 지쳐 심한 갈증으로 이제 한 걸음도 나아갈 수 없자 주위를 둘러보니 젊은 여자가 강가에서 물을 긷고 있어서 「미안하지만 그 물을 한 잔 떠주지 않겠습니까? 갈증으로 이제 더 이상 걸을 수가 없습니다」라고 말하자마자 녹초가 되어 그 자리에 주저앉았다. 「아이고 너무 피곤한 것 같군요」라고 말하고 여자는 바로 물을 떠서 그 그릇에 물가의 버드나무 잎을 하나 따서 넣어 이씨의 앞에 내밀었다.

이씨는 이상한 짓을 하는 여자라고 생각하고 「이 버드나무 잎을 물에 넣은 것은 무슨 까닭입니까?」라고 물었다. 그러자 여자는 「굉장히 목이 마른 것 같아서 그럴 때 많은 물을 갑자기 들이켜

ってはお体に悪いと思いましたから、わ
ざと邪魔な柳の葉を浮かしてさし上げ
たのです」と答えた。李は女の気遣いに
感心して「あなたはどなたの娘さんです
か？」と尋ねると、「私はこの近くに住む
柳細工師の娘です」と答え、李を気の毒
に思い、自分の家へ連れて行って介抱
し、「ゆっくり休んでください」と優しく
言った。

　こうして4，5日滞在するうちにすっか
り落ち着いて、李はこの家の婿になって
しまった。

　しかし李はもともと身分の高い人なの
で柳細工など出来るはずがなく、毎日ぶ
らぶらしては昼寝ばかりして暮らしてい
た。娘の両親はそれを見て「私たちはお
前を遊ばせるために婿にしたのではない
ぞ、この穀つぶしめ！」と口汚くののし
り、「これから何の役にも立たない男に
は、毎日の飯の量を半分に減らしてやる
から、そう思え！」と言い渡した。けれど
李の妻は彼を気の毒に思ってお釜の底の
こげを取っておいてこっそり夫に食べさ
せていた。

　こういう風にして何年かの月日が経つ

면 몸에 나쁘다고 생각했기 때문에 일
부러 방해되는 버들잎을 띄워 드린 것
입니다」라고 대답했다. 이씨는 여자의
마음 씀씀이에 감탄하여 「당신은 누구
의 딸입니까?」 묻자 「나는 이 근처에 사
는 류세공사의 딸입니다」라고 대답하
고 이 씨를 불쌍히 여겨 자기 집으로 데
리고 가서 간호하고 「푹 쉬세요」라고
상냥하게 말했다.

　이렇게 4, 5일간 체류하는 동안에 완
전히 진정되어 이 씨는 이 집의 사위가
되고 말았다.

　그러나 이 씨는 원래 신분이 높은 사
람이라서 버드나무 세공 같은 일은 할
리가 없어 매일 빈둥빈둥 낮잠만 자며
살고 있었다. 딸의 양친은 그것을 보고
「우리들은 너를 놀게하기 위해 사위로
삼은 게 아니야. 무위도식하지 마라!」
라고 입버릇처럼 욕하고 「앞으로 아무
쓸모없는 남자에게는 매일 밥의 양을
반으로 줄여 줄 테니까 그렇게 알아!」
라고 말했다. 하지만 이 씨의 아내는 그
를 불쌍히 여겨 가마솥 밑바닥의 누룽
지를 떼어놓고 몰래 남편에게 먹이고
있었다.

　이러한 식으로 몇 년인가 세월이 지

と、朝廷では王様の代が変わり、政治の改革などがあって、李の無実の罪も証明され、李を元の役につかせようと、人を出して李を探させていた。風のたよりにそれを知った李は、ある日舅にむかい「今度柳細工を役所に納めるときは、どうぞ私を代理にやってください」と頼んだ。舅が仕方なく承知してくれたので、早速柳細工を持って役所へ行くと、応対に出た検査官は李の顔を見るなり「李殿ではござらんか、今までどこでどう暮しておられた」とびっくりして尋ねた。李は柳細工家に忍んでいた顛末を語り、

　世が変わり再びこうして日の目が見られるとは…、と涙を流して喜んだ。

　すぐにも朝廷へ戻るように言われたが、ひとまず帰って家族にいとまを告げてからにしたいので、「明日改めて迎えに来てはくれまいか?」と頼んで帰って行った。

　「お父さん、品物は無事に納めてまいりました」と言うと、「ふん、お前のような役立たずでもお使いぐらいは出来るか」とあざけった。

나자 조정에서는 임금님의 대가 바뀌고 정치개혁 등이 있었고 이 씨의 무고한 죄도 증명되어 이 씨를 원래의 자리로 쓰려고 사람을 내보내 이 씨를 찾고 있었다. 풍문에 의해 그것을 알게 된 이 씨는 어느 날 장인을 향해 「다음번에 버드나무 세공품을 관공서에 납품할 때는 부디 나를 대리인으로 해 주세요」라고 부탁했다. 장인이 마지못해 승낙해 주자 재빨리 버드나무 세공품을 갖고 관공서로 가자 응대에 나선 검사관은 이 씨의 얼굴을 보자마자 「이 공이 아니십니까? 지금까지 어디서 어떻게 살고 계셨는지요」라고 하며 깜짝 놀라 물었다. 이 씨는 버드나무 세공가에 숨어 있었던 전말을 이야기하고 세상이 바뀌어 다시 이렇게 햇빛을 볼 수 있다는 것…이라고 눈물을 흘리며 기뻐했다.

　당장 조정으로 돌아오도록 했지만 일단 돌아가서 가족에게 작별 인사를 고하고 나서 하고 싶으니 내일 다시 데리러 와 주면 안 될까? 라고 부탁하고 돌아갔다.

　「아버님 물건은 무사히 납품하고 왔습니다」라고 말하자 「흥, 너 같이 쓸모가 없어도 심부름 정도는 할 수 있겠느냐」라고 하며 비웃었다.

翌日、李は早起きして庭を掃除し、筵を敷き始めたので「ぐうたら男が何をしでかす」と舅が聞くと、「お役人様が大勢みえますので…」と言うので、「気でも狂ったか、そんなことがあるはずがない」と舅が言い終わらないうちに威儀を正した役人たちがしずしずと表から入ってきた。

驚いた舅夫妻が裏へ隠れて見ていると、「奥様はどちらにおいでですか」と尋ね、出てきた妻に「よく今まで落ちぶれた李さんを親切に世話をしてくださいました」と礼を述べ、「駕籠を用意しましたので、ご夫妻で都へお出でください」と丁重に案内された。優しい妻に支えられた李は、挫けず元の職に返り咲くことが出来た。 -終り-

이튿날 이씨는 일찍 일어나 마당을 청소하고 멍석을 깔기 시작하자 「게으른 사내가 무슨 짓을 저지르는가」라고 장인이 묻자 「벼슬아치들이 많이 보이기 때문에…」라고 말해서 「미쳤나, 그런 일이 있을 리가 없어」라고 장인의 말이 끝나기도 전에 위엄을 바르게 갖춘 관원들이 조용히 밖에서 들어왔다.

놀란 장인 부부가 안에 숨어서 보고 있자 「부인은 어디에 계십니까」라고 묻자 나온 아내에게 「용케 지금까지 낙심한 이씨를 친절히 보살펴 주었습니다」라고 예의를 갖추어 말하고 「가마를 준비했으니 부부가 함께 도읍으로 나와 주십시오」라고 정중히 안내받았다. 상냥한 아내에게 의지한 이씨는 좌절하지 않고 원래의 직책으로 돌아갈 수 있었다. -끝-

MEMO

蒸し豚を背負って
(삶은 돼지고기를 등에 짊어지고)

05

　昔、ある所に父と息子が住んでいた。息子は働かず遊び回った。 朝、家を出て一日中遊び、夜には酔っぱらって帰ってきた。あるいは帰ってこないこともあり、どこかに連泊して数日を過ごすこともあった。たまたま外に出ないことがあると、今度は悪い仲間たちが四方から訪ねてきて、家の中は狂乱の極みとなった。杯盤が散らかり、大声で馬鹿話をして騒ぎまくった。

　ある日、父親が訪ねた。「お前が付き合っているのはどんな輩だ」息子は答えた。「みな心からの友人です」父親が重ねて言った。「友を得るというのは実に至難なことだ。それなのに、お前はこんなに大勢いるという。本当にみながお前を知って心から許し合える友人なのか」息子が「みな意気投合して、金が必要であれば融通し合い、禍があればお互いに助け合うことのできる友人です」と答えた。「それなら試してみようではないか」

　ある日、豚一頭を殺して茹で、皮を剥

옛날 어느 곳에 아버지와 아들이 살고 있었다. 아들은 일은 하지 않고 놀러만 돌아다녔다. 아침에 집을 나와 하루종일 놀고 밤에는 술에 만취하여 돌아왔다. 혹은 돌아오지 않는 경우도 있었고 어딘가에서 연달아 외박을 하고 며칠을 보내는 일도 있었다. 어쩌다 밖에 나가지 않는 일이 있으면 이번에는 나쁜 동료들이 사방에서 찾아와 집안은 광란의 극치가 되었다. 술잔이 어지럽게 흩어져 큰소리로 시시한 이야기를 하고 떠들어댔다.

어느 날 아버지가 찾아오셨다. 네가 사귀고 있는 친구는 어떤 무리들이냐? 아들은 대답했다. 「모두 진심 어린 친구들입니다」 아버지가 거듭 말씀하셨다. 친구를 얻는다는 것은 참으로 지극히 어려운 일이다. 그런데도 너는 이렇게나 친구가 많이 있다고 하는구나. 정말 모두가 너를 알고 진심으로 서로 용서할 수 있는 친구인가? 라고 물으셨다. 아들이 모두 의기투합해서 돈이 필요하면 서로 융통하고 재앙이 있으면 서로 도울 수 있는 친구들입니다 라고 대답했다. 「그렇다면 시험해 보지 않겠나?」

그리고 나서 어느 날 돼지 한 마리를

いで、蓆で巻いて息子に背負わせた。父親は息子に言った。

「お前が一番信頼している友人の所に行くことにしよう」息子は友人の家に行って門を暫く叩いたが、友人はようやく出てきて尋ねた。「こんな夜遅くに何をしに来たのだ」息子が「私は誤って人を殺してしまった。事態は切迫していて、私は死体を背負って来た。君は私のためにこれ処理してくれまいか」と言うと、その友人はびっくりして、困惑した表情を浮かべ、「分かった。中で策を練ってこよ」と言って中に入ってまま、暫くしても、もう出てはこなかった。いくら外から声を掛けても、返事もしない。明らかに関わりたくない様子であった。

父親がため息をつきながら「お前の一番の親友というのはこんなものなのか」と言ってその家を去り、次の友人の家に行って、また告た。「私はこの暁に人を殺してしまった。事態は急を要してい

잡아 삶아서 껍질을 벗기고 멍석으로 말아서 아들에게 짊어지게 했다. 그리고 아버지는 아들에게 말했다.

「네가 제일 신뢰하고 있는 친구한테 가기로 하자」아들은 친구의 집으로 가서 대문을 잠시 두드렸지만 친구는 마지못해 나와서 물었다.「이러한 늦은 밤에 무슨 일로 왔어」아들이「나는 잘못해서 사람을 살해해 버렸다. 사태가 긴박해서 나는 시체를 짊어지고 왔다. 너는 나를 위해 이걸 처리해 주지 않겠느냐」고 말하자 그 친구는 깜짝 놀라서 곤란하다는 표정을 지으며「알았다. 집안에 들어가 계책을 세워 오지」라고 말하고 집 안으로 들어간 채 한참이 지나도 이제 나오지 않았다. 밖에서 아무리 소리를 질러도 대답도 하지 않았다. 분명히 관여하고 싶지 않은 모양이었다.

아버지가 한숨을 쉬며「네가 가장 친한 친구라는 게 이런 거냐」며 그 집을 떠나 다음 친구 집으로 가서 또다시 말했다.「나는 오늘 새벽녘에 사람을 살해해 버렸다. 사태가 너무 다급하다. 너와

る。君と相談したいのだ」すると、その友人は、今は家がとても取り込んでいるからと言って断った。

しかたなくその家も立ち去って、次の友人の家に行き、同じように告げると、その友人はどやしつけて、「そんな大変なことをしでかして、禍を私に押し付けようと言うのか。早く立ち去れ。ぐずぐずしていれば、私も連座することになるではないか」と言った。

さらに三、四軒の家を訪ねたが、みな同じようなもので、ことごとく断れた。父親は言った。「お前の友人というのは、これで尽きたか。

私には一人の友人がいる。もう十年も間、会っていない。そこを尋ねてみようではないか」

父と子はその家を訪ねて門を叩き、息子が人々に言ったように、事態の急を要することを告げた。

その人は大いに驚き、「まず中に入るがいい。夜が明けようとしているが、人はまだ出ていない」と言って、手を取っ

상의하고 싶다」고 하자 그 친구는 지금은 집이 매우 어수선해 있으니까 라고 하며 거절했다.

어쩔 수 없이 그 친구의 집도 떠나서 다음 친구의 집으로 가서 똑같은 말을 하자 그 친구는 호통을 치며 「그러한 큰 일을 저지르고 재앙을 내게 떠넘기려고 하는 건가? 어서 빨리 떠나라. 꾸물거리다가는 나도 연루하게 되지 않느냐」라고 말했다.

또다시 서너 채의 집을 찾아갔지만 모두 똑같아서 모조리 거절당했다. 아버지는 말씀하셨다. 「너의 친구란 이것으로 모두 다 끝이 난 것이냐」

아버지한테는 한 명의 친구가 있다. 벌써 10년간이나 만나지 못했다. 「거기를 찾아가 보지 않겠니?」

아버지와 아들은 그 집을 찾아가서 문을 두드려 아들이 다른 사람들에게 말한 것처럼 사태의 시급함을 알렸다.

그 사람은 크게 놀라며 「우선 안으로 들어가는 것이 좋겠구나. 날이 밝으려는데 사람이 아직 나와 있지 않다」라

て家の中に入れた。すぐに鍬や斧を取り出し、部屋のオンドル叩き壊して死体を隠そうとし始めた。父親は笑いながら「驚かせて済まなかった。オンドルを壊してはならない。蓆を巻いているのは人ではない。実は豚なのだ」と事情を打ち明けた。友人は鍬を投げ出して笑い、市場で酒を買ってきて、その豚を肴にして飲んだ。積年の思いを述べ合い、別れのときには「またいつ会えるか分からないが、二人の心はいつも霊犀一点でつながっている」と言った。それ以後、息子は大いに懺悔してこれまでの友人たちと付き合うことはなかった。 -終り-

고 말하고 손을 맞잡고 집 안으로 들여보냈다. 그리고 바로 괭이와 도끼를 꺼내서 방 안의 구들장(온돌)을 깨부수고 시체를 숨기려 하기 시작했다. 아버지는 웃으면서 「놀라게 해서 미안했네. 구들장을 부숴서는 안 되네. 멍석에 말려 있는 것은 사람이 아니고 실은 돼지고기일세」라고 사정을 털어놓았다. 친구는 괭이를 내던지고 웃더니 시장에 가서 술을 사 와 그 돼지고기를 안주 삼아 술을 마셨다. 오랜 세월의 추억담을 서로 얘기하며 헤어질 때에는 「또다시 언제 만날지 알 수 없지만 두 사람의 마음은 언제나 마음과 마음이 한 줄기로 연결되어 있다」라고 했다. 그 이후 아들은 크게 참회하고 지금까지의 친구들과 사귀는 일은 없었다. -끝-

MEMO

06

覚皇殿の由来
(각황전의 유래)

智異山(チリサン)にある華厳寺の僧が全員集まった。これから丈六(チャンユク)殿の大改築をするために、資金集めの担当僧を選ぶのである。それは仏事のために布施を受けることが任務なので、華厳寺の数百人にも及ぶ僧の中で最も仏心の篤い僧を選ぶことになった。

そこで最高位の僧正が皆を見渡し、「このような重責を担う僧は仏様が選んでくださるであろう」と言いながら小麦粉と飴の入った壺を持ち出した。「この壺の中に手を入れて、小麦粉を手につけないで飴を取り出した者が資金集めの僧となるのだ」と言った。

早速ひとりひとりが壺に手を入れて試してみたが、誰ひとりとしてそのような器用なことのできる僧はいなかった。

華厳寺にはメウォルという寺男がいた。智恵遅れで薄バカ坊主と笑い者になっていたが、心根が優しく寺の雑用はすべて一人で仕切っていた。メウォルがタ

지리산에 있는 화엄사의 스님들이 전원 모였다. 이제부터 장륙전을 대대적으로 개축하기 위한 자금을 모으는 담당 스님을 뽑는 것이다. 불사를 위해 시주를 받는 것이 임무이기 때문에 화엄사의 수백 명에 이르는 스님들 중 가장 불심이 두터운 스님을 뽑게 되었다.

그런데 최고위의 승정(승관의 최상위)이 모두를 바라보며 「이러한 중책을 맡을 스님은 부처님께서 선택해 주실 것이다」라고 하면서 밀가루와 사탕이 들어 있는 단지를 들고 나왔다. 「이 단지 안에 손을 넣고 밀가루를 손에 묻히지 않고 사탕을 꺼낸자가 자금을 모으는 스님이 되는 것이다」라고 했다.

즉시 한 사람 한 사람이 단지에 손을 넣고 시험해 보았지만 누구 한 사람 그런 재주를 부릴 수 있는 스님은 없었다.

화엄사에는 매월이라는 절남(절에서 잡일을 하는 남자)이 있었다. 지혜가 없어 바보 스님이라고 웃음거리가 되어 있었지만 마음씨가 상냥하고 절의 허드

食の用意をしていると、聾唖者のチョム
バギが現れた。

昨年の冬メウォル
が村に使いに行った
時、お腹を空かして
震えているチョムバ
ギを見つけて寺に連
れ帰り、おこげを食
べさせたのだが、そ

れからは食事時になると決まって訪ねて
くるようになった。かまどの前で首を長
くしてご飯が炊き上がるのを待っている
チョムバギに壺の中の飴を食べさせてあ
げようと思いたち、メウォル本堂へ駆け
て行った。

　僧たちが見ているのもかまわず壺の中
にさっと手を入れ、飴を取り出した瞬
間、僧たちから驚きの声が上がった。彼
の手には小麦粉が少しもついていなかっ
たのである。僧正はやっと資金集めの担
当僧が決まったとメウォルに向かって深
々と頭を下げた。周りの僧たちは失笑
し、あるいは憤慨したが、僧正はそれが
仏様の御心だと固く信じてメウォルをう
ながした。メウォルは仏様の前にひれ伏
すと、「どうぞ資金集めの僧にさせない

렛일은 모두 혼자서 처리하고 있었다.
매월이 저녁을 준비하고 있자 농아인
점박이가 나타났다.

　작년 겨울 매월
이가 마을에 심부
름을 갔을 때 배가
고파서 떨고 있는
점박이를 발견하고
절로 데리고 돌아
와 누룽지를 먹였
는데, 그때부터는
식사 때가 되면 어김없이 찾아오게 되
었다. 아궁이 앞에서 목을 빼고 밥이 다
지어지기를 기다리고 있는 점박이에게
단지 안에 있는 사탕을 먹여 주려고 매
월은 본당으로 달려갔다.

　스님들이 보고 있는 것도 개의치 않
고 단지 안에 얼른 손을 넣고 사탕을 꺼
낸 순간, 스님들로부터 놀라움의 소리
가 터져 나왔다. 그의 손에는 밀가루가
조금도 묻지 않았던 것이다. 승정은 이
제야 겨우 자금을 모으는 담당 스님이
정해졌다며 매월을 향해 깊이 고개를
숙였다. 주위의 스님들이 실소하거나
혹은 분개하기도 했지만, 승정은 그것
이 부처님의 마음이라고 굳게 믿고 매
월을 독촉했다. 매월은 부처님 앞에 넙
죽 엎드리고 「아무쪼록 자금을 모으는

でください。寺男を続けられるようにしてください」と必死に祈った。しかし仏様からの啓示は「夜が明けると村里に下りて、最初に会う人にお布施を願いなさい」という言葉だった。

　まだ暗いうちにメウォルはしょんぼりと寺を出て渓谷沿いに下りて行った。村の入り口にさしかかると夜明けのうす明りの中から姿を現したのはチョムバギだった。チョムバギは嬉しそうに走り寄って来た。

　メウォルはおもむろに合掌して「丈六殿を改築できるようお布施をしてください」と言った。

　面食らったチョムバギは、いったいどういう事なのか身振り手振りで聞いてみたが、メウォルはお布施をしてくれとくり返すばかりである。困り果てたチョムバギは、―この出来損ないには命しかお布施をするものがありません―と心の中で叫びながら絶壁から身を投げて死んでしまった。

　それから八年の歳月が過ぎた。隣の清国の皇室ではたった一人しかいない皇太

중이 되게 하지 않게 해 주세요. 절남을 계속할 수 있게 해 주세요」하고 필사적으로 기도했다. 그러나 부처님의 계시는 「날이 새면 마을로 내려가 제일 먼저 만나는 사람에게 시주를 부탁하라」고 하는 말씀이었다.

　아직 어두운 가운데 매월은 풀이 죽어 절을 나와 계곡을 따라 내려갔다. 마을 어귀에 접어들자 새벽의 어스름 속에서 모습을 드러낸 것은 점박이였다. 점박이는 기쁜 듯이 달려왔다.

　매월은 서서히 합장하고 「장륙전을 개축할 수 있도록 시주를 해 주세요」라고 말했다.

　당황한 점박이는 도대체 무슨 일인지 손짓 몸짓으로 물어봤지만 매월은 시주를 해 달라고 되뇌일 뿐이다. 난감해진 점박이는 "이 못난 놈에게는 목숨밖에 시주할 것이 없습니다"라고 마음속으로 절규하며 절벽에서 몸을 던져 죽어 버렸다.

　그로부터 팔 년의 세월이 흘렀다. 이웃 나라 청국의 황실에서는 단 한 명밖

子が八歳になっても口が利けず心配の種だった。そんな皇太子がある日、昼寝から覚めると突然「メウォル和尚様！」と声を上げ、初めて口を利いたと思うと城を飛び出して行った。そして走り込んで行った森の中に、なんとメウォルがいるではないか！昼寝の夢に現れた通りの本人に向かって「和尚様！チョムバギです」と駆け寄った。

メウォルはあれ以来、罪の意識に悩み、さすらいの僧となって燕京(現在の北京)まで来ていたのである。清国の皇太子に生まれ変わったチョムバギを見て、にわかには信じられなかった。

このいきさつを知った清国の皇帝は、これぞ仏様の御心であると深く感銘し、多くの財物を布施してくれた。やがて見事に改築された丈六殿は、清国の皇帝を悟りに至らせてくれたので覚皇殿と呼ばれるようになった。覚皇殿は文禄・慶長の戦火で焼失したが、後年再建され今もその偉容を誇っている。 –終り–

에 없는 황태자가 여덟 살이 되었어도 말을 잘 하지 못해 걱정거리였다. 그런 황태자가 어느 날 낮잠에서 깨어나고는 돌연 「매월 스님!」이라고 소리를 지르며 일어났다. 처음으로 말을 했다고 생각하자 성을 뛰쳐나가 버렸다. 그리고 뛰어들어간 숲속에는 왠지 매월이가 있지 않은가! 낮잠 꿈에 나타난 대로 본인을 향해 「스님, 점박이입니다」라며 달려왔다.

매월은 그 이후 죄책감으로 고민하여 떠돌아다니는 승려가 되어 연경(현재의 북경)까지 와 있었던 것이다. 청국의 황태자로 환생한 점박이를 보고 도무지 믿을 수 없어 했다.

이 경위를 알게 된 청국의 황제는 이것이야말로 부처님의 마음이라고 깊이 감동하여 많은 재물을 시주해 주었다. 이윽고 훌륭하게 개축된 장륙전은 청국의 황제를 일깨워 주었다고 하여 각황전이라고 불리게 되었다. 각황전(구례 화엄사)은 임진왜란(분로쿠 · 게이초)의 전화로 소실되었다지만 후년에 재건되어 지금도 그 위용을 자랑하고 있다. –끝–

MEMO
_____
_____
_____

07

金剛山の明鏡台
(금강산의 명경대)

金剛山が見える美しいユッセム村にユジュテという大金持ちが住んでいた。強欲で偏屈者のユジュテが来たと聞けば、泣く子も黙るほどの性悪だった。彼の妻もやはり欲が深く意地悪だという評判で、村の人たちはユジュテ夫婦との付き合いを避け、彼の家の側を通ることさえ嫌がっていた。

そんなユジュテにも心配事はあった。夫婦には息子と娘が1人ずついたが、娘のオンニョンは生まれつき口がきけなかった。ユジュテはどうして我が家にあのような子が生まれたのかと、側へも寄せつけず娘の話をしただけで顔をしかめた。しかしこんな家に育ちながらもオンニョンは、心根の優しい少女だったのである。

ある日、托鉢の僧がユジュテの家の前で木魚をたたきはじめた。下男がやって来て言った。「ユジョム寺のお坊様がお布施をとの事です」ユジュテはさっと立ち上ると納屋へ行き、スコップいっぱい

금강산이 보이는 아름다운 꽃샘 마을에 고주태라는 갑부가 살고 있었다. 탐욕스럽고 성질이 비뚤어진 고주태가 왔다는 얘기를 들으면 우는 아이도 입을 다물 정도로 성질이 나빴다. 그의 아내도 역시 욕심이 많고 심술궂다는 비판으로 마을 사람들은 고주태 부부와의 교류를 피하고 그의 집 옆을 지나가는 것조차 꺼려하고 있었다.

그러한 고주태에게도 걱정거리가 있었다. 부부에게는 아들과 딸이 한 명씩 있었지만 딸 온년은 태어날 때부터 말을 하지 못했다. 고주태는 어떻게 우리 집에 저런 아이가 태어났냐며 곁에도 다가가지 않고 딸 이야기를 한 것만으로도 얼굴을 찌푸렸다. 그러나 이런 집에 자라면서도 온년은 마음씨가 착한 소녀였던 것이다.

어느 날 탁발 스님이 고주태 집 앞에서 목탁을 치기 시작했다. 하인이 와서 말했다. 「유점사의 스님이 시주를 하라고 합니다」 고주태는 얼른 일어나서 헛간으로 가 삽 가득히 소똥을 떠서 중의

の牛の糞をすくって僧のずだ袋の中へ放り込んだ。「哀れな奴、黄泉へ行くのが直ぐだということも知らず…」とつぶやいて僧は立ち去った。

「何だと、黄泉？あのクソ坊主め！お前から門の前に塩をまけ！」と大声で命じながらも、なぜか僧の言葉が気になって仕方なかった。

翌日ユジュテはユジョム寺を訪ね、僧に前日の無礼を謝り、一万両お布施をするので死を免れる手立てを教えてほしいと懇願した。僧は「あなたの代わりに黄泉へ行く人を探せばよかろう」と言った。「何だそんな簡単なことか」というと一万両が惜しくなり、百両だけを僧に投げ与え、ルンルンと山をおりて行った。

橋の下にいる乞食が腹いっぱい食べて死にたいと言っていたので、早速沢山のご馳走を食べさせ、私の代わりに死んでくれと言うと、乞食は驚いてものも言わず一目散に逃げて行った。そこで今度は病に臥せって早く死にたがっているという老人のもとを訪れ、どうせ死ぬなら自分の代わりに死んでほしいと頼むと「何

시주 자루 속에 던져 넣었다. 「가엾은 놈, 저승에 가는 것이 지금이라는 것도 모르고…」라고 중얼거리며 중은 떠났다.

「뭐라고 저승이라니? 저 빌어먹을 중놈아! 너희들 빨리 문 앞에 소금을 뿌려라!」라고 큰소리로 명령하면서도 웬일인지 스님의 말이 마음에 걸려 견딜 수 없었다.

다음 날 고주태는 유점사를 찾아가 스님에게 전날의 무례를 사과하고 일만냥 시주를 할 테니 죽음을 면할 방법을 가르쳐 달라고 간청했다. 스님은 「당신 대신 저승에 갈 사람을 찾으면 될 거요」라고 말했다. 「뭐야 그렇게 쉬운 일이냐」라고 했지만 일만 냥이 아깝다고 생각되어 천 냥만을 스님에게 던져주고 들뜬 기분으로 산을 내려갔다.

다리 밑에 있는 거지가 음식을 배부르게 먹고 죽고 싶다고 했었기 때문에 당장 많은 맛있는 음식을 먹게 해 줄 테니 나 대신 죽어 달라고 하자 거지는 놀라서 아무 말 없이 쏜살같이 도망갔다. 그래서 이번에는 병으로 누워 빨리 죽고 싶다는 노인을 찾아가 어차피 죽을 거라면 자기 대신 죽어 달라고 부탁하자 「뭐라고! 죽으면 대신조차 살아 있

だと！死んだら大臣も
生きている犬ほどの値
うちもないと言うでは
ないか！と痩せた熊手
のような手を振り上げ
て怒った。「死にたい」
という言葉は本心では
なく、本当に死にたい
人は、この世にひとりも居ないのだと悟
った。

は 개만큼의 값어
치도 없다고 하지
않는가!」라며 마
른 갈퀴 같은 손을
치켜들며 화를 냈
다.「죽고 싶다」라
는 말은 진심이 아
니고, 정말 죽고 싶
어하는 사람은 이
세상에 한 사람도 없다는 것을 깨달았
다.

絶望に陥ったユジュテは部屋に閉じこ
もって考えこんだ。必死に溜めた財産も
死を前にして何の役にも立たなかった。

扉をたたく音がして娘のオンニョンが
入ってくると、そっと父親の側に寄り、
真剣な目差して、自分が父親の代わりに
死ぬと身振りで伝えた。ユジュテは初め
て娘を抱きしめると熱い涙を流した。

その夜、オンニョンは迎えに来た使者
の後について行った。多くの霊魂が明鏡
に映し出された過去の人生の審判を受け
ていた。やがてオンニョンの番がた。寒
い冬の日に自分の服を脱ぎ、貧しい子に
着せたり、托鉢僧に米を上げてユジュテ
にたたかれている姿が映った。父親に代

절망에 빠진 고주태는 방에 틀어박
혀 생각에 잠겼다. 필사적으로 모은 재
산도 죽음을 앞두고 아무 소용이 없었
다.

문을 두드리는 소리가 나고 딸 온년
이 들어와, 슬그머니 아버지 곁으로 다
가가 진지한 눈초리로 자신이 아버지
대신 죽겠다고 몸짓으로 전했다. 고주
태는 처음으로 딸을 껴안고 뜨거운 눈
물을 흘렸다.

그날 밤 온년은 데리러 온 사자의 뒤
를 따라갔다. 많은 영혼이 거울에 비
친 과거 자기 인생의 심판을 받고 있었
다. 이윽고 온년의 차례가 왔다. 추운 겨
울날에 자기의 옷을 벗고 가난한 아이
에게 입히거나 탁발승에게 쌀을 드리
고 고주태에게 두들겨 맞고 있는 모습
이 비쳤다. 아버지를 대신해 죽음을 자

って死を申し出る場面になると閻魔大王は「心の美しい娘よ、これからは口がきけるようにしてあげるから、地上に戻って幸せに暮らしなさい」と言った。「父を許してくれない限り帰る訳にはいきません」「そうか、お前の父を思う心を考えて特別に父親の寿命を延ばして上げよう」オンニョンは閻魔大王の配慮に感謝しながら黄泉の国を後にした。

　オンニョンが生き返るとユジュテは感激し、今までの行いを深く反省して、残りの人生は善行をなし徳を積んだ。そしてこの世に冥府の鏡と全く同じものを建てたのが、金剛山に今もある明鏡台である。 -終り-

청하는 광경이 되자 염라대왕은 「마음이 아름다운 딸이구나. 이제는 말을 할 수 있게 해 줄 테니 지상으로 돌아가 행복하게 살아라」라고 말했다. 「아버지를 용서해 주지 않는 한 돌아갈 수 없습니다」 「그래, 너의 아버지를 생각하는 마음을 기특하게 여겨 특별히 아버지의 수명을 연장해 주도록 하마」 온년은 염라대왕의 배려에 감사하면서 황천의 나라를 떠났다.

　온년이 살아나자 고주태는 개심하여 지금까지의 행실을 깊이 반성하고 남은 인생은 선행을 베풀어 덕을 쌓았다. 그러한 연후에 이 세상에 저승의 거울과 똑같은 것이 세워진 것이 금강산에 지금도 남아 있는 명경대. -끝-

MEMO

08

犬に生まれ変わった母
개로 환생한 어머니

ひとりの女が死んで冥土に来た。年は五十を過ぎたばかりなのに、生きている間ひどい苦労をしたのか皺だらけでやつれ、腰は曲がり哀れな老婆の姿をしていた。閻魔大王は可哀そうに思い女に尋ねた。「現世では何が楽しみだったかね?」「子供を育てるのが楽しみでしたよ。」女の言葉に閻魔大王は冥府の鏡に女を映して見た。

彼女は若くして夫を亡くし、女手ひとつで息子と娘を育てた。針仕事、畑仕事、賃仕事の労働等、何でも手当り次第にして働き続けた。その為に早くも腰は曲がり、骨と皮にやつれ、あげくの果てに病に罹り息を引き取ったのであった。そんな一生を憐れに思い閻魔大王は再び尋ねた。「一生を子供の為に苦労して辛いとは思わなかったのか?」「辛いだなんてとんでもない。子供は私の一生で唯一の希望で生き甲斐だったんですよ」「子供たちのそばに行きたいか?」「ええ、子供たちのそばで暮らせるなら犬になることさえ厭いません。」女の目は涙でいっぱい

한 여자가 죽어서 저승에 왔다. 나이는 쉰 살이 지났는데 살아 있는 동안 고생을 많이 했는지 주름투성이로 수척해졌고 허리는 굽어 가엾은 노파의 모습을 하고 있었다. 염라대왕은 불쌍히 여겨 여자에게 물었다. 「이승에서는 무엇이 즐거움이었을까요?」「아이 키우는 것이 즐거움이었지요」 여자의 말에 염라대왕은 저승(명부)의 거울에 여자를 비춰 보았다.

그녀는 젊은 나이에 남편을 잃고 여자 혼자서 아들과 딸을 키웠다. 바느질, 밭일, 삯일, 노동일 무엇이나 품삯을 받는 대로 계속 일했다. 그 때문에 빨리 허리가 굽고 뼈와 살갗이 쇠약해져 결국 병에 걸려 숨을 거둔 것이었다. 그런 일생을 불쌍히 여겨 염라대왕은 다시 물었다. 「일생을 자식 때문에 고생하고 괴롭다고는 생각하지 않았었나요?」「괴롭다니요, 말도 안 돼요. 아이는 나의 일생에서 유일한 희망이고 삶의 보람이었던 것이지요」「아이들 옆으로 가고 싶은가?」「네, 아이들 곁에서 살 수 있다면 개가 되는 것조차도 마다하지 않습니다」 여자의 눈에는 눈물이 가득했다. 잠시 여자를 바라보다가 염라대

だった。暫く女を眺めてから閻魔大王はおもむろに口を開いた。「そうまで思うならお前の思い通りにしてやろう」女は深々とお辞儀をした。

その頃、慶尚北道の月城に住むソン氏の家の雌犬が子犬を産んだ。沢山生まれるのかと期待していたが、たった一匹しか生まれず、ソン氏夫婦はがっかりした。しかもその子犬は成長するにしたがって醜く可愛げのない犬になったので、周りの人から足蹴にされ邪魔者扱いを受けた。

名前も醜犬と呼ばれるようになったこの犬は、主人に対しては大変な忠犬で、とても賢い犬であった。草刈りをしていて毒蛇に噛まれそうになったソン氏を助けたのも醜犬であったし、家が火事になりかけた時、未然に防いだのも醜犬であった。こうして醜犬は次第にソン氏の信頼を得るようになった。

暑い夏のある日、一日中畑で草刈りをして玉のような汗を流して帰って来たソン氏の妻は、縁側で大の字になって昼寝をしている夫と、すぐ側の踏み石の上で夫の草履に鼻をのせて寝ている醜犬を見

왕은 조용히 입을 열었다. 「그렇게까지 생각한다면 당신 마음대로 해 주겠다」 여자는 거듭 깊이 인사를 했다.

그 무렵 경상북도 월성에 사는 송씨 집의 암개가 강아지를 낳았다. 많이 태어날 거라고 기대하고 있었지만 단 한 마리밖에 태어나지 않아 송씨 부부는 실망했다. 게다가 강아지는 성장함에 따라 추하고 귀엽지 않은 개가 되어 주위 사람들로부터 발길질을 당하고 귀찮은 놈으로 취급받았다.

이름도 추견(추한 개)이라고 불리게 된 이 개는 주인에 대해서는 대단한 충견으로 매우 똑똑한 개였다. 풀 베기를 하고 있는데 독사에게 물릴 뻔한 송씨를 도와준 것도 추견이었고 집에 불이 날 뻔했을 때 미연에 막은 것도 추견이었다. 이렇게 해서 추견은 점차 송씨의 신뢰를 얻게 되었다.

더운 여름 어느 날 하루 종일 밭에서 풀 베기를 하고 구슬 같은 땀을 흘리며 돌아온 송씨의 아내는 툇마루에서 큰 대(大)자로 낮잠을 자고 있는 남편과 바로 옆 디딤돌 위에서 남편의 짚신

ると、むらむらと怒りがこみ上げ火かき棒を振り回した。「キャン！」驚いて飛び上がった犬の悲鳴に目を覚ましたソン氏が、「可哀そうに、どうして犬を叩くのか」とたしなめると、妻は更に腹をたてて「そんなに好きなら醜犬と一緒に暮らせば！」プイと背を向けると台所に行ってしまった。その夜、妻はソン氏にこう言った。

「占い師が言っていたけど、私たちに子供が出来ないのはあの犬のせいだって。いっそ犬汁にしてしまいましょう」その翌日から醜犬はぱったりと姿を消した。八方手をつくして探したが見つからなかった。ソン氏はあれほど自分に忠実な醜犬を殺そうと思ったことに罪悪感を覚えて気が重くなった。

その頃、醜犬は峠を越えて隣村に住むソン氏の妹の家に現れた。妹はそれが兄の家の犬だとすぐに分かり、餌をやったが、何も食べようとせず床下に入って、くんくん泣くばかりだった。

犬を探し回り疲れたソン氏はうたた寝をして夢を見た。亡くなった父親が現れ、杖でソン氏を打ち、「お前のような

에 코를 얹고 자고 있는 추견을 보자 울컥 화가 치밀어 부지깽이를 휘둘렀다. 「께갱!」놀라 뛰어나온 개의 비명에 눈을 뜬 송씨가 「불쌍하게 왜 개를 두들겨 패느냐」라고 야단치자, 아내는 더욱 화를 내며 「그렇게 좋으면 추견과 함께 살아요!」라며 피~ 하고 돌아서 부엌으로 가 버렸다. 그날 밤 아내는 송씨에게 이렇게 말했다.

「점쟁이가 그러는데 우리들에게 아이들이 생기지 않는 것은 저 개 때문이래. 차라리 개즙으로 만들어 버리지요」그다음 날부터 추견은 싹 모습을 감췄다. 팔방으로 찾아봤지만 찾을 수가 없었다. 송씨는 그토록 자신에게 충실한 추견을 죽이려고 했던 것에 죄책감을 느껴서 마음이 무거워졌다.

그 무렵 추견은 고개를 넘어 이웃 마을에 사는 송씨의 여동생 집에 나타났다. 여동생은 그것이 오빠 집의 개라는 걸 금세 알아차리고 먹이를 주었지만 아무것도 먹으려 하지 않고 마루 밑에 들어가 끙끙대기만 했다.

개를 찾아다니다 지친 송씨는 선잠을 자며 꿈을 꾸었다. 돌아가신 아버지가 나타나 지팡이로 송씨를 때리며 「너

親不幸者はこの世に二人といないぞ！その犬がお前たちを苦労して育て上げた母親の生まれ変わりである事が、どうして分からないのか！。」ハッと目覚めた

ソン氏は、きっと醜犬が妹の家に行っているに違いないと考え、大急ぎで妹の家へ走った。床下にいた醜犬の前にひれ伏し心から許しをこうた。それからはまるで母親に仕えるかのように醜犬を慈しみ、犬を背負って全国遊覧までした。醜犬が死ぬと立派な墓を作り、碑石まで建てた。その後ソン氏は世間の人から尊敬される長者になった。　－終り－

같은 불효한 자식은 이 세상에 둘도 없을 거다! 그 개가 너희를 고생해서 키운 어머니의 환생인 것을 왜 모르느냐!」 문득 눈을 뜬 송씨는 분명 추견이 여동생 집에 있을 것이라고 생각해 부리나케 여동생 집으로 달려갔다. 마루 밑에 있던 추견 앞에 넙죽 엎드려 진심으로 용서를 빌었다. 그리고는 마치 어머니를 섬기듯 추견을 업고 전국 유람까지 했다. 추견이 죽자 훌륭한 묘를 만들어 비석까지 세웠다. 그 후 송씨는 세상 사람들로부터 존경받는 부자가 되었다.

－끝－

MEMO

09

ヤンバンの災難
양반의 재난

ソウルにやもめ暮らしのヤンバン(両班—高麗、朝鮮時代の官僚機構・支配機構を担った階級)が住んでいた。いつも書物を読み、文章を書きながらのんびりと歳月を過ごしていた。ヤンバンには二人の息子があり、彼等も父親に似てよく机に向かい読み書きをしていた。

この家の使用人も耳学問で一字、二字と覚え始め、そのうちにこっそりと勉強するようになり、いつの間にかかなりの字が書けるようになった。数年間この家で働くうちに不自由なく読み書きができるようになった使用人は、ヤンバンの家系図さえ持っていれば、自分もヤンバンとして世間を渡ることができると信じ、ある日主人の家系図を盗み出すと、それを持って遠い田舎へ逃げて行った。

使用人は田舎でヤンバンのふりをして、毎日無学な村の人たちをサランバン(男の居間、客間)に座らせ、文章を作ったり、書物を読んで聞かせたりした。そしてソウルにいる主人の金進士の事を

서울에 홀아비 생활을 하던 양반(고려, 조선시대의 관료 기구·지배 기구를 담당한 계급)이 살고 있었다. 항상 책을 읽고 글을 쓰면서 한가로이 세월을 지내고 있었다. 양반에게는 두 아들이 있었고 그들도 아버지를 닮아 자주 책상 앞에서 읽고 쓰기를 했다.

이 집 하인은 귀동냥으로 한두 글자씩 외우기 시작했고 그러던 중에 몰래 공부를 하게 되어 어느새 꽤 글씨를 쓸 수 있게 되었다. 수년간 이 집에서 일하는 동안에 불편함 없이 읽고 쓸 수 있게 된 하인은 양반의 가계도만 갖고 있으면 자기도 양반으로서 세상을 지낼 수 있다고 믿고, 어느 날 주인의 가계도를 훔쳐 그것을 들고 먼 시골로 도망쳤다.

하인은 시골에서 양반 행세를 하며 매일 무학인 마을 사람들을 사랑방(남자들이 모이는 방)에 앉혀 놓고 글을 짓거나 책을 읽어서 들려주었다. 그리고 서울에 있는 주인 김 진사를 나의 형이

私の兄だと言って、偉そうに暮らしていた。何も知らない田舎の人々は、そんな彼を敬いこの人の言う事は何でも聞き、すすんで収穫物をさし上げたりしていた。

このような評判がだんだん広がって、ソウルの主人の家まで聞こえてきた。主人の家の二人の息子は、そんな使用人の様子を見に行こうと、まず兄が出かけて行った。すると使用人は自分の兄が来たからと言って、遊びに来ていた村人たちを追い返し、兄をサランバンに案内し、おいしいご馳走を調えて、罪をお許しくださいと謝った。しかし兄が大声で叱りつけ、盗んだ家系図を出せと言ったので、急いで取りに行くふりをして門に鍵をかけ、戻ってくると逆に使用人の方がどなりつけた。「素直に帰らないと、ここで死ぬと思え!」屈強な使用人の剣幕に驚いた兄は、これはとんだ目に遭うかも知れないと思い、小さな声で「そのまま帰る」と言うと、すぐに使用人は帰していた村人を集め、「うちの兄さんと薬水（薬効がある鉱泉水）でも飲みましょう」と言って皆と遊んだ後、ロバにお金を一荷積んで帰らせた。

라고 말하며 잘난 체하며 살았다. 아무것도 모르는 시골 사람들은 그런 그를 공경하여 이 사람의 말은 무엇이든 듣고 나아가 수확물을 드리곤 했다.

이런 평판이 점점 확산되면서 서울의 주인 집까지 들려왔다. 주인집 두 아들은 그런 하인의 모습을 보러 가려고 먼저 형이 나갔다. 그러자 하인은 자기 형이 왔다고 하여 놀러 온 마을 사람들을 돌려보내고 형을 사랑방으로 안내하여 맛있는 음식을 차려 죄를 용서해 달라고 하며 빌었다. 그러나 형이 큰소리로 꾸짖고 훔친 가계도를 내놓으라고 하니, 서둘러 가지러 가는 척하고 문을 잠그고 돌아오는 길엔 거꾸로 하인 쪽이 고함을 질렀다. 「순순히 돌아가지 않으면 여기서 죽을 줄 알아!」 억센 하인의 무섭고 사나운 얼굴에 놀란 형은 이건 엉뚱한 일을 당할지도 모른다고 생각하여 작은 소리로 「그대로 돌아가겠다」고 말했다. 곧 하인은 돌려보냈던 마을 사람들을 모아 「우리 형님과 약수 (약효가 있는 광천수)라도 마십시다」라고 하며 모두 함께 논 다음 당나귀에게 돈을 한 짐 싣고 돌아가게 했다.

家に戻った兄から話を聞いた弟は、いきり立って今度は自分が話をつけてくると出かけて行った。

主人の次男坊の性格をよく知っている使用人は、弟が来るとすぐに策を練り、村の人たちに「二番目の兄貴は時々てんかんの発作を起こすので」と言いおくと、兄の時と同様にもてなしをして謝った。しかし弟は騒ぎ立てて、家系図を出せとどなり上げた。

使用人は自分の家の下男に次男坊を縛らせると、鍼灸師を呼んで、兄はてんかんの病を持っているので、口を動かせば発作の前兆だから鍼を刺すようにと言った。

口を少しでも動かすとすぐに鍼を刺されるので、弟は一言も言葉を発することが出来ず黙り込んでしまった。使用人は「私がここで良い暮らしをしているからと言って、そちらの家門が絶えるはずはない。もし何度も口出しすると命の保障

집에 돌아온 형으로부터 얘기를 들은 동생은 화가 나서 이번에는 자신이 대화를 해 보겠다며 나갔다.

주인 차남의 성격을 잘 알고 있는 하인은 동생이 오자 바로 계책을 짜고 마을 사람들에게 「둘째 형님은 가끔 간질 발작을 일으키신다」라고 말해 두었다. 형 때와 마찬가지로 대접하며 사과했다. 그러나 동생은 소란을 피우며 가계도를 내놓으라고 소리쳤다.

하인은 자기 집의 하인에게 차남을 묶게 하고 침구사를 불러서, 형은 간질병을 갖고 있으니 입을 움직이면 발작의 전조이다, 그때 침을 놓으라고 말했다.

입을 조금이라도 움직이면 바로 침을 맞기 때문에 동생은 한마디도 말을 꺼내지 못하고 입을 다물어 버렸다. 하인이 「내가 여기서 잘 살고 있다고 해서 그쪽 가문의 대가 끊어지지는 않는다. 만약 자꾸 참견한다면 목숨 보장은 하지 않겠다!」라고 말하자 동생도 어쩔

はないぞ！」と言うので、弟も仕方なく兄と同様にお金だけ貰って家に帰って来た。

　こうして使用人は、その後死ぬまでヤンバンとして良い暮らしをしたそうだ。

-終り-

수 없이 형과 똑같이 돈만 받고 집으로 돌아왔다.

　이렇게 해서 하인은 그 후 죽을 때까지 양반으로 잘 살았다고 한다. -끝-

MEMO

鹿を助けたチョンガー
(사슴을 도운 총각)

昔、ある村に貧しい暮らしをしていたチョンガー(独身の男)がいた。

ある日、薪をとりに深い山奥に行って薪を集めていると、突然一頭の鹿が現れ、「どうか助けてくれ」と頭を下げ、「助けてくれたらあなたの望みをかえてあげる」と言った。それでチョンガーは集めておいた薪の中に鹿を隠してやった。するとそこへ猟師が走って来て、「鹿を見なかったか」と尋ねた。男はしらばっくれて、「知らない」と言うと、猟師はあたふたと向かい側の山のふもとへ走って行った。

しばらく経って鹿を薪の山の中から出してやると、鹿は大変喜んで男の望みを尋ねた。男は家があまりにも貧しく結婚ができないでいるので、ぜひ結婚がしたいと頼んだ。すると鹿は今から言う事を必ず実行しなさいと言った。「この山の向こうの池のそばには、夕方になると仙女たちが降りて来て、水浴をするのでそこに隠れていて、ひとつだけ着物を隠せば、仙女の一人は天へ登って行くこと

옛날 어느 마을에 가난하게 살던 총각(독신으로 사는 남자)이 있었다.

어느 날 나무를 하러 깊은 산속에 가서 나무를 하고 있자 돌연 한 마리의 사슴이 나타나 제발 살려 달라고 고개를 숙이며 도와주면 당신의 소망을 들어주겠다고 했다. 그래서 총각은 모아둔 나무 속에 사슴을 감춰 주었다. 그러자 그곳에 사냥꾼이 달려와서 사슴을 보지 않았느냐고 물었다. 남자는 시치미를 떼고 모른다고 하자 사냥꾼은 허둥지둥 맞은편 산기슭으로 달려갔다.

잠시 후 사슴을 장작더미 속에서 꺼내 주자 사슴은 매우 기뻐서 남자의 소원을 물었다. 남자는 너무나도 가난하여 결혼을 하지 못하고 있어서 꼭 결혼이 하고 싶다고 부탁했다. 그러자 사슴은 지금부터 말하는 것을 반드시 실행하라고 말했다. 「이 산 맞은편 연못 옆에는 저녁이 되면 선녀들이 내려와서 목욕을 하기 때문에 거기에 숨어 있다가 옷을 하나만 숨기면 선녀 한 명은 하늘로 올라갈 수가 없다. 그때 당신이 나

48

ができない。そのときあなたが出て行って『私といっしょに暮らせば着物を探してあげましょう』と言えば承諾するだろう。しかし子どもを三人産むまでは決してその着物をやらないように」と言って消えてしまった。

翌日の夕方、男が池のそばに隠れていると、仙女たちが降りて来て水浴を始めた。男はその間にこっそりと脱いであった着物を一つ隠した。しばらくして、天女たちはそれぞれに着物を着て天へ昇って行ったが、一人だけ残って泣いていた。さっそく男は出て行って、「なぜ泣いているのか」と尋ねると、「着物がなくなりました」と言うので、「自分が探してやるから一緒に暮らそう」と言った。仙女は天に帰るすべがなく仕方がないので、黙って男について来た。

男の家に帰ってみると、あばら家はどこかになくなって大きく立派な瓦ぶきの家がそびえていた。その日から数年の時が流れ、子どもが2人生まれていた。仙女は「子どもが2人生まれたのに、着物を早く見つけてください」とねだるので、男はつい鹿の言葉も忘れて隠していた着物を出してやった。すると仙女は幼

가서 『나와 함께 살면 옷을 찾아 드리지요』라고 하면 승낙할 것이다. 그러나 아이 세 명을 낳을 때까지는 결코 그 옷을 주지 않도록 하라」며 사라져 버렸다.

다음 날 저녁 남자가 연못 옆에 숨어 있자 선녀들이 내려와서 목욕을 하기 시작했다. 남자는 그 사이 몰래 벗고 있던 옷을 하나만 숨겼다. 잠시 후 선녀들은 각각 옷을 입고 하늘로 올라갔지만 한 명만 남아서 울고 있었다. 서둘러 남자는 나가서 왜 울고 있느냐고 묻자, 옷이 없어졌다고 해서 내가 찾아 줄 테니까 함께 살자고 말했다. 선녀는 하늘로 돌아갈 길이 없어 할 수 없이 잠자코 남자를 따라왔다.

남자의 집에 돌아와 보니 허술한 집은 어디론가 없어지고 크고 멋진 기와집이 우뚝 솟아 있었다. 그날부터 몇 년의 시간이 흘러 아이가 두 명 태어났다. 선녀는 「아이가 두 명 태어났으므로 옷을 빨리 찾아 주세요」라고 졸라서 남자는 그만 사슴의 말도 잊고 감춰 둔 옷을 꺼내 주었다. 그러자 선녀는 어린아이를 안고 순식간에 하늘로 올라가 버렸

い子を抱いてあっという間に天へ昇って行ってしまった。見ると、家も一瞬にして元のわらぶきのあばら家に変わってしまい、仙女との楽しい暮らしは夢のように消え去ってしまっ

た。仕方なく男は再び元のように薪をとりに山へ行った。しかし仙女との暮らしが忘れられずボロボロと涙をこぼし泣きながら薪をとるのもとぎれがちであった。

そこへ鹿が現れて「なぜ泣いているのか」と尋ねた。男はそこでハッと鹿の言葉を思い出し、子どもがまだ2人しか生まれていなかったのに着物を返してしまった事を正直に話し、自分の間違いだったと泣きくずれた。鹿は男をかわいそうに思ったのか今度は、「あの池に行けば、仙女たちがつるべを降ろして水を汲み上げるから、そこを見はからって急いで水をこぼし、つるべの中に座れば、天へ行くことができる」と教えてくれた。

男は喜んで池へ出かけ、その時を待っ

다. 그러자 집도 원래의 초가집인 허술한 집으로 변해버려 선녀와의 안락한 삶은 꿈처럼 사라져 버렸다. 어쩔 수 없이 남자는 다시 원래처럼 나무를 하러 갔다. 그러나 선녀와의 삶을 잊지 못해 흐느껴 울면서 나무를 하는 것도 중단되기 일쑤였다.

거기에 사슴이 나타나 왜 울고 있느냐고 물었다. 남자는 거기서 문득 사슴의 말을 떠올려 아이가 두 명밖에 낳지 않았는데 옷을 돌려줘 버린 것을 솔직히 말하고 자기의 잘못이었다고 울음을 터뜨렸다. 사슴은 남자를 불쌍히 여겼는지 이번에는 「저 연못에 가면 선녀들이 두레박을 내려 물을 퍼 올릴 테니 그곳을 살펴보고 서둘러 물을 쏟고 두레박 안에 앉으면 하늘로 갈 수 있다」고 가르쳐 주었다.

남자는 기쁜 마음으로 연못으로 가

た。やがてつるべが下って来たので、言われた通りにしてつるべに乗り天へ昇って行った。彼は天国でなつかしい妻と子どもに会うことができ、再び楽しい家族との暮らしに戻った。

その後、あばれ家に男が帰ってくることはなかったので、村でも男の行方を知っている者はなく、次第に人々から忘れられてしまった。 –終り–

서 그때를 기다렸다. 이윽고 두레박이 내려왔기 때문에 말한 대로 두레박을 타고 하늘로 올라갔다. 그는 천국에서 그리운 아내와 아이들을 만나게 되어 다시 즐거운 가족과의 삶으로 돌아왔다.

그 후, 허술한 집으로 남자가 돌아온 일은 없었기 때문에 마을에서도 남자의 행방을 아는 사람은 없고 점차 사람들로부터 잊혀지고 말았다. –끝–

MEMO

11

雨乞い伝説 鉄山の竜女
기우제 전설 철산의 용녀

「休憩!」上官の命令で兵士と下僕たちはほっとして草むらの中に散り腰をおろした。彼らは鉄山官庁の副使と共に漢陽へ行っての帰りだった。あたりには桃の花の香りがただよい、蝶が飛びまわっていた。下僕のトゥチルは、「箸も対、草鞋も対なのに相手のいない俺の運命の憐れなことよ。いつになったら嫁さんがみつかるやら」とつぶやきながら寝転んで空を見た。

すると突然、「こやつめ起きろ！そこはわしの居場所だ」トゥチルが目をこすって相手を見ると、白い髭毛を生やした老人が杖をついて立っていた。「公の土地に主人なんているのですか?」言い終わらない内に老人の杖がトゥチルの頭をガツンと叩いた。トゥチルは目から火が出て頭が朦朧とした。「わしはこの池の主だ。お前が寝ていた所はわしが毎日春の陽射しを楽しんでおる場所だ」トゥチルは仕方なくそこを立ち去ろうとすると杖が行く手を遮った。「こやつめ、わしの願いを聞き入れないうちはここを発たせ

「휴식!」상사의 명령으로 병사와 하인들은 후유 하고 풀숲 속에 흩어져 앉았다. 그들은 철산 관청의 부사와 함께 한양으로 갔다가 돌아오는 길이었다. 근처에는 복숭아꽃 향기가 좋고 나비가 날아다니고 있었다. 하인 두칠은「젓가락도 짝, 짚신도 짝인데 상대 없는 내 운명은 가련한 일이에요. 언제쯤 아내를 찾을 수 있을까」라고 중얼거리면서 뒹굴며 하늘을 쳐다봤다.

그러자 갑자기「야 이놈 일어나라! 거기는 나의 거처다」두칠이 눈을 비비며 상대를 보니 흰 수염을 기른 노인이 지팡이를 짚고 서 있었다.「공적인 땅에 주인이 어디 있나요?」말이 끝나기도 전에 노인의 지팡이가 두칠의 머리를 탁 쳤다. 두칠은 눈에서 불똥이 튀어나와 머리가 몽롱했다.「나는 이 연못의 주인이다. 네가 자고 있던 장소는 내가 매일 봄볕을 쬐며 즐기는 곳이다」두칠은 마지못해 그곳을 떠나려고 하자 지팡이가 가는 길을 막았다.「이놈아 내 소원을 들어주기 전에는 여길 떠나게 할 수 없단 말이야」「도대체 어떤 소원이란 말입니까. 두들겨 놓고서…」라고

ないぞ」「いったいどんな願いというのですか、叩いておきながら」と頭のこぶを撫でながらぶつぶつ言うと、老人は懐から手紙を取り出して、「これをわしの家族に急いで渡してくれ。鉄山で一番高い天王峰の山頂に池があるが、そこで『チョルア、チョルア、チョルア』と三回呼ぶと人が現れる」老人は言い終わるや否や忽然と姿を消した。手にしている手紙が今の出来事が夢でない事の証だった。トゥチルはこっそり隊から抜け出し、鉄山へ向って走り出した。鉄山に着いたトゥチルは天王峰の山頂に登ると池があった。大きな声で、「チョルア、チョルア、チョルア」と呼ぶと水面が渦巻き始め、水の中から童子がトゥチルに丁寧に挨拶し、「どういうご用件でしょうか?」と言った。トゥチルが老人の手紙を見せると、童子は封筒の字を注意深く見た後、「背中に乗ってください」と背を向けた。目を白黒させているトゥチルをさっと背負い、あっという間に水に飛び込むと風のように速く水の中をくぐって行った。

혹을 쓰다듬으며 투덜거리자 노인은 품에서 편지를 꺼내 「이것을 나의 가족에게 급히 전해 주어라. 철산에서 제일 높은 천왕봉 정상에 연못이 있는데 거기서『철아, 철아, 철아』라고 세 번 부르면 사람이 나타난다」노인은 말이 끝나자마자 홀연히 모습을 감췄다. 손에 들고 있는 편지가 지금 일어난 일이 꿈이 아니라는 증거였다. 두칠은 슬그머니 대열에서 빠져나와 철산을 향해 달리기 시작했다. 철산에 도착한 두칠은 천왕봉 정상에 오르자 연못이 있었다. 큰 소리로 「철아, 철아, 철아」라고 부르자 수면이 소용돌이치기 시작하며 물속에서 동자가 두칠에게 공손히 인사하며 「무슨 일이세요?」라고 말했다. 두칠이 노인의 편지를 보이자 동자는 봉투 글씨를 주의 깊게 본 뒤 등에 타라며 등을 돌렸다. 눈을 희번득이고 있는 두칠이를 잽싸게 업고 순식간에 물로 뛰어들자 바람처럼 빠르게 물속으로 잠겨 들었다.

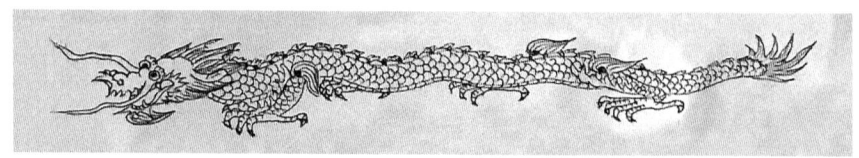

「さあ着きました」そこは珊瑚の林の中の華麗な竜宮だった。竜宮では美しい女人が待っていた。トゥチルは震える手で女人に手紙を渡した。「父上様が全国遊覧の旅に出かけた後、便りがなく心配しておりました。こうして手紙を届けてくださり、何とお礼を申し上げてよいやら。」その日から竜宮での手厚いもてなしを受け、夢のように贅沢な日々を過ごした。

何日たったか急に地上の両親や官庁の事を思い出し、これ以上留まってはいられないと女人に別れの挨拶をすると、「では用事を済ませたら必ず訪ねてくださいね」と黄金色に輝く竜鱗を証明書としてくれた。

官庁に出頭し、今までの説明をしたが、トゥチルの話が通じる訳がなかった。女人から貰った黄金の竜鱗を見せると、「これが本物かどうか、身の潔白を証明したかったら直接竜女に会わせろ。それまで本品は預かっておく」と竜鱗を取り上げられてしまった。トゥチルは困り果てて又竜宮を訪ねた。トゥチルの話を聞いた竜女は良い案を考えてくれた。

「자, 도착했습니다」 거기는 산호 숲 속의 화려한 용궁이었다. 용궁에서는 아름다운 여인이 기다리고 있었다. 두칠은 떨리는 손으로 여인에게 편지를 건넸다. 「아버님께서 전국 유람 여행을 떠난 후 소식이 없어 걱정하고 있었습니다. 이렇게 편지를 보내주셔서 뭐라고 감사의 말씀을 드려야 좋을지…」 그 날부터 용궁에서 극진한 대접을 받고 꿈같은 사치스러운 나날을 보냈다.

며칠이나 지났을까, 갑자기 땅위의 부모님과 관청의 일이 생각나서 이 이상 머물러 있을 수 없다고 여인에게 이별의 인사를 하자 「그렇다면 일을 마치면 반드시 찾아주세요」라고 황금빛으로 빛나는 용 비늘을 증명서로 주었다.

관청에 출두하여 지금까지의 일을 설명했지만 두칠의 이야기가 통할 리가 없었다. 여인으로부터 받은 황금 용 비늘을 보이자 「이것이 진짜인지 아닌지 몸의 결백을 설명하고 싶으면 직접 용녀를 만나게 하자. 그때까지 본품은 맡겨 두라」라고 용 비늘을 집어 들고 말했다. 두칠은 난감해서 다시 용궁을 찾아갔다. 두칠의 말을 들은 용녀는 좋은 방도를 생각해 주었다.

天王峰の池に副使と人々が集まり、竜が現れるのを待った。「竜が現れる瞬間、目をつぶらないと大変な禍を受けます」と皆に繰り返し頼み、「チョルア、チョルア,チョルア」と叫ぶと水柱が立ち巨大な竜が姿を現した。「竜だ!」集まった人々はすぐに頭を下げて地に伏せたが副使だけはかっと目を見開き竜を見つめた。「ウルルクァン」つんざくような雷鳴の轟きに驚いた馬があばれ、副使を乗せたまま水中に落ちてしまった。

この事件の後トゥチルの姿は見えなくなった。副使も新しく代わり年月が過ぎて人々はこの出来事を忘れたが、いつの頃からか旱魃が続くと天王峰の池のほとりに祭壇を設け、雨乞いの祭祀をした。雨を降らせてくださいという切実な願いを書いた手紙を池に浮かべ、「チョルア、チョルア、チョルア」と三回唱えると必ず雨が降ると伝えられている。

-終り-

천왕봉 연못에 부사와 사람들이 모여 용이 나타나기를 기다렸다. 「용이 나타난 순간 눈을 감지 않으면 이상한 변을 당합니다」라고 모두에게 거듭 당부하며 「철아, 철아, 철아」라고 외치자 물기둥이 솟구치며 거대한 용이 모습을 드러냈다. 「용이다!」 모인 사람들은 곧 고개를 숙여 땅에 엎드렸으나 부사만은 눈을 부릅뜨고 용을 쳐다보았다. 「우르르 쾅!」 찢어지는 천둥소리에 놀란 말이 날뛰어 부사를 태운 채 물속으로 빠져 버렸다.

이 사건 후 두칠의 모습은 보이지 않게 되었다. 부사도 새로 바뀌고 세월이 흘러 사람들은 이 일을 잊었는데, 어느 때부터인가 가뭄이 계속되자 천왕봉 연못 가에 재단을 설치하고 기우제를 지냈다. 「비를 내리게 해주세요」라는 절실한 소원을 쓴 편지를 연못에 띄워 「철아, 철아, 철아」라고 세 번 외치면 반드시 비가 온다고 전해지고 있다. -끝-

MEMO

_____

_____

_____

_____

12

落し穴に落ちたトラ
(구렁텅이에 빠진 호랑이)

むかし、ある山里の近くの峠にトラが棲んでいた。そこは小動物も多くトラにとっても棲みよかったのか、だんだん頭数が増え、村人はたびたびトラにおそわれ安心して暮らすことができなかった。

옛날 산골 근처 고개에 호랑이가 살고 있었다. 그곳은 작은 동물들도 많고 호랑이도 살기 좋았지만 점점 숫자가 불어나 마을 사람들은 종종 호랑이에게 시달려 안심하고 살 수가 없었다.

そこで村びとたちは集まって相談し、峠の近辺に何か所か落とし穴を掘ってトラを捕まえようという事になった。落とし穴が出来上がって数日後、峠の近くを通りかかった旅びとが、異様な声がする

のに気付き、穴の中をのぞいてみると、大きなトラが穴に落ちこんで、はい上がれないでいた。トラはのぞき込んだ旅びとに助けてくれされすれば恩は忘れないと哀れな声で訴えた。何も知らない旅びとはトラを可哀そうに思い大きな木切れを差し入れて、トラが上がれるようにしてやった。

그래서 마을 사람들은 모여서 상의하여 고개 근처 몇 군데 함정을 파서 호랑이를 잡자는 것이었다. 함정이 만들어진 며칠 후, 고개 근처를 지나던 여행자가 이상한 소리가 나는 것을 알아차리고 함정 안을 들여다보자 크나큰 호랑이가 함정에 빠져 기어오르지 못하고 있었다. 호랑이는 들여다본 여행자에게 도와주면 은혜를 잊지 않겠다고 애처로운 목소리로 호소했다. 아무것도 모르는 여행자는 호랑이를 가엾게 생각하여 크나큰 나무토막을 꽂아 호랑이가 올라오도록 해 주었다.

トラは外へ出るところりと態度を変え、「助けてくれたのは有難いが、人間どもがおれを苦しめたのだから、お前を捕えて喰ってやる」と言った。旅びとは驚いて、「何を言うか。助けてくれたら恩は忘れないと言ったではないか。お前のする事が正しいかどうか、他のものに判断してもらおうではないか！」と言うと逃げるように急いで牛のところへ行った。

牛にいきさつを説明すると、牛は「あ、そりゃ人間が間違っているぞ。なぜなら人間どもは我々を嫌になるまで働かせて、その上肉にして食べるから人間が間違っているよ」と言った。

それならこっちの松の木に聞いてみようと、くるりとふり返り、後にあった松の木に又話をして判断をしてもらった。松の木も「人間が間違ってますよ。我々木の仲間を切っていろんなものに使い、あげくの果てにまきにして燃やしてしまうじゃないか。思いやりのない人間が間違ってますよ」と言うので、トラは得意げに、「それ見ろ！おれの方が正しい。人間はひどい奴らだ」と今にも旅びとに飛びかかって喰おうとした。

호랑이는 밖으로 나오자 확 태도를 바꾸어 「도와준 것은 고맙지만 사람들이 나를 괴롭혔으니 너를 잡아먹겠다」고 말했다. 여행자는 놀라서 「무슨 말인가. 도와주면 은혜를 잊지 않겠다고 말하지 않았는가. 네가 하는 일이 옳은지 아닌지 다른 사람에게 판단해 달라고 하자!」라며 도망치듯 서둘러 소에게로 갔다.

소한테 경위를 설명하자 소는 「아, 그건 인간이 잘못한 거야. 왜냐하면 인간들은 우리들을 싫어할 때까지 일하게 하고 게다가 고기로 만들어 먹으니까 인간이 잘못한 거야」라고 말했다.

그렇다면 이번에는 저쪽 소나무에게 물어보자며 휙 돌아 뒤에 있던 소나무에게 또 얘기하여 판단을 받았다. 소나무도 「인간이 틀렸어요. 우리 나무 동료를 잘라 여러 가지로 사용하고 끝끝내 장작으로 만들어 태워버리지 않는가. 배려심 없는 인간이 틀렸지요」라고 말했다. 호랑이는 자신만만하여 「그거봐! 제가 맞아요. 인간은 지독한 놈들이다」라며 당장이라도 여행자에게 달려들어 잡아먹으려고 했다.

そこへウサギが走って来て通り過ぎようとした。旅びとはすぐにウサギを呼びとめ、大急ぎで今までの話をし正しく判決してくれるよう必死の思いで頼んだ。するとウサギに旅びとの思いが伝わったのか、ウサギは「では、トラさんはその落とし穴へ行って、どんなふうに落ちていたのか見せてください」と言った。トラは得意になって、さっき落ち込んで上げてもらったばかりの落とし穴へ戻り、何のためらいもなく穴へ飛び込んだ。ウサギの目くばせで旅びとは素早く木切れを引き上げて、トラが這い上がることができないようにした。

旅びとはトラを助けたばかりに、身の危険と凄い恐怖を感じながらも、この旅で大きな勉強をしたと思った。それは、それまで気付きもしなった人間の身勝手さや横暴を、牛や松の木がはっきりと教えてくれたからだ。

その後、穴の中のトラはどうなるんだろう。旅びとは急ぎ足でこの峠を立ち去りつつもまだ、穴の中のトラを気にしていた。 ー終りー

그때 토끼가 달려와 지나가려고 했다. 여행자는 바로 토끼를 불러 세우고 서둘러 지금까지의 이야기를 하고, 올바르게 판결해 주도록 죽을 힘을 다해 부탁했다. 그러자 토끼는 「그럼 호랑이는 그 구덩이로 가서 어떤 식으로 떨어져 있었는지 보여주세요」라고 말했다. 호랑이는 득의만만하여 아까 빠져서 올라왔던 구덩이로 되돌아와 아무 주저 없이 구덩이로 뛰어들었다. 토끼의 눈짓에 따라 여행자는 재빨리 나무토막을 끌어 올려 호랑이가 기어 올라올 수 없도록 했다.

여행자는 호랑이를 도왔을 뿐인데 신변의 위협과 엄청난 공포를 느끼면서도 이 여행에서 크나큰 공부를 했다고 생각했다. 그것은 그동안 눈치채지 못했던 인간의 이기심과 횡포를 소나 소나무가 분명히 가르쳐 주었기 때문이다.

그 후 구덩이 속 호랑이는 어떻게 되었을까? 여행자는 빠른 걸음으로 이 고개를 떠나면서도 아직도 구덩이 속의 호랑이를 걱정하고 있었다. -끝-

MEMO

兄妹岩
(남매 바위)

13

嶺南の長者馬家で男と女の双子の赤ちゃんが生まれた。跡継ぎを待ち望んでいた馬進士は、双子と聞いた瞬間顔を歪めた。双子は不吉な印だと忌避されていた時代だった。占い師は「双子を育てると厄運がついて回ります。二人とも十九歳を迎えることなく死ぬでしょう」と言った。「ひとりを遠くへやるとどうなのだ」「定められた運命はどうすることもできません」馬進士はため息をついた。道は一つ。五代続いた一人息子を守るために娘を殺すことにした。

その夜馬進士は部下のオクスを秘かに呼んで、夫人に悟られないよう双子の娘の方をおくるみに包み、海に放り込んで殺すよう命じた。オクスは赤ん坊を殺すことができず、竹籠に入れて波に乗せた。

歳月が流れ一人息子ヨンイは十九歳のりりしい青年に成長していた。ヨンイに心を寄せる乙女たちは多く、また娘のいる家の親たちもヨンイを婿に迎えたがっ

영남의 부자 마씨집에서 아들과 딸 쌍둥이 아기가 태어났다. 후계자를 고대하던 마 진사는 쌍둥이라는 말을 듣는 순간 얼굴이 일그러졌다. 쌍둥이는 부정한 표시라며 기피하던 시절이었다. 점쟁이는 「쌍둥이를 기르면 액운이 따라다닙니다. 둘 다 열아홉을 맞이하는 일 없이 죽을 겁니다」라고 했다. 「한 사람을 멀리 보내면 어떨까?」「정해진 운명은 어쩔 수 없습니다」마 진사는 한숨을 내쉬었다. 길은 하나다. 5대째 이어진 외아들을 지키기 위해 딸을 죽이기로 했다.

그날 밤 마 진사는 부하 옥수를 몰래 불러 부인이 눈치채지 못하도록 쌍둥이 딸을 포대기에 싸서 바다에 던져 죽이도록 명령했다. 옥수는 아기를 죽이지 못하고 대나무 바구니에 넣어 파도에 흘려보냈다.

세월이 흘러 외아들 용이는 열아홉의 늠름한 청년으로 성장했다. 용이에게 마음을 기울이는 처녀들은 많았고

ていた。しかしヨンイは読書や思索にふ
けり、愛とか結婚とかには全く無関心だ
った。そんなヨンイは海辺に出て砂浜に
座り遠く波の向こうのメモル島を眺める
事が度々あった。そこは鬼神が住むと言
われ、誰も近寄らない禁断の島であった
が、ヨンイはなぜか幼い時からそこが好
きで、メモル島を眺めると心が休まるの
であった。

　どんな縁談も息子が嫌がるので馬進士
は焦っていた。今度の縁談は吏曹判書だ
った尹大監家との良縁なので成立させた
いと思い、ヨンイに対して「明日尹大監
のお嬢さんと見合いをするからそのつも
りで準備をしなさい」と厳しく言いつけ
た。ところがヨンイは黙ってうなだれ、
足元ばかり見つめていた。馬進士は、
「この度の縁談はお前の将来ばかりでな
く、家門の繁栄がかかっているのだ。分
かっているのか！」と、いらいらしなが
らどなった。

　あくる朝、馬家は大騒動となった。見
合いの当事者であるヨンイがいなくなっ
たからである。下人たちにあちこち探し
回らせ、行きそうな所に問い合わせに走
らせた。怒り心頭の馬進士のもとへオク

또 딸이 있는 집의 부모들도 용이를 사
위로 맞이하고 싶어했다. 그러나 용이
는 독서나 사색에 빠져 사랑이나 결혼
따위에는 전혀 무관심했다. 그런 용이
는 바닷가에 나가 모래사장에 앉아 멀
리 파도 너머 메모르 섬을 바라보는 일
이 종종 있었다. 그곳은 귀신이 산다고
하여 아무도 접근하지 않는 금단의 섬
이었지만 용이는 왠지 어릴 때부터 그
곳을 좋아했고 메모르 섬을 바라보면
마음이 편해지는 것이었다.

　어떤 혼담도 아들이 싫어하기 때문
에 마 진사는 초조했다. 이번 혼담은 이
조 판서였던 윤 대감 댁과의 좋은 인연
으로 성사시키고 싶어 용이에게 「내일
윤 대감의 딸과 맞선을 볼 테니 그런 생
각으로 준비를 하라」라고 강하게 타일
렀다. 그런데 용이는 말없이 고개를 끄
덕이며 발밑만 바라보고 있었다. 마 진
사는 「이번 혼담은 너의 장래뿐만이 아
니고 가문의 번영이 달려 있는 것이다.
알고 있느냐!」라고 짜증을 내며 소리쳤
다

　이튿 날 아침 마씨 집은 큰 소동이
났다. 맞선을 볼 당사자인 용이가 없어
졌기 때문이다. 하인들에게 여기저기
찾아다니게 하고 갈 만한 곳에 문의하

スが駆け寄り、「今朝早く船頭のところ
へ舟を借りに行き、メモル島へ行ったそ
うです。」馬進士は呆然と立ちすくんだ。
鬼神にとり憑かれたに違いないと思った
からだ。その頃ヨンイは必死で丸木舟を
漕いでいた。彼の夢の中に夜ごと現れる
乙女に会うためである。彼女はヨンイの
救いの天使で憧れの女性だった。その彼
女が昨夜の夢では深い悲しみをたたえ、
メモル島の絶壁に立っていたのだ。

朝霧の中
に幽霊のよう
に浮かんでい
るメモル島が
近づいた。ヨ
ンイは力の限
り船を漕いだ
が、島の周
りには荒波が

打ち寄せていて、たやすく舟を近づける
事ができなかった。霧が晴れると絶壁の
上に立っている女人の姿がはっきりと見
えた。「ああ夢ではなかった」と思った瞬
間、大きな波で丸木舟は岩に激しくぶち
当たった。意識をとり戻すと自分を見お
ろしている乙女と目が合った。まさしく
夢の中で出会っていたその人だった。彼

러 달려가게 했다. 머리끝까지 화가 난
마 진사에게 옥수가 달려와 「오늘 아침
일찍 뱃사공에게 배를 빌리러 가서 메
모르 섬으로 갔다고 합니다」라고 하자
마 진사는 멍하니 서 있었다. 귀신에게
홀린 게 틀림없다고 생각되었기 때문이
다. 그 무렵 용이는 죽을 힘을 다해 통
나무 배의 노를 젓고 있었다. 그의 꿈속
에 밤마다 나타난 처녀를 만나기 위해
서였다. 그녀는 용이의 구원의 천사이
자 동경의 여인이었다. 그런 그녀가 어
젯밤 꿈에서는 깊은 슬픔을 띠며 메모
르 섬의 절벽
에 서 있었던
것이다.

아침 안개
속에 유령처
럼 떠 있는 메
모르 섬이 다
가왔다. 용이
는 힘껏 노를
저었지만 섬
주위에는 거
친 파도가 밀려와서 쉽게 배를 가까이
댈 수가 없었다. 안개가 걷히자 절벽 위
에 서 있는 여인의 윤곽이 뚜렷이 보였
다. 「아아, 꿈은 아니었구나」라고 생각
한 순간, 크나큰 파도로 통나무 배는 바
위에 심하게 부딪쳤다. 의식을 되찾자
자신을 내려다보고 있는 처녀와 눈이
마주쳤다. 바로 꿈속에서 만났던 그 사

女の名前はピョル（星）。俗世間を嫌ってこの島で漁をしていたお爺さんが、海に浮かんでいた赤ん坊を拾い上げ育ててくれたが、お爺さんは、つい先日あの世の人となってしまった。

ひとりぼっちになったピョルには海の向こうの陸地に住む少年しかこの世で知る人はなかった。ビョルの夢に現れる少年は自分と同様に成長し、今では立派な青年になっていた。運命的な出会いは、失っていた半分をやっと見つけ出したような安堵感に満たされ、自然にしっかりと抱き合った。すると突然天地をゆるがす雷が鳴り響き、明滅する稲妻の中で二人の男女は次第に岩に変わっていった。統営市の向こうに今も寂しく立つ双子岩がある。 -終り-

람이었다. 그녀의 이름은 별이었다. 속세의 세상이 싫어 이 섬에서 고기잡이를 하며 살았는데, 할아버지가 바다에 떠 있던 아기를 주워다 키워주었고, 그 할아버지는 바로 얼마 전 저세상 사람이 되어버렸다.

외톨이가 된 별이에게는 바다 건너 육지에 사는 소년밖에 이 세상에서 아는 사람이 없었다. 별이의 꿈에 나타난 소년은 자신과 마찬가지로 성장하여 지금은 훌륭한 청년이 되어있었다. 운명적인 만남은 잃어버린 절반을 겨우 찾아낸 듯한 안도감으로 가득 차 자연스럽게 꼭 껴안았다. 그러자 갑자기 천지를 뒤흔드는 천둥소리가 울려 퍼졌고 희미한 번개 속에서 두 남녀는 점차 바위로 변해 갔다. 통영시 건너편에 지금도 쓸쓸히 서 있는 쌍둥이 바위가 있다.
-끝-

MEMO

敵討ち
원수를 갚음

14

むかし、あるひなびた村での出来事である。天気の良い昼下がり、木陰に男たちが座り込んで将棋をさしていた。対局していた下座の男が、「王手！」と叫んだので、上座の太った老人はすっかりまいってしまい、呆然と将棋盤を見つめているばかりであった。

この時、横で熱心に覗き込んでいた別の老人が即座にさし出口をした。「あほ！お前さんそれもうまく受けられないのか」と言って思わず手を出すと、はずみでその手が太った老人がくわえていたキセルに当たって喉に突き刺さり、老人はあっという間にその場で死んでしまった。

大変なことになった。そばでさし出口をしていた老人は、思わぬ人殺しをしてしまったので、どうしたらいいやら分からないまま家に逃げ帰った。とりあえず

옛날, 어느 시골 마을에서 생긴 일이다. 날씨가 좋은 한 낮에 나무 그늘에서 남자들이 주저앉아 장기를 두고 있었다. 대국을 하고 있던 아랫 자리의 남자가 「장군!」하고 외쳤기 때문에 윗 자리의 뚱뚱한 노인은 완전히 넘어져 버려서 멍하니 장기판을 응시하고 있을 뿐이었다.

이때 옆에서 열심히 들여다보던 다른 노인이 바로 훈수를 했다. 「참 당신은 그것도 잘못받느냐」고 말하고 무심결에 손을 내밀자 탄력으로 그 손이 뚱뚱한 노인이 물고 있던 담뱃대에 맞아 목을 찔러서 노인이 순식간에 그 자리에서 죽어버렸다.

큰일 났다. 옆에서 훈수를 두고 있던 노인은 뜻하지 않은 살인을 해 버렸기 때문에 어떻게 해야 할지 몰라 집으로 도망쳤다. 일단 부랴부랴 자기 방으로

64

自分の部屋に息子3人を呼び寄せて途方にくれていると、表門を騒々しく開けて入ってくる3人の若者がいた。死んだ老人の息子たちであった。父の敵討ちをしようと殺気をみなぎらせて庭に入ってきた。

三人の若者は、「人殺しめ！おやじの敵め、早く出てこいっ！」と大声で叫び、わめきたてた。差し出口をした老人は、口を開けたまま一言もしゃべることが出

来ずただおろおろするばかりであった。すると、その老人の末の息子が前に進み出て、「ようこそ、いらっしゃいませ。いったい何があったのですか？」と落ち着きはらって尋ねた。「おれたちの父親の敵討ちにきたのだ。早くお前のおやじを表に出せ」と更に大声を張り上げた。末の息子は少しも動揺せず、静かにもう一度口を開いた。「いいでしょう。敵討ちをなさい。あなたたちの長男さんが、父に敵討ちをすれば、私たちの長兄がまた敵打ちのために、あなたたちの長男さんを殺すことになるでしょう。そうすれ

아들 세 명을 불러들여 어찌할 바를 모르고 있자 대문을 요란하게 열고 들어오는 세 명의 젊은이가 있었다. 죽은 노인의 자식들이었다. 아버지의 원수를 갚으려고 살기를 띤 채 마당으로 들어왔다.

세 명의 젊은이는 「사람을 죽이다니! 아버지의 적이야 빨리 나와」라고 큰소리로 외치며 고함을 질렀다. 훈수를 두었던 노인은 입을 벌린채 한 마디도 말하지 못하고 그저 허둥대기만 했다. 그러자 그 노인의 막내 아들이 앞으로 나서며「어서 오세요 어서 오세요 도대체 무슨 일이 있었던 것입니까?」라고 태연자약하게 물었다.「우리 아버지의 원수를 갚으러 온 것이다. 빨리 너의 아버지를 나오게 해라」라고 하며 다시 큰 소리를 질렀다. 막내아들은 조금도 동요하지 않고 조용히 다시 한번 더 입을 열었다.「좋아요. 원수를 갚으세요. 당신들의 장남이 아버지에게 원수를 갚으면 우리들의 큰형이 또 원수를 갚기 위해 당신들의 장남을 죽이게 되겠지요. 그러면 당신들의 둘째 형

ば、あなたたちの二番目の兄さんが長兄さんの敵討ちをするために、私の長兄を殺すことになるでしょう。そうするとまた、私の二番目の兄が、あなたたちの二番目の兄さんを殺すことになります。そうすれば、私は最後にあなたたちの末の弟さんを殺すようになるでしょう。そうなれば最後に生き残る者は私以外に居ないですよ。それで気が済むのならば、あなたたち兄弟の思う通りに一度おやりなさい」と言った。

　末っ子の泰然とした態度に、今まで怒り狂っていた三人の兄弟は返す言葉が見つからず、しぶしぶと退散するしかなかった。

　人はいつも落ちつきと機転があれば、どんな難しい問題にも、何とか対処でき、うまく乗り越えながら生きて行くことが出来るという事を、この末の息子が見事に表したのだった。

　勿論、太った老人の死に対して、さし出口をした老人は深く深く謝罪し、丁重に葬った上、家族全員で出来うる限りのつぐないをしたのは言うまでもない。

　　　　　　　　　　－終り－

이 장남의 원수를 갚기 위해 나의 장남을 죽이게 되겠지요. 그러면 또 나의 둘째 형이 당신의 둘째 형을 죽이게 됩니다. 그렇게 되면 나는 마지막으로 당신의 막내 동생을 죽이게 될 것입니다. 그렇게 되면 마지막으로 살아 남는 사람은 나 이외에 없을 겁니다. 그걸로 마음이 풀리면 당신 형제들 마음대로 한번 하세요」라고 말했다.

　막내의 태연한 태도에 지금까지 화가 나 있던 세 형제는 할 말을 찾지 못하고 마지못해 물러설 수밖에 없었다.

　사람은 언제나 침착함과 재치가 있으면 어떤 어려운 문제에도 어떻게든 대처할 수 있고 잘 극복하면서 살아 갈 수 있다는 것을 이 막내 아들이 훌륭하게 보여준 것이다.

　물론, 뚱뚱한 노인의 죽음에 대해 훈수를 둔 노인은 깊이깊이 사과하고 정중히 장사지낸 데다 가족 전원이 할 수 있는 한 속죄한 것은 말할 필요도 없다.

　　　　　　　　　　－끝－

MEMO

15

話をするヤギ
말을 하는 염소

昔、ある村に2人の兄弟が住んでいた。弟は楽に暮らし、兄は貧乏で苦しんでいた。ある日、兄は弟の家に行き、ぬかでもいいから少し分けてくれと頼むと、弟は、ウシに食わせるものもないのにやるものなどあろうかと、兄に向かってどなりつけた。

気弱な兄は仕方なくチゲを背負って山に薪を取りに行った。雪が積もっているので、日の当たる方で木の枝をかき集めながら、「もうすぐ正月がくるというのに、家では正月に食べるものさえない。お父さん、お母さんどうしましょう」とひとり言をいった。すると向かい側の谷間から、そっくり同じ言葉が帰ってきた。こだまだろうかと思い、もう一度声を出してみると、間をおいて同じ真似が返ってきたので不思議に思い、枝集めをやめて、そちら側に行ってみると、白いヤギが1匹立っていた。そこで「真似をしたのか？」と聞くと、ヤギは「真似をしたのか」と言った。兄はそのヤギを連れて帰り、近くの大きな村にヤギをひいて行

옛날 어느 마을에 두 형제가 살고 있었다. 동생은 여유롭게 살고 형은 가난해서 힘들어하고 있었다. 어느 날 형은 동생의 집에 가서 쌀겨라도 좋으니 조금 나누어 달라고 부탁하자 동생은 소 먹일 것도 없는데 줄 것이 있겠느냐며 형을 향해 소리쳤다.

나약한 형은 어쩔 수 없이 지게를 짊어지고 산으로 나무를 하러 갔다. 눈이 쌓여 있어 햇볕 드는 쪽에서 나뭇가지를 긁어모으면서 「이제 곧 설날이 온다는데 집에서는 설날에 먹을 것조차 없다. 아버지, 어머니 어떻게 하지요」라고 혼잣말을 했다. 그러자 맞은편 골짜기에서 똑같은 말이 되돌아왔다. 메아리라고 생각하고 또 한 번 목소리를 내 보자 사이를 두고 같은 흉내가 돌아와 이상하게 생각하여 나뭇가지 치기를 그만두고 그쪽으로 가보니 하얀 염소 한 마리가 서 있었다. 그래서 「흉내를 냈느냐?」고 묻자 염소는 「흉내를 냈느냐」라고 말했다. 형은 그 염소를 데리고 돌아와 가까운 큰 마을로 끌고 가서 「사람 말을 하는 염소를 보세요」라고 말했다. 마을 사람들이 모인 곳에서 염소에게

き、「人間の言葉をしゃべるヤギをご覧なさい」と言った。村びとたちが集まってきたところで、ヤギに話しかけると、すぐにその言葉そっくりに真似てヤギがしゃべった。村人たちはヤギが本当にしゃべるのを見ると、懐からお金を出して投げてくれた。兄はヤギをひいてあの村この村と回りながら、お金を沢山集めて家へ帰ってきた。

これを見た弟はすぐに兄のヤギを借りて、「人間の言葉をよくしゃべるヤギをご覧なさい」と言って村を回った。人々はせんだってのヤギが来たのだと思い、まだ聞いたことのない人がもの見高くぞくぞくと集まってきた。ところが弟がどんなに話をさせようとしても、ヤギはしゃべらないので、村人はみながっかりして帰ってしまった。

すっかり腹を立てた弟はヤギを引っぱって山へ行き、岩のすき間に押し込んでめった切りにして殺してしまった。

兄が弟に会ってヤギはどうしたのかと尋ねると、ヤギが話をしないので殺したと答えた。兄は泣きながら弟の行った山へ行き、骨を拾って帰ると家の垣の内側

말을 걸자 곧 그 말을 그대로 따라 하며 염소가 지껄였다. 마을 사람들은 염소가 정말로 지껄이는 것을 보고 주머니에서 돈을 꺼내 던져 주었다. 형은 염소를 끌고 이 마을 저 마을을 다니며 돈을 많이 모아서 집으로 돌아왔다.

이것을 본 동생은 바로 형의 염소를 빌려 「사람 말을 잘 지껄이는 염소를 구경하세요」라고 하며 마을을 돌아다녔다. 사람들은 요전의 염소가 왔다고 생각해, 아직 보지 못했던 사람들이 호기심에 쭈뼛쭈뼛 모여들었다. 그런데 동생이 아무리 말을 시켜도 염소는 말을 하지 않았기 때문에 마을 사람들은 모두 실망하고 돌아가 버렸다.

완전히 화가 난 동생은 염소를 끌고 산으로 가서 바위틈 사이로 밀어 넣고 난도질하여 죽여 버렸다.

형이 동생을 만나 염소는 어떻게 했느냐고 묻자, 동생은 말을 하지 않아서 죽였다고 대답했다. 형은 울면서 동생이 갔던 산으로 가서 뼈를 주워 돌아와

に手厚く埋葬した。すると そこから竹が生えてきて、すくすくと伸び始め、ぐんぐん高くなり、何と天にまで届きとうとう天空にあるお金のため池を突き刺し、家の庭に沢山のお金がバラバラとこぼれ落ちてきた。

これを知った弟は、早速山の岩の所へ行き、残っていた骨を持って帰り、自分の家の垣の内側へ埋めた。するとそこにも竹が生えてきて、どんどん伸び始めた。

弟が嬉しそうに期待をこめて天を見上げていると、この竹も遂に天まで届き、天空にあるくそだめの池を突き刺したので、落ちてきた大量のくそにまみれて弟は死んでしまった。

その後、白いヤギは天の使いだったのかも知れないと村人はささやき合っていたそうである。 -終り-

집 담장 안쪽에 정성껏 묻었다. 그러자 거기에서 대나무가 돋아나 쑥쑥 자라기 시작하더니 하늘까지 닿게 되었고, 결국 하늘에 있는 돈이 쌓인 연못을 찔러서 집 마당에 많은 돈이 펄펄 날아 떨어져 넘쳐났다.

이것을 알게 된 동생은 곧장 산에 있는 바위 틈으로 가서 남아 있던 뼈를 가져다가 자기 집 울타리 안쪽에 묻었다. 그러자 거기에서도 대나무가 돋아나 점점 자라기 시작했다.

동생이 기쁜 듯이 하늘을 올려다보고 있자, 이 대나무도 마침내 하늘까지 닿아 하늘에 있는 똥구덩이 연못을 찔렀다. 그러자 떨어진 많은 똥으로 범벅이 되어 동생은 죽고 말았다.

그 후, 하얀 염소는 하늘의 심부름꾼이었을지도 모른다고 마을 사람들은 서로 속삭였다고 한다. -끝-

70

MEMO

16 生きて鎮川(チンチョン)、死んで竜仁(ヨンイン)
살아서는 진천, 죽어서는 용인

忠清道鎮川にチュ・チョンソクという常民(農民・商人などの一般庶民。平民。被支配階級)が住んでいた。子沢山で貧しく、一家を支えるために夜昼ない程に働いていた。

吹雪の夜、寒い土間で縄をなっていると、チョンソクの前に冥府の使いが現れて、「お前がチュ・チョンソクだな、戊戌(つちのえいぬ)の年7月7日の亥(い)の刻生まれであろう」と、「お前のこの世での寿命はもう尽きた。あの世へ行くんだ」と急きたてた。「えっ、そんな。幼い子供がいます。どうぞこの次にしてください」と頼んだが、取り付く島もなくひっ立てられて行った。黄泉の河を過ぎ、12の地獄を通り越し冥府に到着すると、閻魔大王はおもむろに命簿(ミョンブ=寿命記載簿)を開けて、「お前が龍仁に住んでいるチュ・チョンソクか?」と尋ねた。「いえ、私めは鎮川に住んでいるのですが。」閻魔大王はそんな筈はないという風に命簿をもう一度見直した。

충청도 진천에 추 천석이라는 상놈(농민・상인등 일반 서민. 평민. 피지배계급)이 살고 있었다. 자식이 많고 가난해서 일가를 지탱하기 위해 밤낮없이 일하고 있었다.

눈보라가 치는 밤 추운 문간방에서 새끼를 꼬고 있자 천석이의 앞에 저승사자가 나타나 「네가 추 천석이구나 무술년 7월 7일 해시 생」이라며 「너는 이 세상에서의 수명은 이미 다됐다. 저 세상으로 가는 것이다」라며 다그쳤다. 「뭐요, 그럴 리가. 어린아이가 있어요. 제발 이 다음으로 해 주세요」라고 부탁했지만 꼼짝 없이 끌려갔다. 황천의 강을 지나 12개의 지옥을 지나 저승에 도착하자 염라대왕은 서서히 명부(명부= 수명기록부)를 열어서 「네가 용인에 사는 추 천석인가?」라고 물었다. 「아니요, 저는 진천에 살고 있습니다만」 염라대왕은 그럴 리 없다는 식으로 명부를 다시 한번 재검토했다.

72

「何ということだ。戊戌の年、7月7日の亥の刻生まれのチュ・チョンソクが二人いるとは!」狼狼した表情で舌打ちしながら閻魔大王は使いの者にこの者を送り返し、龍仁に住んでいるチュ・チョンソクを連れてこいと命令した。

こういうわけでチュ・チョンソクは妻子の待っている恋しい故郷鎮川に帰って来た。ところが、すでに葬儀が終わり、魂の入る肉体は無くなっていたのである。自分が埋められている墓の周りを徘徊していたチョンソクの魂は、龍仁に住んでいるというチュ・チョンソクの事に思い至った。急いで龍仁に飛んで行くと、龍仁のチュ両班の家は豪壮な邸宅であった。

邸内には忌中の提灯があちこちに吊るされ、チュ・チョンソクの死を悲しんで泣く声が聞こえていた。その声のする部屋へ風のように忍び込むと、遺体の前で夫人と息子が泣いていた。チュ・チョンソクの魂はためらうことなく死体の中へ入っていった。チュ・チョンソクは龍仁のチュ・チョンソクの肉体を借りてこの世に帰って来たのだ。

「이게 무슨 일이야. 무술년, 7월 7일의 해시에 태어난 추 천석이 두 명이라니!」 당황한 표정으로 혀를 차면서 염라대왕은 사자에게 이 자를 돌려보내고 용인에 살고 있는 추 천석을 데려오라고 명령했다.

이러한 사유로 추 천석은 처자식이 기다리고 있는 그리운 고향 진천으로 돌아왔다. 그런데 이미 장례식이 끝나고 영혼이 들어있는 육체는 없어진 것이다. 자신이 묻혀 있는 묘의 주위를 배회하고 있던 천석의 영혼은 용인에 살고 있다는 추 천석의 일을 생각하기에 이르렀다. 서둘러 용인으로 날아가자 용인의 추 양반 집은 웅장한 저택이었다.

저택 안에는 기중의 등불이 여기저기에 매달려 추 천석의 죽음을 슬퍼하며 곡성이 울려 퍼지고 있었다. 그 소리가 나는 방으로 바람처럼 숨어들자 시체 앞에서 부인과 아들이 울고 있었다. 추 천석의 영혼은 망설임 없이 시체 속으로 들어갔다. 추 천석의 육체를 빌려 이 세상으로 돌아온 것이다.

邸宅では主人が生きて返ったと喜びの宴が設けられ、祝賀の客で賑わった。しかしチュ・チョンソクは辛いだけだった。夫人と息子に自分は鎮川に住むチュ・チョンソクであって、この家の主人ではないと、事のいきさつを説明しても、主人は死にかけて頭がおかしくなったのだとしか思ってくれなかった。厳しい冬を震えながらお腹を空かして暮らしている妻子への思いでいっぱいになり何度も脱出したが、鎮川に着く前に捕まってしまった。

歳月が流れた。ぼたん雪が降りしきる冬の夜、チョンソクは昔からの慣わしで縄をなっていた。もう両班としての慣習もある程度身についたが、この縄をなう慣わしは変わらなかった。疲れたように手を止めて伸びをしていたチョンソクはふと暗闇の中で自分を凝視している視線を感じた。冥府の使いだった。「待っていましたよ。」チョンソクの言葉に冥府の使いはにんまりと笑った。

저택에서는 주인이 살아났다고 기쁨의 잔치가 마련되어 축하객으로 붐볐다. 그러나 추 천석은 괴로울 뿐이었다. 부인과 아들에게 자기는 진천 사는 추 천석이지 이 집 주인이 아니라고 일의 경위를 설명해도 주인은 죽을 뻔해서 머리가 이상해진 것이라고밖에 생각해 주지 않았다. 매서운 겨울을 떨면서 배고프게 살고 있는 처자식에 대한 생각이 가득해 몇 번이나 탈출했지만 진천에 도착하기 전에 붙잡히고 말았다.

세월이 흘렀다. 함박눈이 내리는 겨울밤 천석은 옛날부터 익숙해진 새끼를 꼬고 있었다. 이제 양반으로서의 풍습도 어느 정도 몸에 익혔지만 이 새끼 꼬는 습관은 변하지 않았다. 피곤한 듯 손을 멈추고 지지게를 켜고 있던 천석은 문득 어둠 속에서 자신을 응시하는 시선을 느꼈다. 저승의 사자였다. 「기다리고 있었지요」 천석의 말에 저승의 사자는 빙그레 웃었다.

「両班暮らしはどうだった?」「身は楽でも心はとても重かった。さあ行こう。」チョンソクは何のためらいもなく冥府の使いの後に従った。

その途中彼の魂は使いの許しを得て鎮川の元の家を訪ねた。チョンソクの妻はすでに亡くなっていて、長男のイルヨンがとりしきっていた。暮らしぶりはもっと貧しくなっているようだったが、部屋の中では家族が楽しく団欒していて、笑い声が聞こえていた。部屋の外で聞き耳を立てていたチョンソクの顔もいつしか微笑んでいた。

「さあ、もういいだろう」。促されたチョンソクの魂は、何の未練もなくあの世へと向かった。その後、世間の人たちは「生きては鎮川、死んでは龍仁」と言いはやすようになったという。 -終り-

「양반 삶은 어땠어?」「몸은 편안해도 마음은 무척 무거웠습니다. 자, 갑시다」천석은 아무런 망설임도 없이 저승 사자의 뒤를 따랐다.

그러던 중 그의 영혼은 사자의 허락을 얻어 진천 원래의 집을 찾았다. 천석의 아내는 이미 사망했고 장남 일룡이가 차지하고 있었다. 살림살이는 훨씬 더 가난해진 것 같았지만 방 안에서는 가족이 즐겁고 단란해서 웃음소리가 들리고 있었다. 방 밖에서 귀를 기울이고 서 있던 천석의 얼굴도 어느새 미소 짓고 있었다.

「자, 이제 됐겠지」재촉을 받은 천석의 영혼은 아무런 미련도 없이 저 세상으로 향했다. 그 후, 세상 사람들은 「살아서는 진천, 죽어서는 용인」이라고 말하기 시작했다고 한다. -끝-

MEMO

17

砂の帆柱
모래 돛대

昔から中国は大国であり、大きな勢力を持っていたので、隣り合わせの小国朝鮮は何だかんだと困らせられることが少なくなかった。ある年、中国の王様が使臣をよこして無理難題を要求してきた。

옛날부터 중국은 대국이고 큰 세력을 갖고 있었기 때문에 이웃한 소국 조선은 왠지 곤란한 일이 적지 않았다. 어느 해 중국 왕이 대신을 보내 무리한 어려운 문제를 요구해 왔다.

すなわち、朝鮮には漢江(ハンガン)という大きな河があるというが、その漢江の水を、一滴も残さず一隻の船にのせて中国へ送れ、というのであった。

즉, 조선에는 한강이라는 큰 강이 있다고 하는데, 그 강 물을 한 방울도 남기지 않고 한 척의 배에 실어서 중국으로 보내라는 것이었다.

こんな難しい注文を受けた朝鮮の王様の心配は、大山のように大きなものであった。

이런 어려운 주문을 받은 조선 왕의 걱정은 태산처럼 컸던 것이었다.

悠々と河いっぱいに流れる漢江の水を、一滴残らず汲み上げることなどできるわけがなく、たとえその多量の水を汲み上げたとしても、一隻の船に乗せて送るというそんな船があるはずもないからである。送れという期日が近づいてくるのに、いくら考えても妙案が浮かばず、王様は大変苦しんでいた。

유유히 강을 가득 메워 흐르는 한강 물을 한 방울도 남김없이 퍼 올릴 수는 없었다. 설사 그 다량의 물을 퍼 올린다 해도 한 척의 배에 실어 보낸다는 그러한 배가 있을 리 없기 때문이다. 보내라는 기일이 다가오는데 아무리 생각해도 묘안이 떠오르지 않아 왕은 대단히 괴로워하고 있었다.

仕方なく王様は、頭が良いという朝廷の臣下たちを呼び集めて相談をした。しかし、漢江の水を一滴も残さず一隻の船に乗せて送るなどというとてつもない事に妙案が出てくるはずもなく、臣下たちはどうしてよいか解

らなかった。みな頭をかかえ込んでうんうんとうなっていた。

暫くするとある大臣が王様の前に進み出て、「良い方法があります」と言った。喜んだ王様は「早くそれを話してみよ」と促した。他の大臣たちはいっせいにそちらに注目した。

大臣の話を聞いた王様は大きくうなずき、飛び上らんばかりに喜んで、その大臣に「さっそく返事を書け」と言った。中国の王様に送る返信には、次のような事が書かれていた。

「漢江の水を一残さず汲んで送る準備は整っております。しかしながら、この

어쩔 수 없이 왕은 머리 좋다고 하는 조정의 신하들을 불러 모아 의논을 했다. 그러나 한강 물을 한 방울도 남기지 않고 한 척의 배에 실어 보내는 엄청난 일에 묘안이 나올 리도 없어 신하들은 어찌해야 좋을지 알 수 없었다. 모두 머리를 싸매고 끙끙 앓고 있었다.

잠시 후 어느 대신이 왕 앞에 나아가 「좋은 방법이 있습니다」라고 했다. 기뻐하던 왕은 「빨리 그것을 말해 보라」고 재촉했다. 다른 대신들은 일제히 그 쪽을 주목했다.

대신의 말을 들은 왕은 크게 고개를 끄덕이며 펄쩍 뛸 듯이 기뻐하며 그 대신에게 신속히 답장을 쓰라고 했다. 중국 왕에게 보내는 답장에는 다음과 같은 내용이 적혀 있었다.

「한강 물을 한 방울도 남기지 않고 길어 보낼 준비가 돼 있습니다. 하지만

多量の水をお送りするためには、漢江の水全部を乗せるだけの巨大な船が必要でございます。その船には、砂を三百尺（約九十メートル）も高く積み上げた帆柱をつけなければなりません。わが国はご存じの通りの小国で、そのような多量の砂はどこにもございません。

　大国であられる貴国で、北方の砂漠でも崩して三百尺の帆柱を作り、それを取り付けた大きな舟と共にこちらへ送りください。そうして頂ければ、ただちに漢江の水を一滴残らず乗せてお届けいたします」

　王様も大臣たちもほっと一息ついて、この返信を使いの者に持たせた。

　中国からどのような返事が来るか、今度はこちらの人々が興味しんしんで心待ちにした。しかし、何日たっても中国からは何の音沙汰もなかった。返書を受け取った意地の悪い中国の王様が、この文を見て何も言えなくなったからである。

　中国の王様は、自国にある長江の方が絶対に大きな河だと思っていながら、実際に長江の横にもう一本河を作って漢江

이 많은 양의 물을 보내기 위해서는 한강 물 전부를 실을 수 있을 만큼의 거대한 배가 필요합니다. 그 배에는 모래를 삼백 척(약 90m)이나 높이 쌓아 올린 돛대를 달아야 합니다. 우리나라는 잘 아시다시피 소국이고 그러한 다량의 모래는 어디에도 없습니다.

　대국인 귀국에서 북방의 사막이라도 무너뜨려 삼백 척 돛대를 만들어 그것을 부착한 큰 배와 함께 이곳으로 보내 주십시오. 그렇게 해주면 바로 한강 물을 한 방울 남기지 않고 실어 보내 드리겠습니다」

　임금도 대신들도 한숨 돌리고 이 답장을 사자에게 갖고 가게 했다.

　중국에서 어떤 답변이 올지 이번에는 이곳 사람들이 흥미롭게 기다렸다. 그러나 며칠이 지나도 중국에서는 아무 소식도 없었다. 답장을 받은 심술궂은 중국 왕이 글을 보고 아무 말도 할 수 없게 되었기 때문이다.

　중국의 왕은 자기 나라에 있는 양쯔강이 절대적으로 큰 강이라고 생각하면서 실제로 양쯔강 옆에 또 하나의 강을

の水を流し、長江の水量と較べた上で、"こちらの河の水の方が多いぞ！"と証明したかったのである。しかし、いかにも理論的であるかに見えて、実際には出来もしないこのような理論を机上の空論という。そこで朝鮮の王様も負けずに机上の空論で返信したのである。

それからは中国から二度とこのような難題を持ちかけられることはなくなったそうである。 - 終り-

만들어 한강 물을 흘려보내 양쯔강의 수량과 비교한 후 「이쪽 강물이 더 많다!」라고 증명하고 싶었던 것이다. 그러나 아무리 이론적인 것처럼 보이고 실제로는 되지도 않는 이런 이론을 탁상공론이라 한다. 그래서 조선의 임금도 지지 않고 탁상공론으로 답신한 것이다.

그 후로는 중국으로부터 두 번 다시는 이러한 난제를 제기받는 일이 없어졌다고 한다. -끝-

MEMO

18

平壌カムサの愛人
평양 감사의 애인

昔、ある村に母と娘が住んでいた。母親はどうしたら娘が良い所に嫁に行けるかと日夜考えていた。

裏の山には寺が一軒あった。母親は毎日ように寺へ出向き、仏様の前に座って娘が平壌カムサ(監司＝道の長官)の愛人になれるようにと祈っていた。

ある日のこと、この寺の僧が娘に欲情を抱き、母親が寺にやってくる時間に仏様を裏返しにしておいた。何も知らない母親は、いつものように真心をこめ、声を出して願い事を祈った。すると仏様の向こうで僧が言った。「平壌カムサの愛人になることはあきらめて、この寺の僧に与えなさい」

これを聞いた母親は落胆し、家へ帰ると寝込んでしまった。心配した娘が母親からそのわけを聞くと「心配しないでください。なぜ仏様の命に逆らうの？」と言った。それで母親は僧を呼んで「仏様の命令に従い娘をさしあげます」と言っ

옛날 어느 마을에 어머니와 딸이 살고 있었다. 어머니는 어떻게 하면 딸이 좋은 곳으로 시집갈 수 있을까 밤낮으로 생각하고 있었다.

뒷산에는 절이 한 채 있었다. 어머니는 매일같이 절에 나가 부처님 앞에 앉아 딸이 평양 감사(감사 = 도의 장관)의 애인이 될 수 있도록 기도했다.

어느 날의 일이다. 이 절의 스님이 딸에게 사심을 품고 어머니가 절에 찾아오는 시간에 부처님을 바꾸어 놓고 있었다. 아무것도 모르는 어머니는 언제나처럼 진심을 담아 소리를 내어 소원을 빌었다. 그러자 부처님 너머에서 스님이 말했다. 「평양 감사의 애인이 되는 것은 포기하고 이 절의 스님에게 주시오.」

이 말을 들었던 어머니는 낙담하고 집으로 돌아오자 몸져누워 버렸다. 걱정한 딸이 어머니로부터 그 사유를 듣자 「걱정하지 말아 주세요. 왜 부처님의 명령에 거역하나요?」라고 말했다. 그래서 어머니는 스님을 불러서 「부처님의 명령에 따라 딸을 드리겠습니다」라고

た。僧は嬉しくてどうしてよいか分からないくらいであった。しかし、僧の身で式をあげることもできず、堂々と連れて行くわけにもゆかず、櫃(ひつ)を買ってきて花嫁を入れ自分で担いで寺へ運ぼうとした。

ところが丁度そこへ通りの向こうから「さがれ、そこをどけ！」と言いながらやってくるカムサの行列があり、僧は恐ろしくなって櫃を草むらの中に隠し、自分も離れた場所に隠れた。

平壌カムサの行列が通り過ぎて行く時、草むらの中から瑞気が立ちのぼっているのが見えた。カムサは「駕篭(かご)をおろせ」と言った。捕吏たちに瑞気が立っている草むらを調べさせたところ櫃があったので、平壌カムサはその櫃を自分の所へ運ばせ、ふたを開けてみると、とても美しい乙女が入っており、皆の者が驚いた。

平壌カムサがわけを尋ねると、乙女は母親の願いからそれまでの経緯をつぶさに話した。すると平壌カムサは「それでは愛人にしてやろう」と乙女を駕籠に乗せ大変喜んだ。そして空の櫃にはトラの

했다. 스님은 기뻐서 어떻게 해야 좋을지 알 수 없을 정도였다. 그러나 스님의 몸으로 식을 올릴 수도 없고 당당히 데리고 갈 수도 없어 궤짝을 사서 신부를 넣고 자기가 짊어지고 절로 옮기려고 했다.

그런데 마침 그곳 길 건너쪽에서「물럿거라, 그곳을 비켜라」라고 하면서 찾아오는 감사 행렬이 있어서 스님은 겁에 질려 궤짝을 풀숲 속에 숨기고 자신도 떨어진 장소에 숨었다.

평양 감사의 행렬이 지나가는데 풀숲 속에서 서기(상서로운 기운)가 서려 있는 것이 보였다. 감사는「가마를 내려라」라고 했다. 포졸들에게 서기가 서려 있는 풀숲을 조사하게 했더니 궤짝이 있어서 평양 감사는 그 궤짝을 자기에게로 옮기게 해서 뚜껑을 열어보자 매우 아름다운 처녀가 들어있어서 모두가 놀랐다.

평양 감사가 사유를 묻자 처녀는 어머니의 소원부터 그간의 경위를 중얼거렸다. 그러자 평양 감사는「그럼 애인으로 만들어 주겠다」며 처녀를 가마에 태우고 크게 기뻐했다. 그리고 빈 궤짝에

子を捕えて押し込めさせ、行ってしまった。

平壌カムサの行列が過ぎ去った後、僧は櫃を隠しておいた所へ戻ると、櫃はそのままあったので大急ぎで寺へ持ち帰り、自分

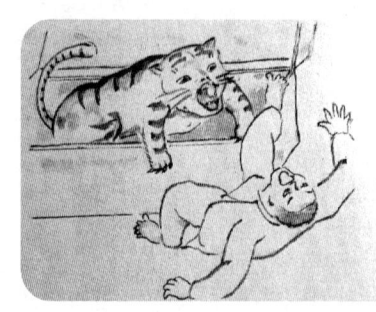

の居間に置いた。そして最上席の修行者を呼んで、「今晩はどんな音がしても私の部屋に入ってくるな」と言いつけた。

それから「夕飯食べるか、食べないか」と歌いながら櫃を少し開けて、「出ておいで」と手を入れた。するとトラは爪でカッとひっかいた。僧は乙女が恥ずかしがってそんなことをすると思って「遠慮しないで早く出さない」と言った。そして櫃のふたを開けると、トラが飛び出してきて僧にかみついた。僧は「助けてくれ」と大声で叫んだが、「入ってくるな」と言っておいたので、誰ひとり駆けつける者はなく、やがて声がしなくなった。

行者らは仲間どうしで「いたずらもかなりのものだ。新婚初夜をうまくやって

는 호랑이 새끼를 잡아서 밀어 넣고 가 버렸다.

평양 감사의 행렬이 지나간 뒤에 스님은 궤짝을 숨겨둔 곳으로 돌아오자 궤짝은 그대로 있어서 급히 절로 가지고 돌아와 자기의 거실에 두었다. 그리고 제일 상석의 수행자를 불러 「오늘 밤은 무슨 소리가 나도 내 방에 들어오지 말라」고 말해 두었다.

그리고는 「저녁 밥을 먹을까, 먹지 말까」라고 노래하면서 궤짝을 조금 열고 「나와」 하고 손을 넣었다. 그러자 호랑이는 발톱으로 확 긁었다. 스님은 처녀가 부끄러워서 그런 짓을 한 것 같아 「사양하지 말고 빨리 나와요」라고 했다. 그리고 궤짝의 뚜껑이 열리자 호랑이가 뛰어나와 스님을 물었다. 스님은 「살려 달라」고 큰소리로 외쳤지만 「들어오지 말라」고 말해 두었기 때문에 누구 한 사람 달려드는 사람이 없었고 이윽고 목소리가 나지 않았다.

행자들은 동료들끼리 「장난도 이만저만이 아니다. 신혼 첫날밤을 잘 보내

いるようだ」と言いあった。その夜眠っ
ている最上席の行者の夢に仏様が現れ
た。「あの僧は、私のふりをして人をだ
ました罪でトラの子にかみ殺されてしま
った。新妻は平壌カムサの愛人になった
ので、母親に知らせてあげなさい」と告
げた。

　驚いて大急ぎで僧の部屋へ行ってみる
と、ほんとうに僧はかみ殺され、息絶え
ていた。

　翌日、乙女の母親の所へ行き一部始
終を知らせると、母親は大変喜んだ。そ
の後母親はますます一生懸命に仏様に仕
えたそうである。-終り-

고 있는 것 같다」고 했다. 그날 밤 잠든
최상석 행자의 꿈에 부처님이 나타났
다.「저 스님은 나의 행세를 하며 사람
을 속인 죄로 호랑이 새끼에게 물려 죽
고 말았다. 새댁은 평양 감사의 애인이
되었으니 어머니께 알려 드리라」고 했
다.

　놀라서 황급히 스님의 방에 가보니
정말 스님은 물려서 숨이 끊어져 있었
다.

　다음날 처녀의 어머니에게 가서 자
초지종을 알려주자 어머니는 크게 기뻐
했다. 그 후 어머니는 더욱더 열심히 부
처님을 섬겼다고 한다. -끝-

MEMO

貞操の木
정조 나무

慶長の役の時の話てある。慶北地方の玄風(ヒョンプン)村に倭兵の一団が攻め込んできた。放火、殺人、略奪をほしいままにして村全体が廃墟にされかかっていた。朝鮮の官軍は銃で武装した敵の前で、なすすべもなく敗走をかさねていた。倭軍は破竹の勢いで嶺南一帯を蹂躙し、歓声を上げながら進軍している最中だった。玄風に攻め込んだ倭軍は浪人の武士集団で、まるで血に飢えた野獣のように男たちを次から次へと皆殺しにし、女と見れば老若問わず強姦した。

馬に乗って部下たちが繰り広げる蛮行を眺めながらゴウケツ笑いをしていた倭軍の武将の目に、ふと向こうの丘の上を逃げて行くひとりの乙女の姿が映った。夕日に染まった空を背景に青い草原を長いお下げ髪を揺らしながら駆ける姿は魅惑的で彼の気をひいた。

「捕えろ!」武将の命令で倭兵たちが一斉に駆け出し、乙女の後を追って行った。彼女は歯を食いしばり必死になっ

임진왜란 때의 이야기다. 경북 지방의 현풍 마을에 왜병의 한 무리가 쳐들어왔다. 방화, 살인, 약탈을 자행하여 마을 전체가 폐허가 되어가고 있었다. 조선의 관군은 총으로 무장한 적들 앞에서 속수무책으로 패주를 거듭하고 있었다. 왜군은 파죽지세로 영남 일대를 유린하고 함성을 지르면서 진군하고 있는 중이었다. 현풍에 쳐들어간 왜군은 낭인의 무사 집단으로 마치 피에 굶주린 짐승처럼 남자들을 줄줄이 몰살시키고 여자로 보이면 노소를 불문하고 강간했다.

말을 타고 부하들이 벌이는 만행을 바라보며 함박웃음을 짓고 있던 왜군의 무장 눈에 갑자기 건너편 언덕 위로 도망쳐가는 한 처녀의 모습이 비쳤다. 석양으로 물든 하늘을 배경으로 푸른 초원에서 길게 늘어뜨린 머리카락을 흔들며 달리는 모습은 매력적이어서 그들의 마음을 끌었다.

「잡아라!」무장의 명령에 왜병들이 일제히 달려나와 처녀의 뒤를 쫓았다. 그녀는 이를 악물고 필사적으로 달렸지

て走ったが、狩猟犬のように迫ってくる彼等からは到底逃れられないように思えた。丘の上に一本の欅(ケヤキ)の木が立っていた。幼い頃、友達とブランコに乗ったり、かくれんぼをしたりして遊んだ所であった。倭兵たちはウサギ狩りでもするかのように乙女を包囲しながら距離を縮めていった。もうこれ以上逃げ場がなくなってしまった乙女は欅の木にしがみついた。

倭兵のひとりが乙女を木から引き離そうとしたが、両手の指をしっかりと絡め、頑として木から離れようとしない彼女の意志は強かった。女の貞操は命より大切だと父親の教えの下で育った乙女であった。死ぬとしても貞操を失うことはできない。次に筋肉質の体軀を自慢する男が進み出て、熊手のような手で乙女のか細い腰をひっつかみ、力いっぱい引っ張った。しかし木に密着した乙女の体を引きはがすことはできなかった。

大男が引きさがると今度は十数人の倭

만 사냥개처럼 다가오는 그들에게서는 도저히 벗어날 수 없을 것 같았다. 언덕 위에는 한 그루의 느티나무가 서 있었다. 어렸을 때 친구와 그네 타기를 하거나 숨바꼭질을 하며 놀던 곳이었다. 왜병들은 토끼 사냥이라도 하듯 처녀를 포위하면서 거리를 좁혀갔다. 더 이상 도망갈 곳이 없어진 처녀는 느티나무에 매달렸다.

왜병 중 한 명이 처녀를 나무에서 떼어내려고 했지만, 양손 손가락을 단단히 걸고 나무에서 떠나지 않으려는 그녀의 의지는 굳건했다. 여자의 정조는 목숨보다 중요하다고 아버지의 가르침 아래 자란 처녀였다. 죽는다 해도 정조를 잃을 수는 없었다. 이어서 건장한 체구를 자랑하는 남자가 나서서 갈퀴 같은 손으로 처녀의 가냘픈 허리를 움켜쥐고 힘껏 잡아당겼다. 그러나 나무에 밀착된 처녀의 몸을 떼어낼 수는 없었다.

덩치 큰 남자가 물러나자 이번에는

兵がいっぺんに飛びかかって綱引きをするように一直線につながって乙女を引っ張り始めた。それでも乙女はビクともしなかった。

「どけ！」

武将の怒気を含んだ声が聞こえると、部下たちはそろそろと武将の顔を窺いながら引き下がった。馬から降りた武将は欅の木に近づいて、疲労困憊している乙女を眺めた。

「五つ数えるまでに木から離れろ！命だけは助けてやる」と言って武将は刀を振り上げた。「一、二、三．．．」

ところが乙女はビクとも動かなかった。武将の刀が空中にひらめいたと思うと、乙女は重心を失って後ろに倒れてしまった。切断された両腕の切り口から血が噴水のように流れた。

倭軍が退いた後、生き残った村人たちが欅の木の下で死んでいる乙女の遺体を発見した。乙女は手を切られたまま死んでいて、指が絡んだ彼女の手は、不思議なことに木にしっかりと嵌りこんで化石のように硬く、村人がどんなに取りはず

수십 명의 왜병이 한꺼번에 달려들어 줄다리기 하듯 일직선으로 이어져 처녀를 잡아당겼다. 그래도 처녀는 꿈쩍도 하지 않았다.

「비켜！」

무장의 노기 어린 목소리가 들리자 부하들은 슬슬 무장의 얼굴을 살피며 물러났다. 말에서 내린 장수는 느티나무 아래로 다가가 기진맥진해 있는 처녀를 바라보았다.

「다섯 셀 때까지 나무에서 떨어져라! 목숨은 살려주마」라고 말하고 장수는 칼을 치켜들었다.「하나, 둘, 셋…」

그런데 처녀는 꿈쩍도 하지 않았다. 장수의 칼이 공중에 번뜩이는 순간, 처녀는 중심을 잃고 뒤로 쓰러져 버렸다. 잘린 두 팔의 단면에서 피가 분수처럼 흘렀다.

왜군이 물러난 후, 살아남은 마을 사람들이 느티나무 밑에 죽어 있는 처녀의 시신을 발견했다. 처녀는 두 손이 잘린 채 죽어 있었고, 손가락이 얽힌 그녀의 손은 이상하게도 나무에 꽉 끼어 화석처럼 굳어 있었다. 마을 사람들이 아무리 떼어내려 해도 느티나무에서 뗄

そうとしても、欅の木からはずすことが
できなかった。仕方なく両手がないまま
の遺体を丁寧に埋葬した。その後、村の
人々はこの欅の木を「貞操の木」と呼び、
女の節操の象徴として大切に守り育て
た。

　玄風村の丘の上では今年も美しい若葉
を涼しげに広げた大きな欅の木が風にそ
よいでいる。-終り-

수가 없었다. 어쩔 수 없이 두 손 없는
시신을 정성스럽게 매장했다. 그 후 마
을 사람들은 이 느티나무를 「정조 나
무」라 부르며 여자의 지조 상징으로 귀
히 여기고 가꾸었다.

현풍 마을 언덕 위에서는 올해도 아
름다운 새잎을 시원하게 펼친 커다란
느티나무가 바람에 살랑이고 있다.
-끝-

MEMO

20

虎 女
호랑이 여인

徐羅伐の興輪寺では2月になると搭巡りをしながら願いをかける"福会"という風習があった。キム・ヒョンも搭を巡りながら一日も早く良い伴侶をお授けくださいと熱心に願をかけていた。

父親はキム・ヒョンがまだ幼い頃、百済との戦いで亡くなり、母親が苦労をして育ててくれたのだ。彼は少しでも早く結婚して老母を楽にしてあげたいと願っていたが、あまりにも貧しくて誰も嫁には来てくれなかった。

日が暮れて福会に来ていた人々が帰って行く頃、「サクサク・・・・。」キム・ヒョンは先ほどから彼の後ろから聞こえてくる足音を気にしていた。誰かが彼の後ろで一定の間隔を保ちながら搭巡りをしているようだった。キム・ヒョンは搭に礼拝しながら後から来る人をうかがった。女人だった。それもハッとする程美しい乙女だった。キム・ヒョンが急に歩みを止めると、女人は慌てて立ち止まったが、そっと微笑を浮かべて彼のそばを

서라벌의 흥륜사는 2월이 되면 탑돌이를 하면서 소원을 비는 "복회"라고 하는 풍습이 있었다. 김 현도 탑돌이를 하면서 하루빨리 좋은 반려자를 구해 달라고 열심히 소원을 빌고 있었다.

아버지는 김 현이 아직 어린 시절 백제와의 싸움에서 돌아가셨고 어머니가 고생해서 길러 주셨다. 그는 조금이라도 빨리 결혼해서 노모를 즐겁게 해주고 싶었지만 너무 가난해서 아무도 시집을 와 주지 않았었다.

날이 저물어 복회에 왔던 사람들이 돌아갈 무렵 「저벅 저벅…」 김 현은 아까부터 그의 뒤에서 들려오는 발걸음 소리에 신경 쓰고 있었다. 누군가가 그의 뒤에서 일정한 간격을 유지하면서 탑돌이를 하고 있는 것 같았다. 김 현은 탑에 예배드리면서 뒤에서 오는 사람을 살폈다. 여자였다. 그것도 깜짝 놀랄 만큼 아름다운 처녀였다. 김 현이 갑자기 걸음을 멈추자 여인은 황급히 멈춰섰지만 살짝 미소를 지으며 그의 곁을 지나갔다. 그녀의 미소를 본 순간 김 현은

通り過ぎて行った。その微笑みを見た瞬間キム・ヒョンは射すくめられたように心を引かれてしまった。「私に微笑みかけたのは気があるという事なのでは？いや、そんな筈がない！」自問自答しながら搭巡りを続けた。

何度目かの礼拝をして顔を上げると、ふと二人の目が合った。キム・ヒョンは思いきって彼女の手をぎゅっと握った。「あれ、何をなさいます」女人の顔が桃色に染まるのをみたキム・ヒョンは、彼女の手を引っぱって松林の中に入って行った。まだ雪の残る林の中で二人は愛の炎を燃やした。

いつの間にか月も沈んで、闇につつまれていた山寺では早朝の勤行を知らせる鐘が鳴り始めた。女人はさっと帰り支度を始めた。「待ってください」「帰らなければなりません。ご縁があればまた・・・」と逃げ出した。キム・ヒョンはすぐに彼女の後を追った。女人はどんどん深い山の奥へ入って行った。そして振り返りながら叫んだ。「お願いですから帰ってください。兄に見つかったら生きて帰れないでしょう」しかし彼はひたすら女人を思う一念で追いかけて行った。

움츠러든 듯 마음이 끌리고 말았다.「나에게 미소를 지은 것은 마음이 있다는 뜻 아닌가요? 아니, 그럴 리가 없다」자문자답하면서 탑돌이를 계속했다.

예배를 몇 번 드리고 고개를 들자 문득 두 사람의 눈이 마주쳤다. 김 현은 작심하고 그녀의 손을 꽉 잡았다.「어, 뭐해요」여인의 얼굴이 분홍색으로 물드는 것을 본 김 현은 그 여자의 손을 잡아끌고 소나무 숲속으로 들어갔다. 아직 눈이 남아 있는 숲속에서 두 사람은 사랑의 불길을 태웠다.

어느새 달도 지고 어둠에 잠겨 있던 산 절에서는 이른 아침의 독경을 알리는 종이 울리기 시작했다. 여인은 얼른 돌아갈 채비를 시작했다.「기다려 주세요」「돌아가야 해요. 인연이 있으면 또…」라며 달아났다. 김 현은 바로 그 여자의 뒤를 따랐다. 여인은 점점 깊은 산속으로 들어갔다. 그리고 돌아서면서 소리쳤다.「제발 돌아가세요. 언니에게 들키면 살아서 돌아갈 수 없을 거예요」그러나 그는 오로지 여인을 생각하는 일념으로 뒤쫓아 갔다.

林の中に古びた建物が見えてくると女人はそこへ飛び込んだ。続いて入ろうとすると白髪の老婆が姿を現した。キム・ヒョンはそこへ這いつくばるようにして、「お嬢さんを私にください」と言った。「この子はあなたとは結ばれない運命です。」するとその時、大地を揺るがすような虎の吼える声が聞こえた。老女は「早くその人を隠しなさい」というと女人が急いでキム・ヒョンを部屋に入れ、戸棚の中に隠した。

そのとたん一頭の虎が庭に現れ獲物を捕えたのか口のまわりを血だらけにして入ってきた。「おや、人間の臭いだ」と鼻をひくひくさせて戸棚の方に近づいた。「これ！どこに手を出すか！そこは父上の位牌が納められている所だぞ。臭いはお前が喰ってきた人間のものだろう」と戸棚の前に立ちふさがった。虎は荒々しく唸りながら又外へ出て行った。「さあ、急いであの人を送りなさい。」女人は青くなったキム・ヒョンを黙って送ってくれた。興輪寺の松林につくと、「私は人間ではなく虎です。明日の朝城の北側に虎が現れ人々を威嚇するでしょう。その虎を退治して国から褒賞を受けてください」と言って姿を消した。

숲속에 낡은 건물이 보이자 여인은 그곳으로 뛰어들었다. 이어서 들어가려는데 백발의 노파가 모습을 드러냈다. 김 현은 그곳으로 기어가듯 해서 「아가씨를 나에게 주세요」라고 말했다. 「이 아이는 당신과는 맺어질 수 없는 운명입니다」 그러자 그때 대지를 뒤흔드는 듯한 호랑이의 으르렁거리는 소리가 들렸다. 노파는 「빨리 그 사람을 숨겨라」라고 하자 여인이 서둘러 김 현을 방에 넣어 찬장 안에 숨겼다.

그 순간 호랑이 한 마리가 마당에 나타나 사냥감을 잡았는지 입 주위가 피투성이로 들어왔다. 「이런, 사람 냄새다」라고 코를 벌름거리며 찬장 쪽으로 다가갔다. 「이거! 어디에 손을 대느냐! 거기는 아버지의 위패가 모셔져 있는 곳이야. 냄새는 네가 먹고 온 인간일 것이다」라고 찬장 앞을 가로막았다. 호랑이는 거칠게 으르렁거리며 또 밖으로 나갔다. 「자, 서둘러 저 사람을 보내주세요」 여인은 파랗게 질린 김 현을 가만히 보내주었다. 흥륜사의 소나무 숲에 다다르자 「나는 사람이 아니라 호랑이입니다. 내일 아침 성 북쪽에 호랑이가 나타나 사람들을 위협할 것입니다. 그 호랑이를 퇴치하고 나라로부터 포상을 받으세요」라고 말하고 모습이 사라졌다.

翌日、刀を抜いて出かけると城の近くで人々が逃げまどう中に虎が暴れていた。恐ろしくなって逃げようとするキム・ヒョンの前に来た虎の目は昨日の女人の目だった。

虎はさっとキム・ヒョンの刀を口にくわえると、空中に飛び上がり、地面に

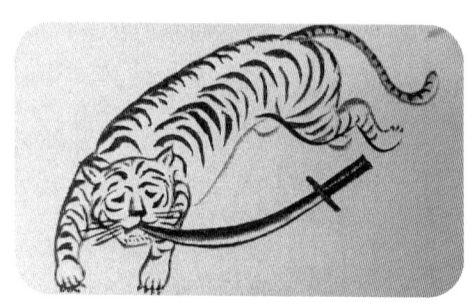

頭をぶっつけて倒れた。刀が喉に深く突き刺さっていた。虎女の崇高な愛に慟哭した彼は、後に王から位を授けられると、西川の川縁に虎願寺という寺を建て、一生虎の冥福を祈ったと伝えられている。－終り－

다음 날 칼을 빼들고 나오자 성 근처에서 사람들이 도망치는 와중에 호랑이가 날뛰고 있었다. 무서워 도망치려는 김 현의 앞에 온 호랑이의 눈은 어제 여인의 눈이었다.

호랑이는 얼른 김 현의 칼을 입에 물고 공중으로 뛰어올라 땅바닥에 머리를 박고 쓰러졌다. 칼이 목구멍에 깊이 찔려 있었다. 호녀의 숭고한 사랑에 통곡한 그는 후에 왕으로부터 벼슬을 받자 서천 강가에 호원사라고 하는 절을 지어 평생 호랑이의 명복을 빌었다고 전해지고 있다. －끝－

MEMO

知恵多い美女
지혜 많은 미녀

昔ある田舎に美人と評判のうら若い乙女がいたが、さき頃相ついで両親を亡くし、ひとりぼっちになってしまった。彼女は美しいばかりでなく、人柄もよく仕事をてきぱきとさばき、近所の人が感心する程だったので、あちこちから縁談があったが、娘は父母の三回忌が終わるまで嫁にゆく気はないと断り続けた。

そんな噂を聞いたある性悪男が、よし俺が彼女を口説き落としてやると息まいた。男は彼女のもとを訪れ、ありとあらゆる方法で口説いてみたが、彼女は見向きもしなかった。腹を立てた男は最後の手段として夜中に押しかけ、無理やり自分のものにしようとたくらんだ。

男の下心を察知した娘は思いをめぐらしてその対策をねった。まず大きなカニを台所の水がめに入れ、かまどには栗を埋めた。入口には犬の糞を沢山集めてまいた．天井の大梁には太い縄でしばった臼をつり下げた。庭にはむしろを広げて、そのそばにチゲ（しょいこ）を立て

옛날 어느 시골에 미인으로 소문난 매우 젊은 처녀가 있었는데 요전에 잇따라 부모님을 여의고 외톨이가 되어버렸다. 그녀는 아름다울 뿐만 아니라 인품도 좋아 일을 척척 처리해 이웃 사람들이 감탄할 정도여서 여기저기에서 혼담이 있었지만 딸은 부모의 삼년상이 끝날 때까지 시집갈 마음이 없다고 계속 거절했다.

그런 소문을 들은 어느 성질 나쁜 사내가 좋아, 내가 그녀를 설득시켜 주겠다고 씩씩거렸다. 사내는 그녀를 찾아가 온갖 방법으로 설득해 보았지만 그녀는 거들떠보지도 않았다. 화가 난 사내는 최후의 수단으로 밤중에 몰려가 억지로 자기 것으로 만들려고 계획했다.

사내의 속셈을 알아차린 딸은 생각에 잠겨 방안을 짰다. 먼저 큰 꽃게를 부엌의 물병에 넣고 아궁이에는 밤을 묻었다. 입구에는 개똥을 잔뜩 모아 뿌렸다. 천장의 대들보에는 굵은 밧줄로 묶은 절구를 매달았다. 마당에는 멍석을 펴고 그 옆에 지게를 세워 놓았다.

ておいた。

やがて夜となった。輝いていた月の光が雲にさえぎられ、あたりが静かになると男は塀を乗り越え庭に入って来た。娘のいる部屋の戸を開けようとしたが、中から取ってをつかみ開けさせまいと娘は頑張った。しかし男の腕力にはかなわず戸は開いてしまい男が部屋に入って来た。娘はどうすることも出来なかった。男が娘におそいかかろうとした時、低い声で「あなた私の顔を見たくありませんか？」と娘がささやいた。男はそれもそうだと思い、「つけ木はどこにあるか？」と尋ねた。娘は「つけ木はないが台所のかまどに種火があります」と答えた。男は種火を起して明るくしようとかまどの灰をひっかきまわし、息をフーッと吹きかけた。そのとたん埋めておいた栗がパチッとはじけ、顔はかっかとほてるので、手さぐりで水を探した。すると、すぐそばの水がめに手がふれたので、水を汲もうと手を入れると、今度はいやという程カニに指をはさまれた。—しまった、だまされた—と思うと怒りがこみ上げて来た。「娘を殺してやる！」と急いで台所を出たとたん、踏み出した足で犬の糞を踏みつけすべって転んだ。尻もち

이윽고 밤이 되었다. 반짝이던 달빛이 구름에 가려 주위가 조용해지자 사내는 담을 넘어 마당으로 들어왔다. 딸이 있는 방문을 열려고 했지만 안에서 손잡이를 잡아 열리지 않게 하려고 딸은 애를 썼다. 그러나 사내의 완력에는 못 미치고 문은 열려 버려 사내가 방으로 들어왔다. 딸은 어떻게 할 수가 없었다. 사내가 딸에게 덤벼들려고 했을 때 낮은 목소리로「당신은 나의 얼굴을 보고 싶지 않습니까?」라고 딸이 속삭였다. 사내는 그것도 그렇다고 생각하고 불쏘시개는 어디 있느냐고 물었다. 딸은 불쏘시개는 없지만 부엌 아궁이에 불씨가 있다고 대답했다. 사내는 불씨를 피워 밝게 하려고 아궁이의 재를 휘젓고 숨을 훅 불어댔다. 그 순간 묻어둔 밤이 팍 터지고 얼굴이 화끈거리자 손으로 더듬어 물을 찾았다. 그러자 바로 옆의 물동이에 손이 닿았기 때문에 물을 뜨려고 손을 넣자 이번에는 이상하게도 꽃게에게 손가락을 물렸다. 아뿔사 속았다고 생각하니 화가 치밀어 올랐다. 딸을 죽여주겠다고 서둘러 부엌을 나서자마자 내디딘 발로 개똥을 밟고 미끄러져 넘어졌다. 엉덩방아를 찧고 그 악취에 점점 화가 난 사내는 일어나자 마루방으로 뛰어올랐다. 그러자 이번에는 대들보에 매달려 있던 절구에 이마를 부딪쳐 절구가 떨어졌다. 사내

をついて、その悪臭にますます怒った男は、起き上がると板の間にとび上った。すると、今度は大梁につるしてあった臼に額をぶっつけて臼が落ちてきた。男は庭に転げ出て来たところで気絶してしまった。

この時、庭に広げられていたむしろの上に倒れ込んだため、むしろはうまい具合いに男をぐるぐる巻きにし、そばにあったチゲはそのむしろを乗せてひとりでに歩き出し、裏の谷川の崖から男を巻いたむしろを勢いよく放り投げてしまった。

このようにして美しい娘は、身のまわりの道具たちに助けられ、災いを逃れることができた。

それは娘が大変親孝行だったからだと、再び近所の人々の噂になった。
やがて両親の三回忌も終わり、ある金

는 마당으로 굴러 나오다가 기절해 버렸다.

이때, 마당에 펼쳐져 있던 멍석 위로 쓰러졌기 때문에 멍석은 절묘하게 사내를 둘둘 말았고 옆에 있던 지게는 그 멍석을 올려놓고 저절로 걷기 시작하여 뒷골짜기 계곡 절벽에서 사내를 감았던 멍석을 힘껏 내던져 버렸다.

이렇게 해서 아름다운 딸은 몸 주변의 도구들의 도움을 받아 재앙을 피할 수 있었다.

그것은 딸이 부모에게 매우 효성스러웠기 때문이라고 다시 이웃 사람들에게 소문이 났다. 이윽고 부모님의 삼년

持ちの両班(ヤンバン―支配者階級)の若だんなに見染められて嫁ぎ、息子や娘をたくさん生んで幸せな生涯を送ったそうである。 −終り−

상도 끝나고 어느 부잣집 양반(지배자 계급)의 도련님에게 눈에 띄어 시집을 가서 아들딸을 많이 낳아 행복한 일생을 보냈다고 한다. −끝−

MEMO

22

人を喰う大蛇
사람을 잡아먹는 이무기

むかし、ある村に大変貧乏な人がいた。働いても働いても家族を満足に食べさせることができず、ある日すっかり食料が底をついてしまった。仕方なく遠くの親せきの家に食料を分けてもらいに出かけた。帰り道、高い山にさしかかったところでもう日が暮れ始めた。

その山は一人で無事に越えた人はいないと言われていた。しかしここで休めば妻子が飢え死にしそうなので、恐ろしかったが家族の為に勇気を出して越えることにした。

山の中をしばらく行くと広い岩があったので、そこで一休みしようと腰を下ろすと、向こうから一人の女が笑顔で近づいて来た。「どうしてこの山を一人で越えようとしていますか？あの峠の向こうに私の家があります。そこで少し待つと人が集まって来ますから、その人たちと一緒に越えるといいですよ」と言った。疲れた上にひもじさもあってその女についていった。

옛날 어느 마을에 아주 가난한 사람이 있었다. 부지런히 일을 해도 가족을 만족스럽게 먹이지 못하고 어느 날 완전히 식량이 바닥나고 말았다. 할 수 없이 먼 친척 집에 식량을 나누어 받으러 나갔다. 돌아오는 길에 높은 산에 접어든 곳에서 해가 저물기 시작했다.

그 산은 혼자서 무사히 넘은 사람은 없다는 이야기가 있었다. 그러나 여기에서 쉬면 처자식이 굶어 죽을 것 같아 무섭지만 가족을 위해 용기를 내어 넘기로 했다.

산속을 한참 지나자 넓은 바위가 있어서 거기서 쉬려고 앉으니 저쪽에서 한 여인이 웃는 얼굴로 다가왔다. 「왜 이 산을 혼자서 넘으려 하고 있습니까? 저 고개 너머에 우리 집이 있습니다. 거기서 조금만 기다리면 사람들이 몰려오니까 그 사람들과 함께 넘으면 좋지요」라고 했다. 피곤한 데다 배고픔도 있어서 그 여인을 따라갔다.

うす闇の中、遠くに見える灯りを目指して歩いていたので、そこが穴の中とも知らず、ずんずん奥へ入っていった。やがて家のようなところへ辿り着くと、女は「早くお入りになって腰をおろしなさい」と言った。

어둠 속에서 멀리 보이는 등불을 목표로 걷고 있었기 때문에 거기가 구멍 속인 줄도 모르고 쭉 안쪽으로 들어갔다. 이윽고 집 같은 곳에 다다르자 여인은 「빨리 들어가서 앉아 주세요」라고 말했다.

暫くして食事のお膳が出されたが、その皿には人の爪があった。恐ろしくて震えながらも何の肉かと聞いてみると、女は急に恐ろしい目つきになって、「私は

この穴に棲む大蛇だ。今まで九十九人の人間を捕まえて食べた。お前を食べたらちょうど百になるから私は天に昇って行ける。おとなしくその身をささげろ！」と言った。男はこの山の向こうで妻子が飢えて死にかけているからどうか助けてくれと頼んだが、女は悠然として首を横に振った。男はそれでは体をあげるから、家族に一度だけ会いに帰らせてくれと哀願した。女はそうしてもよいが、万一戻って来ない時は家族まで皆食べてしまうと言った。男は「わかった」と言ってそこを出る時、女に一番嫌いなもの

잠시 후 식사상이 나왔지만 그 접시에는 사람의 손톱이 있었다. 무서워 떨면서도 무슨 고기인가라고 묻자 여인은 갑자기 무서운 눈빛이 되어 「나는 이 구멍에 사는 이무기다. 지금까지 아흔아홉 명의 사람을 잡아먹었다. 너를 잡아먹으면 딱 백 명이 되니까 나는 하늘로 올라갈 수 있다. 얌전히 그 몸을 바쳐라!」라고 말했다. 남자는 이 산 너머에서 처자식이 굶어 죽어 가고 있으니 도와 달라고 부탁했지만 여인은 유연하게 머리를 옆으로 저었다. 남자는 그러면 몸을 드릴 테니 가족을 한 번만 만나고 돌아오게 해 달라고 애원했다. 여인은 그렇게 해도 좋지만 만일 돌아오지 않을 때는 가족까지 모두 잡아먹어 버린다고 말했다. 사내는 「알았다」고 말하고 그곳을 나갈 때 여인이 가장 싫어하는 것은 무엇이냐고 물었다. 여인은 담배 니코진

97

は何かと尋ねた。女は煙草のヤニだと答えて、「では、人間は何が一番恐ろしいか?」と聞いた。男は「お金が一番恐ろしい」と答えた。

家に帰り食料を家族に渡すと、男は約束を守らなければ家族まで食われてしまうので仕方なく翌日もう一度山へ出かけた。途中、村人たちから煙草のヤニを分けてもらったが、たばこを吸う人全員から貰ってもわずかにしかならなかった。それを少しずつ道に落としながら山道を登った。

昨日のあなぐらにたどり着くと女がいて、約束通り来てくれたと喜んで飛びかかって来た。男はとっさに「便所に行きたい」と言って逃げ出した。すると女はたちまち大蛇の姿になってスルスルと追って来た。男のすぐそばまで迫ったところで、煙草のヤニのため追ってこれなくなった。翌日男は、あのくらいのヤニでは回り道をしてでも復讐に来るのではないかと、家で身をすくめておびえていると、思った通り大蛇がやって来た。男が大蛇を見て恐怖に飛び上がりそうになった時、大蛇は一包みのお金を男の家に投げ込んで矢のように逃げ帰った。

이라고 대답했다. 「그럼 인간은 무엇이 제일 무서운가?」라고 물었다. 사내는 「돈이 가장 무섭다」라고 대답했다.

집에 돌아와 식량을 가족에게 건네자 사내는 약속을 지키지 않으면 가족까지 잡아먹히기 때문에 어쩔 수 없이 다음 날 또다시 산으로 나갔다. 도중에 마을 사람들로부터 담배 니코진을 나누어 받았는데, 담배를 피우는 사람 모두로부터 받아도 얼마 되지 않았다. 그것을 조금씩 길에 떨어뜨리면서 산길을 올라갔다.

어제의 움막에 도착하자 여인이 있었고 약속대로 와 주었다며 기쁘게 달려들었다. 사내는 순간 「변소에 가고 싶다」고 말하고 도망쳤다. 그러자 여인은 금세 이무기의 모습이 되어 쫓아왔다. 사내의 바로 옆까지 다가왔을 때 담배 니코진 때문에 더 이상 쫓아올 수 없게 되었다. 이튿날 사내는 저 정도의 담배 니코진으로는 돌고 돌아서라도 복수하러 오는 것은 아닐까 하고 집에서 몸을 웅크리고 겁에 질려 있었는데 생각했던 대로 이무기가 찾아왔다. 사내가 이무기를 보고 공포에 질릴 뻔했을 때 이무기는 한 보따리의 돈을 사내의 집에 던져 넣고 쏜살같이 도망갔다.

それは大蛇が人を捕まえて食べる度に、食べられた人が身につけていたお金を集めてためておいたものだった。九十九人の人が持っていたお金は、合わせるとかなりの額になり、男はその後大蛇が置いて行ったお金をもとに一生懸命働いて裕福になり、家族はもう飢えに苦しむこともなく、みんな幸せな生涯を送ることができたそうである。 -終り-

그것은 이무기가 사람을 잡아먹을 때마다 잡아먹힌 사람이 몸에 지니고 있던 돈을 모아 두었던 것이었다. 아흔 아홉 명의 사람이 갖고 있던 돈은 합치면 꽤나 큰 액수의 돈이 되어, 사내는 그 후 이무기가 놓고 간 돈을 바탕으로 열심히 일해서 부유해졌으며 가족은 이제 굶주림에 시달리지 않고 모두 행복한 여생을 보낼 수 있었다고 한다. -끝-

MEMO

23

チョンガーの知恵
총각의 지혜

むかし、ある町のテーガム（大監＝李朝時代の高級官僚に対する敬称）の書士をしている男に一人息子がいた。この息子は年齢が三十を過ぎてもまだチョンガー(独身の男)であった。父親の勤めているテーガム家には大変きれいな年頃の娘がいた。

ある日息子は父親に、自分もそろそろ妻をめとりたいと思うが、テーガム家の娘と結婚させてほしいと頼んだ。父親は目を三角にして、「バカ者、身分を考えろ！」と叱りとばしたが、後になって考えてみると息子が不憫になり、話だけでもしてみようと思った。

父親は意を決すると、テーガム家に願い出てみた。案の定「お前の息子のようなできそこないに、誰が娘をやれるものか！」とどなられるだけだった。しかし息子はあきらめきれず、今度は母親に頼んで再度願いに行かせた。しかし母親も同様、けんもほろろに追い返されてきた。

옛날 어느 마을의 대감（대감＝이조시대의 고급 관료에 대한 경칭）의 서사를 하고 있는 남자에게 외아들이 있었다. 이 아들은 연령이 서른 살이 지나도 아직 총각(미혼남자)이었다. 아버지가 근무하고 있는 대감 집에는 매우 예쁜 나이의 혼기 찬 딸이 있었다.

어느 날 아들은 아버지께「저도 이제 슬슬 아내를 맞아들이고 싶다고 생각합니다만 대감집의 딸과 결혼시켜 주십시오」라고 부탁했다. 아버지는 눈을 세모로 뜨고「바보 같은 놈아, 신분을 생각해라!」라고 호되게 꾸짖었지만 뒤늦게 생각해 보니 아들이 안쓰러워 말이라도 해 보려고 했다.

아버지는 마음을 굳히자 대감집에 청탁을 해 보았다. 아니나 다를까「당신의 아들 같은 등신에게 누가 딸을 줄 것인가!」호통만 칠 뿐이었다. 그러나 아들은 포기할 수 없어서 이번에는 어머니께 부탁하여 다시 청탁하러 가게 했다. 그러나 어머니도 마찬가지로 아주 쌀쌀하게 거절당하고 쫓겨났다.

怒った息子は、欅（ケヤキ）の丸太ん棒を持ってテーガム家へ押しかけ、着ていた服を脱ぎ捨てると、すっ裸になって仁王立ちになり、「どこができそこないか、よく見ろ！」とどなりあげた。驚いて恐れたテーガムの後ろ

から、何ごとかと外に出てきた娘が「あら、私この方の所にお嫁に行くわ」と言うので、テーガムは娘をいぶかしく思い、又、バカげているとも思ったが、娘が気に入ったのならば考えなおしても良いと思った。

そこで娘によく問いただしてみると、娘は本気のようなので、娘の願いをかなえてやることにした。

テーガムが承諾するやいなや、結婚の日取りはすぐさま決まり、その日はたちまち近づいてきた。しかし息子にはお金がなく、今すぐに式を挙げることはできない。慌てて又ひとつ知恵をしぼった。

翌日、テーガム家の娘を秘かに連れ出

화가 난 아들은 느티나무 통나무를 들고 대감 집으로 몰려가 입고 있던 옷을 벗어 던지자 벌거벗은 알몸뚱이가 되어 인왕(불교 법 수호의 신으로서 절문 좌우 양쪽에 안치된 금강 역사의 상)처럼 서서 「어디가 좋지 않은 등신인지 잘 봐요!」라며 고함을 질렀다. 놀라서 쩔쩔매는 대감 뒤에서 이런저런 일로 밖에 나와 있던 딸이 「어머, 나 이분한테 시집갈게요」라고 하자 대감은 딸을 수상쩍게 생각하고 또 바보 같다는 생각도 들었지만 딸이 마음에 든다면 다시 생각해도 좋을 것 같았다.

그래서 딸에게 잘 따져보니 딸은 진심인 것 같아서 딸의 소원을 들어주기로 했다.

대감이 승낙하자마자 결혼 날짜는 바로 정해졌고 그날은 금세 다가왔다. 그러나 아들에게는 돈이 없어서 당장 식을 올릴 수가 없었다. 서둘러 또 한 가지 지혜를 짜냈다.

다음 날 대감집 딸을 몰래 데리고 나

し、自分の家の押し入れに隠しておき、何くわぬ顔をしてテーガム家へ出かけた。そして娘さんにちょっとだけ会って帰りたいと言って名を呼んだ。娘さんは居ないのかとだんだん声を大きくし、娘さんを別の所へ嫁がせようとしていると騒ぎたてた。テーガムは怖がって、「そんなことはない」と言ったが聞かず、息子は部屋の真ん中に大の字に寝ころんで、「もはや僕はこの家の鬼神になったから、もう結婚することはできないが、テーガム家の財産を半分程譲り受けるならば、このまま引き下がってもいい」と言った。

こうして強引に財産の半分を出させ、まんまと大金を手にすることができた。

心配する両親をよそに、息子はそのお金で盛大な結婚式をあげた。その後二人の子にも恵まれ、何故かテーガム家からもすっかり気に入られ幸せな生活をおくったそうである。 -終り-

와 자기 집 벽장에 숨겨 둔 채 시치미를 떼고 대감 집으로 갔다. 그리고 「따님을 잠깐만 만나고 돌아가고 싶습니다」라고 말하고 이름을 불렀다. 따님은 없느냐고 점점 목소리를 높여 따님을 다른 곳으로 시집 보내려 한다고 떠들어댔다. 대감은 무서워서 「그런 일은 없다」고 했지만 듣지 않고 아들은 방 한가운데에 큰 대자로 누워 「이제 나는 이 집의 귀신이 되었으니 결혼할 수는 없지만, 대감 집의 재산을 절반 정도 물려받는다면 이대로 물러나도 좋다」고 했다.

이렇게 강제로 재산의 절반을 내게 하고 감쪽같이 큰 돈을 손에 넣을 수가 있었다.

걱정하는 부모님을 아랑곳하지 않고 아들은 그 돈으로 성대한 결혼식을 올렸다. 그 후 두 명의 아이를 낳았고 아무튼 대감 집으로부터도 완전히 마음에 들어 유복한 생활을 보냈다고 한다. -끝-

MEMO

24

三兄弟岩
삼형제 바위

江華島プンリ山脈に三つの岩が並んで立っている峰がある。このプンリ山の麓のタンサンリという村に住む金進士は、徳が篤く寛大で人情深いと、周りの人々から尊敬されていた。

金進士には年子の三人の息子があり、三人共聡明で学術優秀、金氏自慢の息子たちであった。

ある年、科挙の試験を受けた三兄弟が揃って合格したという知らせがあり、金夫妻は飛び上がって喜んだ。故郷に錦を飾る息子たちを迎えに出かけると、噂を聞いた大勢の村人と江華の留守 (ユス＝朝鮮時代の首都以外の地域を治めていた官職)まで一緒に出迎えて祝ってくれることになった。三弦六角演奏が響く中、三兄弟が村の入り口に到着した。「よくやった。立派だ。息子達…。」感激のあまり言葉が出ない金夫妻に馬上の三兄弟は

강화도 풍리 산맥에 세 개의 바위가 나란히 서 있는 봉우리가 있다. 이 풍리산 기슭의 당산리라는 마을에 사는 김 진사는 덕이 두텁고 관대하며 인정이 깊다고 주위 사람들로부터 존경받고 있었다.

김 진사에게는 연년생인 세 명의 아들이 있는데 세 명이 다 총명하고 학술이 우수하여 김씨의 자랑하는 아들들이었다.

어느 해 과거시험을 치른 삼형제가 모두 합격했다는 소식이 알려져 김씨 부부는 펄쩍펄쩍 뛰며 기뻐했다. 고향에 금의환향하는 자식들을 마중 나가자 소문을 들은 많은 마을 사람과 강화의 유수(유수＝조선시대의 수도 이외의 지역을 다스리던 관직)까지 함께 마중 나와서 축하해 주게 되었다. 삼현육각(피리, 대금, 해금, 장고, 북으로 편성된 악기) 연주가 울리는 가운데 삼형제가 마을 입구에 도착했다. 「잘 했다. 훌륭하다. 자식들…」 감격에 겨워 말이 나

声をかけた。「父上、母上、嬉しゅうございましょう?」「もちろんだ。この世でこれ以上嬉しいことがどこにあろうか?」金進士が喜びの言葉を言い終わらない内に、三人は何故か次々と落馬してそのまま事切れてしまった。あっという間の参事だった。

　一瞬にして息子を三人共、それも感激の絶頂ですべてを失うという残酷な出来事であった。金夫妻は江華留守の服の裾にしがみつき泣き喚いた。「何ということ、こんな酷いことがあっていいのでしょうか?いくら情け容赦ない閻魔大王といえどもこれは許せない。留守様、この憐れな親の怨みを晴らしてください!」あまりのことに同情した江華留守は「これは閻魔大王が横暴すぎる。私が何とか考えましょう」と言ってしまった。しかし何の妙案がある訳でもなく数日間悩んだあげく、留守は江華一の巫女を呼んで秘かに解決策を尋ねてみた。

　「お米を七回揉んで、七回洗い心を込めて炊いてお膳を三つ用意し、日暮れ頃峠の土手に置いておきなさい。そして夜十二時を過ぎる頃そこに使いを行かせなさい」といった。江華留守は巫女の指示

오지 않는 김 부부에게 말 위의 삼형제는 말을 걸었다. 「아버님, 어머님, 기쁘시지요?」「그렇구 말구다. 이 세상에서 이 이상 기쁜 일이 어디에 있겠는가?」김 진사가 기쁨의 말을 마치기도 전에 세 명은 웬지 차례차례로 낙마해서 그대로 죽고 말았다. 눈 깜박할 사이의 참사였다.

　한순간에 아들 세 명을 함께 그것도 감격의 절정에서 모두 잃었다는 잔혹한 일이었다. 김씨 부부는 강화 유수의 옷소매에 매달리며 울부짖었다. 「무슨 소리야, 이런 끔찍한 일이 있을 수 있을까? 아무리 인정 사정없는 염라대왕이라고 해도 이것은 용서할 수 없는 일입니다. 유수님, 이 불쌍한 부모의 원한을 풀어 주세요!」너무나 동정한 강화 유수는 「이건 염라대왕이 너무 횡포를 부렸다. 내가 어떻게든 생각해 보겠소」라고 말해 버렸다. 그러나 아무런 묘안이 있을 리 없어 수일간 고민한 끝에 유수는 강화 제일의 무녀를 불러서 은밀히 해결안을 물어보았다.

　「쌀을 일곱 번 문지르고 일곱 번 씻어서 정성껏 밥을 지어 상을 세 개 차려 해 질 무렵 고갯마루에 놓아두세요. 그리고 밤 열두 시가 지날 무렵 그곳으로 심부름을 보내라」라고 했다. 강화 유

105

通りに準備をし、その夜十二時に度胸のある武官を呼び、手紙を持たせて峠へ行かせた。武官が行ってみると、そこで三人の老人が食事をしていた。留守の手紙を差し出すと、「ふん、留守の分際で私たちに指図するとは・・・。」手紙を読んだひとりが怒ると、上品な別の老人がなだめた。閻魔王とはいえ、江華島に来れば江華留守の命に従うのが道理でしょうということで、閻魔王と江華留守の面会が可能となった。

江華留守は襟を正して質問を投げかけた。「この世に老いて病む人も多いのに、どうして元気な若者を三人も一度に連れ去り、年老いた親を悲しませるのですか？」「いかに閻魔王といえども寿命ある人を勝手に連れて行くわけはない。今度死んだ若者三人は寿命が終わったのだ。実は彼等は前世の怨みを晴らすために生まれ、その役目が終わった時が寿命の終わりだったのだ。」閻魔王の説明は続いた。金進士は若い頃漢陽で商人相手の宿を営んでいたが、ある時、真鍮（しんちゅう）の器を商う三兄弟がこの宿に泊った。彼らの荷物の中に金塊があるのを知った金進士は、三兄弟を毒殺し、盗んだ金塊を元手に、江華島で朝鮮人参の商

수는 무녀의 지시 대로 준비를 하고 그날 밤 열두 시에 배짱 있는 무관을 불러 편지를 갖고 고개로 가게 했다. 무관이 가보니 그곳에서 세 명의 노인이 식사를 하고 있었다. 유수의 편지를 내밀자 「흠, 유수 주제에 우리들에게 지시하다니…」편지를 읽은 한 사람이 화를 내자 점잖은 다른 노인이 달랬다. 「염라 왕이라고는 하지만 강화도에 오면 강화 유수의 명에 따르는 것이 도리겠지요」라는 일로 염라왕과 강화 유수의 면회가 가능하게 되었다.

강화 유수는 옷깃을 여미고 질문을 던졌다. 「이 세상에 늙고 병든 사람도 많은데 왜 건강한 젊은 사람을 세 명이나 한꺼번에 데리고 가 늙은 부모를 슬프게 하는 것입니까?」「아무리 염라 왕이라 해도 수명 있는 사람을 마음대로 데리고 갈 수는 없다. 이번에 죽은 젊은 세 명은 수명이 끝난 것이다. 실은 그들은 전생의 원한을 풀기 위해 태어났으며 그 역할이 끝났을 때가 수명이 끝난 것이다」염라 왕의 설명은 계속되었다. 김 진사는 젊은 시절 한양에서 상인을 상대로 숙소를 운영했는데 어느 때 놋그릇 장사꾼 삼형제가 이 숙소에 묵었다. 그들의 짐 속에 금괴가 있는 것을 알게 된 김 진사는 삼형제를 독살하고 훔친 금괴를 밑천으로 강화도에서 조선 인삼 장사를 시작하여 갑부가 되었

売を始めて大金持ちになった。その後生まれてきた息子たちが、真鍮を商う三兄弟の"転生"だったのである。優秀な息子として絶頂の喜びを味わわせた瞬間に死んで、拭い去れない悲しみを抱かせるのが彼らの復讐だった。

徳が高く人望があると見えた金進士が殺人者だったと分かった江華留守は夫妻を捕縛して罪状を明らかにした後、巫女を呼んで改めて真鍮商人の三兄弟の慰霊祭を行った。するとプンリ山の頂上に、かつてなかった岩が三つ突き出したのだ。これを後の人々は「三兄弟岩」と呼ぶようになった。-終り-

다. 그 후 태어난 아들들이 놋쇠 장사를 하는 삼형제의 "환생"이었던 것이다. 우수한 아들로서 절정의 기쁨을 맛보게 한 순간에 죽고 씻을 수 없는 슬픔을 안겨 주는 것이 그들의 복수였다.

덕이 높고 인품이 있게 보였던 김 진사가 살인자였음을 알게 된 강화 유수는 부부를 체포하고 죄상을 밝힌 후, 무녀를 불러 다시 놋쇠 상인 삼형제의 위령제를 지냈다. 그러자 풍리산 정상에 이전에 없던 바위 세 개가 돌출했던 것이다. 이것을 후세 사람들은 「삼형제 바위」라고 부르게 되었다. -끝-

MEMO

25

虎の母性愛
호랑이의 모성애

むかし、虎がタバコを吸っていたころ、あるとき、虎はタバコを口にくわえたままうとうとして、いつの間にかぐっすり眠り込んでしまった。眠っている間にくわえていたタバコがポトリと落ち、虎の毛に燃え移っていった。

夢うつつに体が熱くなって目が覚めると、自分の体が燃えているのでびっくりして、あたふたと走って川へ飛び込み、水で火を消して危ないところを助かることができた。この時、虎の毛が焼けて黒くまだらになり、今でもその時のタバコの火で焼けた跡が残っているのだそうだ。こんな虎でも母親になるとしっかりしたものである。

ある山深い谷間に村人たちが山菜を採りに出かけて行った。木の根元を掘ったりしながら山の中を進んでいくと、可愛らしい猫の子のようなのが数匹集まって、ころこ

옛날 호랑이가 담배를 피우던 시절 어느 때 호랑이는 담배를 입에 문 채 꾸벅꾸벅 졸다가 어느새 푹 잠이 들어 버렸다. 잠든 사이에 물고 있던 담배가 뚝 떨어지며 호랑이의 털에 옮겨 붙었다.

꿈결에 몸이 뜨거워져 잠에서 깨자 자기 몸이 불타고 있어서 깜짝 놀라 허둥지둥 달려 강으로 뛰어들어 물로 불을 끄고 위험한 고비에서 살아날 수 있었다. 이때 호랑이 털이 타서 검게 얼룩져 지금도 그때 담뱃불에 탄 흔적이 남아 있다고 한다. 이런 호랑이도 어미가 되면 강해지는 것이다.

어느 깊은 산 골짜기에 마을 사람들이 산나물을 캐러 나갔다. 나무뿌리를 파거나 하면서 산속을 가다 보니 귀여운 고양이 새끼 같은 것이 몇 마리 모여서 뒹굴뒹굴 놀고 있

ろと遊んでいた。その遊んでいる様子が
とても愛らしいので、一人の女が「この
子たち、連れて帰って飼いたいくらいに
可愛いね」と言った。山のてっぺんにい
た母虎は、それを聞いて思わず「フフフ」
と嬉しそうな声をもらした。

었다. 그 노는 모습이 너무 사랑스러워
서 한 여자가 「이 새끼들을 데리고 가서
기르고 싶을 정도로 귀엽네요」라고 말
했다. 산꼭대기에 있던 어미 호랑이는
그 말을 듣고 자신도 모르게 「후후후」
하고 기쁜 목소리를 냈다.

しばらくして、今度
は意地悪でがさつな別
の女が、「こいつらは人
間に悪さをする虎の子
だ。今のうちに棒でガ
ツンとたたき殺せばい
いんだ」と言ったので、
怒った母虎が「ウオー
ッ」とほえて村人たちを
追いかけてきた。驚い
た村人たちは「うわー
っ、早く逃げなくちゃ」
と、小刀もかごも投げ
捨て，四方に散って逃
げ帰って来た。

잠시 후 이번에는
심술궂고 침착치 못한
다른 여자가 「이놈들
은 인간에게 나쁜 짓을
하는 호랑이 새끼들이
다. 당장 몽둥이로 탁
탁 때려죽이면 돼」라
고 해서 화난 어미 호
랑이가 「으악」하고 짖
으며 마을 사람들을 쫓
아왔다. 놀란 마을 사
람들은 「우와, 빨리 도
망가야겠다」라며 주머
니칼도 바구니도 내팽
개치고 사방으로 흩어
져 도망쳐 돌아왔다.

次の朝、村人たちが起き出してみる
と、子虎を連れ帰って飼いたいといった
女の家には、山菜の入ったがごと前か
けがきちんと揃えて置いてあった。そし
て、たたき殺せばいいといった女の家に

다음 날 아침 마을 사람들이 일어나
나가 보니 새끼 호랑이를 데리고 가서
기르고 싶다 라고 말했던 여자의 집에
는 산나물이 들어있던 구덕과 앞치마
가 가지런히 놓여 있었다. 그리고 때려

は、かごと前かけがずたずたに引き裂か
れて置いてあった。

　そこで村人は、たとえ相手が動物であ
っても、むやみなことを言ってはならな
いのだといましめ合い、あれは虎ではな
くて、山の神霊様なのだろうと誰もが言
ったのであった。　-終り-

죽이면 된다고 했던 여자의 집에는 바
구니와 앞치마가 갈기갈기 찢겨져 놓여
있었다.

　그래서 마을 사람들은 비록 상대가
동물일지라도 함부로 말해서는 안 된다
고 서로 경계하고 그것은 호랑이가 아
니라 산신령님일 것이라고 누구나 말한
것이었다. -끝-

MEMO

MEMO

26

前世の願い
전생의 소원

平壌の監司（カムサ＝道の長官）として赴任してから初めての管内巡察に出かけたユ・シムは、馬上から沿道に並んでいる農民と周辺の風景を眺めていた。行列が大通りを抜けて小道に差し掛かった時、ユ・シムは思わずアッと声を上げた。道端の大きな木々にあるカササギの巣、藁ぶき屋根の家々や古びた書堂。それは初めて見る風景ではなかった。ユ・シムは幼い頃から誕生日の夜は、いつもどこかに行って法事の食事をしてくる夢を見た。

この任地の風景は夢の中に出て来る風景と全く一致していたのだ。ユ・シムはその夜、見覚えのある風景の中へ飛び込んで行った。夢で見た道に従って歩いて行くと、一軒の藁ぶきの家の中から低くすすり泣く声が聞こえて来た。

「ごめんください」。ユ・シムが家の前で声を掛けると、戸が開いて老婆が顔を出した。老婆も夢の中で見た顔だった。「通りすがりの旅人ですが、一晩泊めていただけないでしょうか？」「部屋があま

평양 감사로 부임하고 나서 처음으로 관내 순찰을 떠난 유 시무는 말 위에서 길가에 늘어서 있는 농민과 주변의 풍경을 바라보고 있었다. 행렬이 큰길을 빠져 오솔길로 접어들었을 때 유 시무는 엉겁결에 악 소리를 질렀다. 길가의 큰 나무에 있는 까치집과 초가지붕의 집들, 그리고 낡은 서당이 있었다. 그건 처음 보는 풍경은 아니었다. 유 시무는 어렸을 때부터 생일날 밤이면 항상 어디론가 가서 제사 음식을 먹고 오는 꿈을 꾸었다.

이 임지의 풍경은 꿈속에 나오는 풍경과 완전히 일치하고 있었던 것이다. 유 시무는 그날 밤 기억하고 있는 풍경 속으로 뛰어들어 갔다. 꿈에서 본 길을 따라 걸어가자 한 채의 초가집 안에서 낮게 흐느끼는 소리가 들려왔다.

「실례합니다」 유 시무가 집 앞에서 소리를 내자 문이 열리고 노파가 얼굴을 내밀었다. 노파도 꿈속에서 본 얼굴이었다. 「지나가던 나그네입니다만 하룻밤 묵게 해 줄 수 없을까요?」 「방이

りにもみすぼらしくて」と心配しながら案内してくれたその家は、夢の中に出てきた法事の祭壇がしつらえられていた。

「見たところ法事のようですが。」ユ・シムが話し掛けると、老婆は幼くして死んだ息子の法事だと言いながらため息をついた。老婆は若くして夫を亡くし、幼い息子タルイと一緒に暮らしていた。知的好奇心の強いタルイは書堂のそばで遊び、ヤンバンの子第たちが勉強しているのを窓から見て千字文を覚える程の聡明な子だった。

ある時、平壌監司の行列を見たタルイは大きくなったら平壌監司になって親孝行をすると言うようになった。

その日からタルイは窓の外で石ころを使って地面に字を書き、煤(すす)の粉で手のひらに字を書いて勉強をした。気がついた書堂の先生がタルイを部屋の中に呼び入れ、書堂の弟子たちと学力を競わせ

너무 초라해서…」라고 걱정하면서 안내해 준 그 집은 꿈속에 나온 제사의 제단이 갖추어져 있었다.

「보기엔 제사 같습니다만」 유 시무가 말을 걸자 노파는 어려서 죽은 아들의 제사라고 말하면서 한숨을 내쉬었다. 노파는 젊어서 남편을 잃고 어린 아들 달이와 함께 살고 있었다. 지적 호기심이 많은 달이는 서당 옆에서 놀며 양반의 아들들이 공부하고 있는 것을 창문에서 보고 천자문을 외울 정도로 총명한 아이였다.

어느 날, 평양 감사의 행렬을 본 달이는 커서 평양 감사가 되어 부모님께 효도하겠다고 말하게 되었다.

그날부터 달이는 창밖에서 돌멩이를 이용해 땅에 글씨를 쓰고, 그을음 가루로 손바닥에 글씨를 써서 공부를 했다. 알아차린 서당 선생이 달이를 방 안으로 불러들여 서당의 자제들과 학력을 겨루게 했다. 놀

た。驚いたことにタルイの実力は、書堂で学ぶヤンバン(両班─支配者階級)の子弟たちよりはるかに優れていた。感心した書堂の先生は、タルイが正式に書堂で勉強できるように配慮してくれたが、屈辱を受けた書堂の弟子たちの憤りは一通りではなかった。

路地でタルイを待ち伏せして叩きのめし、卑しい常民(農民・商人などの一般庶民。平民。被支配階級)が勉強して何になると嘲り笑った。タルイはやっと分かった。常民はどんなに勉強しても官職に就くことが出来ない上、平壌監司になどなれないという事実を知った。

それからタルイは病気がちになり、とうとう寝込んでしまった。母親の懸命の看病もタルイの病気を治すことはできず、どんな薬も効き目がなかった。タルイはとうとう死んでしまったのである。冷たくなった息子を抱きしめて母親は、慟哭(どうこく)しながらどうぞ息子をヤンバンの家の子に生まれ変わるようにしてくださいと祈った。

その夜、夢に息子のタイルが現れて、「お母さんの願いどおり漢陽のユ氏の家

람게도 달이의 실력은 서당에서 배운 양반 자제들보다 훨씬 뛰어났다. 감탄한 서당 선생은 달이가 정식으로 서당에서 공부할 수 있도록 배려해 주었지만, 굴욕을 당한 서당 자제들의 분노는 이만저만이 아니었다.

골목에서 달이를 매복해 때려눕히고 비천한 상민(농민ㆍ상인 등 일반 서민, 피지배계급)이 공부해서 뭐가 된다고 비웃었다. 달이는 이제야 알았다. 상민은 아무리 공부해도 벼슬을 할 수 없고 평양감사 등이 될 수 없다는 사실을 알았다.

그 후 달이는 병을 앓기 일쑤였고 결국 몸져누워 버렸다. 어머니의 부지런한 간병도 달이의 병을 치료할 수 없었고 어떤 약도 효과가 없었다. 달이는 결국 죽고 말았다. 차가워진 자식을 끌어안고 어머니는 통곡하면서 부디 아들을 양반집 아들로 거듭 태어나게 해 달라고 빌었다.

그날 밤 꿈에 자식 달이가 나타나 「어머님 소원대로 한양의 유 씨 집에 다

に生まれ変わることになりました」とにっこり笑って言ったのだ。話を聞いたユ・シムは息も止まる思いだった。
「漢陽のユ氏と言ったのですか？」
「はい、それが本当なら息子は今ごろ30歳になっているでしょうに・・・・。」

その言葉が終わらないうちにユ・シムは老婆の前にうつぶせてすすり泣いた。「母上！」「えっ、何とおっしゃいましたか？母上とは・・・。」老婆はいぶかしげにユ・シムを眺めた。

「母上の息子タルイはまさに私です。物心がついてから誕生日の夜は見慣れないところに行って法事の食事を食べる夢を見ました。今日やっと夢で見た道を辿ってこのように母上を訪ねて参りました。母上、平壌監司の挨拶を受けてください」ユ・シムが深く頭を下げて礼をすると、老母は感激の涙を流しながら息子の手をしっかり握った。

30年ぶりに前世の母親と邂逅（かいこう）したユ・シムは、その後孝行を尽くし老母に仕えた。ユ・シムは前世の約束を後世になって実践できたわけである。
－終り－

시 태어나게 되었습니다」라며 활짝 웃으며 말한 것이다. 이야기를 들은 유 시무는 숨도 멎을 것 같았다. 「한양의 유 씨라고 말한 것이냐?」「네, 그것이 사실이라면 아들은 지금쯤 서른 살이 되었을 텐데…」

그 말이 채 끝나기도 전에 유 시무는 노파 앞에 엎드려 흐느껴 울었다. 「어머님！」「뭐라고 하셨지요? 어머니라니요…」노파는 의아한 듯 유 시무를 바라보았다.

「어머님의 아들 달이는 바로 접니다. 철이 든 후 생일날 밤에는 낯선 곳에 가서 제삿밥을 먹는 꿈을 꾸었습니다. 오늘에서야 꿈에서 본 길을 따라 이렇게 어머님을 찾아왔습니다. 어머님, 평양 감사의 인사를 받아 주세요」유 시무가 고개를 깊이 숙여 절을 하자 노모는 감격의 눈물을 흘리면서 아들의 손을 꼭 잡았다.

30년 만에 전생의 어머님과 해후한 유 시무는 그 후 효도를 다해 노모를 모셨다. 유 시무는 전생의 약속을 후세에 실천할 수 있었던 셈이다. －끝－

27

大きな梅桃(ゆすら)
큰 앵두(유스라)

ある両班(ヤンバン―高麗、朝鮮時代の支配者階級) の家に、次から次に人が訪ねてきて、「どうか私を良い役に取り立ててください」と頼むので、両班はそれがうるさくてたまらず、いろいろ考えた末、「今後それらの話にはいっさい耳をかさない,しかし上手な嘘をついて見事私をだました人だけは、特別に世話してやろう」と言いふらした。

これを聞いた連中は、我こそはうまい嘘をついて良い役にありつこうと、後から後からつめかけ、いろいろ嘘の話をしたが、両班は一向にその手に乗らず、だれも両班をだましおおせる者はいなかった。

ところが陰暦の11月1日に、ある男が訪ねて来て両班に面会を求め、こんな話をした。

「私は一昨日、友達の家の宴会に招かれて参りましたが、近来にないぜいたくな宴会で、山海の珍味がことごとく膳に

어느 양반집에 차례차례 사람들이 찾아와 「제발 나를 좋은 직책에 등용해 주십시오」라고 하는 부탁 때문에 양반은 그것이 귀찮아 견딜 수가 없어서 여러 가지 생각 끝에 앞으로 그런 이야기에는 일절 귀를 기울이지 않을 거야, 그러나 뛰어난 거짓말을 해서 보기 좋게 나를 속인 사람만은 특별히 보살펴 주겠다고 둘러댔다.

이 말을 들은 사람들은 우리들이야말로 뛰어난 거짓말을 해서 좋은 역할을 하기 위해 뒤에서 쫓아다니며 여러 가지 거짓말을 했지만 양반은 전혀 그 수에 넘어가지 않았고 아무도 양반을 속일 수 있는 사람이 없었다.

그런데 음력 11월 1일에 어느 사내가 찾아와서 양반에게 면회를 청해 이런 이야기를 했다.

「나는 그저께 친구 집의 연회에 초대받아 다녀왔습니다만, 근래에 없던 호화스러운 산해진미가 모조리 상에 올랐

上りました。しかし、とりわけ客を驚か
したのは、大きな盆に盛って出された、
チョンノの鐘(ソウルの時を告げる鐘)ほ
どの梅桃(ゆすら)でございました。」聞
くなり両班は「バカッ!いかに梅桃が大
きいと言っても、釣鐘ほどの梅桃がどこ
にあろうか。この嘘つきめ!」と頭から
怒鳴りつけた。すると男は平気で、「で
も、たしか永道寺の鐘ぐらいの大きさは
ありました」と言った。「馬鹿言うな。た
とえ永道寺の鐘にしろ、それほど大きい
梅桃がどうしてありえよう。わしをだま
そうとしても、その手は食わんぞ」。す
ると男はまた言いなおした。「では大艦
の酒蔵にある酒がめぐらいの大きさはあ
りました」「いや、そんなにもあるはずは
ない」「では貧乏人の酒德利(さけどくり)
ぐらいと申したらいかがでございましょ
うか?」「それも嘘じゃ」「では茶碗ぐら

습니다. 그러나 특히 손님을 놀라게 한
것은 크나큰 쟁반에 담아낸 것이었습니
다. 종로의 종(서울의 시를 알리는 종)
만 한 앵두(유스라)였습니다」 듣자마자
양반은 「바보야! 아무리 앵두가 크다
해도 범종 정도의 앵두가 어디에 있을
까. 이 거짓말쟁이야!」 하고 호통을 쳤
다. 그러자 남자는 태연하게 「하지만 분
명히 영도사의 종만 한 크기는 있었습
니다」라고 말했다. 「바보 같은 소리 말
아요. 설사 영도사의 종이라 치더라도
그 정도로 큰 앵두가 어찌 있을 수 있겠
는가. 나를 속이려 해도 그 수에 넘어가
지 않을 거야」 그러자 남자는 다시 말
했다. 「그럼 대감의 술창고에 있는 술독
정도의 크기는 있었습니다」 「아니, 그
정도도 있을 리가 없다」 「그럼 가난한
사람의 술병 정도라고 하면 어떨까요?」
「그것도 거짓말이잖아」

117

い」「えい、嘘をつくなと言うに、その手に乗るわしではないわ」「実はなつめの実くらいの大きさでございました」

そこで両班はちょっと首をかしげたが、「うん、なつめの実くらいの大きさというなら、それはあろう」と言った。すると男は急に座りなおして、「さて閣下、それではお約束によって、どうぞ私を良い役にお取り立て願いとう存じます」と切り出したので、両班は不審そうな顔をして、「なぜだ?」と聞いた。

「でも閣下、ただ今は11月の寒い盛りでございます。たとえなつめの実くらいの梅桃にしても、どこを探したらございましょうか、まんまと私の嘘におかかりになりましたから、どうぞお世話をお願い申しあげます。」これには両班もとうとういっぱい食わされて、やむを得ず男の世話をしてやった。

就職難は今に始まったことではないが、昔の人は口先だけでも人一倍優れていれば、こうして良い職にありつけたというのは、のんびりとして良い時代だったのであろう。-終り-

「그럼 찻잔 정도」「에이, 거짓말하지 말라고 할 때 그 수에 넘어갈 처지가 아니야」「실은 대추 열매만 한 크기였습니다」

그래서 양반은 잠시 고개를 갸웃하다가 「음, 대추 열매만 한 크기라면 그럴 만하지」라고 말했다. 그러자 사내는 갑자기 몸을 고쳐 앉더니 「그럼 각하, 저를 좋은 직책으로 등용해 주시기 바랍니다」라고 말을 끊었고 양반은 의아한 표정을 지으며 「왜 그러느냐?」라고 물었다.

「하지만 각하, 다만 지금은 11월로 한창 춥습니다. 설령 대추 열매만 한 앵두라도 어디서 찾아야 할까요. 감쪽같이 나의 거짓말에 걸려들었으니 잘 보살펴 주시기 바랍니다」 여기에는 양반도 마침내 잔뜩 먹혀 들어 어쩔 수 없이 사내를 돌봐 주었다.

취직난은 어제오늘의 일이 아니지만 옛날 사람들은 말만이라도 남달리 뛰어나면 이렇게 좋은 직장을 얻었다는 것은 여유롭고 좋은 시대였을 것이다.
-끝-

MEMO

28

くしゃみをした石仏
재채기를 한 돌부처

ある山の麓に金氏という怠け者が住んでいた。これといった仕事もせず、長い煙管（キセル）をくわえてはプカプカさせ、そのうちに良いこともあるだろうと、あてにもならぬ運を待っていた。

家にはおかみさんと4人の子と1匹の犬がいた。毎日「お腹がすいた、お腹がすいた」と子どもらに泣きつかれるおかみさんは、ある朝とうとう我慢しきれなくなって、「お前さん、私たちをどうしてくれるんですよ！今日という今日はどこかへ行って、何か食べるものを持って来てくださいよ」と亭主にせまった。

金氏は仕方なく立ちあがって表へ出た。そして山の方へ出かけ、運よく朝鮮人参の根か、金塊か、宝石のひとつも拾えるかなあ、それとも木の実か梨の実くらいにはありつけるだろうと考えながら歩いた。

長いことあちこちを歩きまわり、岩の上をぶらついていたが、これというもの

어느 산기슭에 김 씨라고 하는 게으름뱅이가 살고 있었다. 이렇다 할 일도 하지 않고 긴 담뱃대(기세루)를 물고 뻐끔뻐끔 담배만 피우면서, 기다리면 좋은 일도 있을 것이라고 믿을 수 없는 운을 기다리고 있었다.

집에는 마누라와 4명의 아들과 한 마리의 개가 있었다. 매일 「배고파, 배고파」라며 아이들이 울부짖는데, 마누라는 어느 날 아침 마침내 참을 수 없게 되어 「당신, 우리들을 어떻게 해줘요! 오늘은 기필코 어디론가 가서 뭔가 먹을 것을 좀 갖다 줘요」라고 남편을 다그쳤다.

김 씨는 어쩔 수 없이 일어나 밖으로 나왔다. 그리고 산쪽으로 나가서 운 좋게 조선 인삼 뿌리나 금괴나 보석 중 하나라도 주울 수 있을까, 그렇지 않으면 나무 열매나 배 열매 정도는 얻게 될 거라고 생각하면서 걸었다.

오랫동안 이곳저곳을 돌아다니며 바위 위를 서성거렸지만 이렇다 할 것

は何ひとつ見つからなかった。昼ごろになって高い岸のそばを通りかかると、岩壁に彫りつけた大きな石仏の前に来た。石仏は身の丈十数メートルという高さで空へそびえ立っていた。鼻は3尺（90センチ）も前へ突き出し、口の広さは4尺もあった。頭には御影石で作った冠をかぶり、その上には10人ぐらいの人が楽に乗れそうだった。

　この石仏は、昔仏教が盛んであった時代に、長い年月をついやして作り上げたものに違いなかった。それが年月を経るうちに人々に忘れられ、仏像をおおっていたお堂は壊れて跡形もなくなり、まわりにはいつの間にか樹が生え、林ができてその中にうずもれるようになっていたのだ。見ると石仏の正面には、地面から野葡萄のつるが生え上がって枝をはり、葉を繁らせて石仏の首のあたりまで、ほとんど全身をおおい隠さんばかりにはびこっていた。

은 하나도 발견되지 않았다. 점심 무렵이 되어 높은 언덕 옆을 지나자 석벽에 새겨진 크나큰 돌부처 앞에 왔다. 돌부처는 몸 길이가 십여 미터 높이로 하늘로 우뚝 솟아 있었다. 코는 3척(90센티)이나 앞으로 돌출되었고 입 넓이는 4척(120센티)이나 되었다. 머리에는 화강암으로 만든 관을 쓰고 그 위에는 10명 정도의 사람이 편하게 올라탈 수 있을 것 같았다.

　이 돌부처는 옛날 불교가 성행하던 시대에 오랜 세월을 걸쳐 만든 것임에 틀림없다. 그것이 세월이 지나면서 사람들에게 잊혔고, 부처님을 덮고 있던 당집은 부서져 흔적도 없어지고 주위에는 어느새 나무가 자라 숲이 생겨 그 안에 파묻히게 되었던 것이다. 보아하니 돌부처 정면에는 땅에서 개머루 넝쿨이 자라 올라가지가 뻗어 잎이 무성해져 있었다. 돌부처의 목 언저리까지 거의 온몸을 덮은 듯 만연되어 있었다.

ところが、よく見ると石仏の頭の裂け目から一本の梨の木が生えていた。小鳥が種を落として生えたのだろうか。「おお、あそこに梨がなっている。大きな梨が!」金氏は声を立てて喜んだ。枝をはった外側の端に人の頭ほどもあるかと思われる大きな梨が、見事に熟してぶら下がっているではないか。それを持って帰ったら今夜の食事の代わりにはなりそうだった。「ああ、有難い、これで助かった!」

金氏は葡萄のつるをたよりに、しっかりつかまって石仏を登り始めた。そして、やっと顔の近くまで登り、石仏のあごの辺りから上をふりあおぐと、すぐ真上に大きな鼻がニューッと突き出して、鼻の孔がパックリ洞穴のように口をあけていた。金氏は石仏の唇の上に立って鼻につかまり、なおも上へ上がろうとしたが、そこから上へはつるもなく、なかなか登ることができなかった。金氏は思案に暮れてしまった。おいしそうな梨の実は、人をじらすように上の方で風にゆれ、「さあ、取れるなら取ってごらん!」と言っているようだった。鼻はまっすぐですべすべして登れない。耳へ手をかけてみてもつるつるする。「何につかまって登ったらいいのだろう。ああ残念ながら

그런데 자세히 보자 돌부처 머리의 갈라진 틈에서 한 그루의 배나무가 자라고 있었다. 작은 새가 씨를 떨어뜨려 자란 것일까. 「오, 저기에 배가 달려 있네, 배가!」 김 씨는 소리를 지르며 기뻐했다. 가지를 뻗은 바깥쪽 끝에 사람의 머리만큼이나 될까 하는 큰 배가 잘 익어서 매달려 있지 않나. 그걸 가지고 돌아가면 오늘 저녁 식사 대용은 될 것 같았다. 「아아, 고마워라, 이걸로 살았다!」

김 씨는 포도 덩굴을 의지해 꼭 붙잡고 돌부처를 오르기 시작했다. 그리고 겨우 얼굴 가까이까지 올라가서 돌부처의 턱 근처에서 위를 돌아보니 바로 위에 큰 코가 우뚝하게 튀어나오고 콧구멍이 완전히 동굴처럼 입을 벌리고 있었다. 김 씨는 돌부처의 입술 위에 서서 코를 움켜쥐고 다시 올라가려 했지만 거기서는 위로 넝쿨도 없고 좀처럼 오를 수 없었다. 김 씨는 생각에 잠겼다. 맛있어 보이는 배 열매는 사람을 초조하게 하듯 위쪽에서 바람에 흔들리며 「자, 딸 수 있으면 따요!」라고 말하는 것 같았다. 코는 곧고 반들반들해서 올라갈 수 없었다. 귀에 손을 대봐도 미끌미끌하다. 「무엇을 붙잡고 올라가면 좋을까? 아아, 유감스럽게도 배는 포기해야만 하나」 그때 문득 좋은 생각이 떠올랐다. 「그래, 콧구멍으로 기어오르면 될

梨はあきらめなければなるまいか。」その時、ふと良い考えが浮かんだ。「そうだ鼻の孔へはい上がればいいのだ。そうすればてっぺんへ出られるに違いない。」金氏は虫のように鼻の孔へ入り始めた。そして、すぐに暗い中へ見えなくなった。ちょうどその時だった。ハックショイ！石仏がくしゃみをして金氏を吹きとばしたのだ。夕方近くまで金氏は気を失っていた。ふと我にかえって気がつくと、自分のすぐそばに梨が落ちていた。慌てて拾い上げ、家族の喜ぶ顔を思い浮かべながら帰って行った。-終り-

것이다. 그래야 맨 꼭대기로 나올 수 있음에 틀림없다」김 씨는 벌레처럼 콧구멍으로 들어가기 시작했다. 그리고 이내 어두워 속이 보이지 않게 되었다. 딱 그때다. 「에취!」돌부처가 재채기를 해서 김 씨를 날려버렸다. 저녁 무렵까지 김 씨는 정신을 잃고 있었다. 문득 정신을 차리고 보니 자신의 바로 옆에 배가 떨어져 있었다. 서둘러 주위 들어 가족의 기쁜 얼굴을 떠올리며 돌아갔다.

-끝-

MEMO

29

高麗葬
고려장

真昼にも虎が出没するという険しい太白山の中腹を、ひとりの男が老母を背負って歩いていた。国法に従って老いた母を山中に捨てに行く息子は、度々深いため息をついて立ち止まった。

元の支配を受けていた高麗時代末、長く続いた戦争で国庫は底をつき、旱魃（かんばつ）と飢饉（ききん）が重なって飢え死にする人が続出していた。国は窮余の一策として70歳以上の老人は山の奥深くに捨てろという布告を出した。この法令が"高麗葬"である。息子は口を閉ざし、老母も無言だった。うつむいて歩いている息子の足元に松の小枝がポトンと落ちた。先ほどから老母が背負子（しょいこ）の上で松の小枝を折って落としているのだ。息子は足を止め、「お母さん、どうして松の枝を道に落としているのですか?」息子の問いに老母は静かに答えた。「お前が帰る時は日が暮れてしまうだろう。道に迷わないように落ちている松の枝を目印に帰るといいよ。」息子は胸が張り裂けそうになり、それ以上前

대낮에도 호랑이가 출몰한다는 험준한 태백산 중턱을 한 남자가 노모를 업고 걷고 있었다. 국법에 따라 늙은 어머니를 산속에 버리러 가는 아들은 연신 깊은 한숨을 내쉬며 멈춰섰다.

원나라(몽골)의 지배를 받고 있던 고려시대 말, 오랜 전쟁으로 국고는 바닥나고 가뭄과 기근이 겹쳐 굶어 죽는 사람이 속출하고 있었다. 나라는 궁여지책으로 70세 이상의 노인은 산속 깊은 곳에 내다 버리라는 포고문을 냈다. 이 법령이 "고려장"이다. 아들은 입을 다물었고 노모도 말이 없었다. 고개를 숙이고 걷고 있는 아들의 발밑에 소나무 잔가지가 뚝 떨어졌다. 아까부터 노모가 지게 위에서 소나무 잔가지를 꺾어 떨어뜨리고 있는 것이었다. 아들은 걸음을 멈추고 「어머님, 왜 소나무 가지를 길에 떨어뜨리고 있는 겁니까?」하고 물었다. 노모는 조용히 대답했다. 「네가 돌아갈 때는 날이 저물 것이다. 길을 잃지 않도록 떨어진 소나무 가지를 따라 돌아가면 될 거다」아들은 가슴이 찢어질 것 같아 더 이상 앞으로 나아갈 수가 없었다. 어머니는 죽음을 목전

に進むことができなかった。母は死を目前にしても息子のことを心配していたのだ。息子は背負子を下ろして老母の痩せた胸に顔を埋めて泣いた。どんなに法が

厳しいといっても、到底母を山に捨ててしまうことはできなかった。息子は母親を洞窟の中に隠して山を下り、翌日から毎晩こっそりと食べ物を運んだ。

　この頃、国は元から大きな難題をつきつけられていた。元の使者は、三つのなぞを出し、ひと月以内にこのなぞを解くことができなければ、貢物として米三万石と女三千人を捧げよというのである。そのなぞはあまりにも難解で、国中の学者や大臣を動員して智恵を絞ったが解けなかった。思い余った朝廷は、このなぞを解いた者には高位と褒賞を与えるとお触れを出した。期限がどんどん迫るが誰も解ける者がなく、朝廷の心配はつのっていった。

　今日も息子は握り飯を包んで老母を訪ねてきた。「おや、顔色がよくないが、

에 두고도 아들의 일을 걱정하고 계셨던 것이다. 아들은 지게를 내려놓고 노모의 여윈 가슴에 얼굴을 파묻고 울었다. 아무리 법이 엄격하다고 해도 도저히 어머니를 산에 내다 버릴 수는 없었다. 아들은 모친을 동굴 속에 숨기고 산을 내려와 다음 날부터 매일 밤 몰래 음식을 날랐다.

　이 무렵 우리나라는 원나라로부터 크나큰 난제를 안고 있었다. 원나라의 사신은 세 가지 수수께끼를 내서 한 달 이내에 풀지 못하면 공물로 쌀 삼백 석과 여자 삼천 명을 바치라고 요구했다. 그 수수께끼는 너무나 난해해서 온 나라의 학자와 대신들이 지혜를 짜냈지만 풀지 못했다. 생각다 못해 조정은 이 수수께끼를 푼 사람에게 높은 직위와 포상을 내리겠다고 공표했다. 기한이 다가와도 아무도 풀지 못하자 조정의 걱정은 점점 커졌다.

　오늘도 아들은 주먹밥을 싸 들고 노모를 찾아갔다. 「이런, 혈색이 좋지 않

この母のためなのかい?」息子は国に大きな心配事が起こったとなぞなぞの話をした。「ちょっと待って、そのなぞというのはどういう問題なのかい?」母の問いに息子はなぞを一つずつ話し始めた。「まず最初のなぞは、くねくね曲がった穴が開いている沢山の玉を、全部絹糸でつなげというものです」「それは蟻の腰に絹糸を結び、穴に蜂蜜を塗っておくといいんだよ。蟻が蜂蜜を求めて穴を通過すると、自然につながるだろう。」息子はなるほどと膝を打った。「二番目の問題は、両端の厚さが全く同じ大きさの大木の板があるが、どちらが根元でどちらが枝先なのかを見分けることです」「それは水につけてみれば直ぐに分かるよ。水中に傾く方が根元だろうよ」

「なるほど、三番目の問題は姿と大きさが全く同じ二頭の馬を見くらべて、手で触らずどちらが母馬でどちらが子馬なのかを見分けろというものです」「それは三日間ほど食べ物を与えないでおいて、その後食べ物を与えた時、後で食べる方が母馬だよ。」余りにも簡単に問題を解く母親に息子は開いた口がふさがらなかった。

은데, 뭔가 이 애미 때문이냐?」 아들은 우리나라에 크나큰 걱정거리가 생겼다며 수수께끼의 이야기를 말씀드렸다. 「잠깐만, 그 수수께끼라는 게 무슨 문제냐?」 하고 묻는 어머니에게 아들은 문제를 하나씩 말했다. 「첫 번째는 구불구불한 구멍이 뚫린 많은 구슬을 전부 명주실로 꿰라는 것입니다」 「그건 개미 허리에 명주실을 묶고 구멍에 꿀을 발라두면 된다. 개미가 꿀을 찾아 구멍을 통과하면 자연스럽게 꿰어질 거다」 아들은 무릎을 쳤다. 「두 번째 문제는 양쪽 끝의 두께가 모두 똑같은 큰 나무판자가 있는데, 어느 쪽이 밑동이고 어느 쪽이 가지 쪽인지 구분하는 것입니다」 「그건 물에 담가 보면 된다. 물속으로 기우는 쪽이 밑동일 게다」

「과연, 세 번째는 모습과 크기가 같은 두 마리의 말을 손으로 만지지 않고 어느 쪽이 어미 말이고 어느 쪽이 새끼 말인지 가려내라는 것입니다」 「그건 3일쯤 굶겼다가 먹이를 주면 나중에 먹는 쪽이 어미 말이다」 너무도 쉽게 문제를 푸는 어머니를 보고 아들은 입을 다물지 못했다.

息子は官庁に駆けつけ、村の太守に答えを奏上した。すると国の最高の学者たちも解けなかった難題を、一介の村人が解いたと国中を沸き立たせた。王はその功績を讃え、太守に充分報酬を与えるよう命じた。

太守に呼び出された息子は、なぞを解いたのは自分ではなく母親である事を告白し、高麗葬をしなければならない老母を隠しておいた罪を罰してくださいとすすり泣いた。太守はこの賢い母親に驚き、安心して扶養できるようにしてあげようと自らその洞窟に訪ねて行くと、母親は既に死んでいた。これ以上息子に迷惑をかけないように自ら命を断ったのだ。老人も国事の大きな助けになると悟った王は、高麗葬の法をなくし親孝行を奨励した。 -終り-

아들은 곧 관청으로 달려가 태수에게 답을 전했다. 그러자 나라의 최고 학자들도 풀지 못한 난제를 일개 백성이 풀었다며 온 나라가 떠들썩했다. 왕은 그 공적을 기리고 태수에게 후한 상을 내리라고 명했다.

태수에게 불려간 아들은 수수께끼를 푼 것은 자신이 아니라 어머니라며, 고려장을 치러야 하는 노모를 숨겨둔 죄를 벌해 달라고 눈물로 고백했다. 태수는 이 영리한 노모를 직접 뵙고자 동굴을 찾아갔으나 이미 돌아가신 뒤였다. 이 이상 아들에게 폐를 끼치지 않으려 스스로 목숨을 끊으신 것이었다. 노인도 나라에 큰 도움이 된다는 것을 깨달은 왕은 고려장 법을 폐지하고 효행을 장려했다. -끝-

MEMO

30

愚かな婿 2話
어리석은 사위 두 가지 이야기

むかし、ある村に少々頭のオメデタイ男がいた。結婚して、ある日妻の実家へ行くことになった。彼の母親は酒一瓶と蒸した鶏一羽を風呂敷に包んで「この瓶の中身はお酒で、こちらは鶏だから、お義父さまにさし上げなさい」と言った。男はしばらく歩いているうちに、その進物の名前を忘れてしまった。

そうしているうちに途中に溝があり、そこを飛び越えると酒瓶がちゃぷちゃぷと音をたてた。「そうだ。これは、ゆらゆらちゃぷちゃぷだ。そしてこっちは、ばたばたこっこ鳥だ」と、男はそれを繰り返しながら歩いて妻の実家にたどり着いた。

ちょうど義父は屋根のふき替えをしていたので、上を見上げ「お義父さん、お義父さん」と大声で呼び、持って来た物を庭へさっと広げた。そして「これは、ゆらゆらちゃぷちゃぷです。こちらは、ばたばたこっこ鳥」と言った。

옛날 어느 마을에 머리가 약간 모자란 사내가 있었다. 결혼해서 어느 날 처가에 가게 되었다. 그의 어머니는 술 한 병과 삶은 닭 한 마리를 보자기에 싸서 「이 병의 내용물은 술이고 이쪽은 닭이니까 장인께 드리라」라고 했다. 사내는 한참을 걷는 사이에 그 선물의 이름을 잊어버렸다.

그러다가 도중에 도랑이 있어서 거기를 뛰어넘자 술병이 출렁출렁 소리가 났다. 「그렇다. 이것은 흔들흔들 출렁출렁 이다. 그리고 이쪽은 파닥파닥 코코새다」라고 사내는 그것을 반복하면서 걸어서 처가에 도착했다.

마침 장인은 지붕을 이고 계셔서 위를 올려다보며 「장인 어르신, 장인 어르신」 하며 큰 소리로 부르더니 가지고 온 물건을 마당에 가만히 펼쳐 놓았다. 그리고 「이것은 흔들흔들 출렁출렁 이며, 이쪽은 파닥파닥 코코새」라고 했다.

そして、それをまた風呂敷にきちんと包みなおした。義父は婿が来たので屋根から急いで飛び下りようとした。それを見た愚かな男は、自分を捕まえに来ると思って後ろも振り返らず慌てふためいて逃げ出した。

どのくらい走ったのか、豆畑があったので、そこへ隠れようと飛び込んだ。平べったく腹ばいになって、ハァハァと息をはずませた。

その時青ガエルが一匹、ピョンと跳ねてきて、前で口をパクパクさせているので、「お前もお義父さんに追いかけられて来たのか、おれもお義父さんに追いかけられて来たんだ」と、なお一層ハァハァと息をはずませた。

****

むかし、ある山里で貧しい暮らしをしていた男が、やっとのことで隣の村から嫁をもらった。

その年の秋、妻の実家へ行ったが、豆をさやごと蒸した"えだ豆"がでた。このようなものを食べたことのない男は、出

그리고 그것을 다시 보자기에 제대로 다시 쌌다. 장인어른은 사위가 와서 지붕에서 서둘러 뛰어내리려고 했다. 그것을 본 어리석은 사위는 자기를 잡으러 온다고 생각해 뒤도 돌아보지 않고 당황하여 허둥지둥 도망쳤다.

얼마나 달렸는지 콩밭이 있었기 때문에 거기에 숨으려고 뛰어들었다. 납작 엎드려서 헐떡거리며 숨을 몰아쉬었다.

그때 청개구리 한 마리가 깡충 뛰어나와서 앞에서 입을 뻐끔뻐끔 벌리고 있었다. 「너도 장인한테 쫓겨 왔구나. 나도 장인어른이 쫓아왔어」라며 한층 더 헐떡거리며 숨을 몰아쉬었다.

****

옛날 어느 산골 마을에서 가난하게 살고 있던 사내가 겨우 이웃 마을에서 아내를 맞아들였다.

그해 가을 처가에 갔는데 콩을 껍데기 채 삶은 "강남콩"이 나왔다. 이와 같은 것을 먹어 본 적이 없는 사내는 나온 콩을 껍질도 벗기지 않고 그대로 먹었

された豆をさやもむ
かずにそのまま食べ
た。さやも塩気が
あっておいしかった
が、喉にひっかか
り、喉がひりひりし
てきた。しかし食べ
ない訳にはいかず、無理して全部さやご
と食べてしまった。実家の人は何と豪快
な食べ方だと皆目を丸くした。

家に帰ると母親が妻の実家で何をして
くれたのかと尋ねるので、あった通りの
ことを話した。すると母親はうんざりし
て、「このバカ者、豆をさやごと食べる
人がどこにいる」と叱りつけ、「次にまた
そのような物が出たら、皮をむいて中身
だけ食べるのだよ」と教えられた。

次の年の秋、チュソク（秋夕）に妻の
里へまた行くことになった。すると今度
はソンピョン（韓国の餅）が出た。

山里の極貧の暮らしで成長した男の家
では、そのような祭りの祝いなどするゆ
とりもなく、ソンピョンなるものを食べ
たことも見たこともなかった。

다. 껍데기도 소
금기가 있어서
맛있었지만 목에
걸려 목이 따끔
따끔해졌다. 하
지만 안 먹을 수
는 없고 무리해
서 껍질째 모두
먹어 버렸다. 처가집 사람들은 얼마나
호쾌하게 먹는지 모두 눈이 휘둥그레졌
다.

집에 돌아오자 어머니가 처가에서
무엇을 해 주었느냐고 물어서 있던
대로 얘기했다. 그러자 어머니는 실망
해서 「이 바보야, 콩을 껍질과 함께 먹
는 사람이 어디 있느냐」라고 꾸짖고
「다음에 그런 것이 나오면 껍질을 벗기
고 내용물만 먹는 거야」라고 가르쳤다.

다음 해 가을 추석에 처가엘 또 가게
되었다. 그러자 이번에는 송편(한국의
떡)이 나왔다.

산골의 가난한 삶에서 성장한 사내
의 집에서는 그런 축제 축하 따위는 할
여유도 없었고 송편이라는 것을 먹어
본 적도 없었다.

男は「そうだ、母さんは皮をむいて中身だけ食べるように言ったな。さあ今度はうまく食べるぞ」そうして、ソンピョンの外側をみなむいてしまって中身のあんこだけを食べた。

それを見た妻の実家の人々は、何と贅沢な食べ方をする人だろう。よほど豊かな暮らしをしていたに違いない。こんな男に娘を嫁がせて良かったと思ったそうである。-終り-

사내는「그렇다, 어머니는 껍질을 벗기고 속만 먹으라고 말씀하셨지. 자, 이번에는 잘 먹을 거야」그리고서는 송편 겉면을 모두 벗겨 버리고 속에 든 팥만 먹었다.

그것을 본 처가 사람들은 얼마나 사치스럽게 먹는 사람인가, 꽤나 풍부하게 살고 있었음에 틀림없다. 이런 사내에게 딸을 시집보내서 좋았다고 생각했다고 한다. -끝-

MEMO

31

大蛇 2話 / カササギと大蛇
이무기의 두 가지 이야기 / 까치와 이무기

むかし、ソンビが科挙(官吏の登用試験)を受けに行っていると、木の上でカササギ三羽が鳴いていた。けたたましく異様な鳴き方をするので見上げてみると、木に巻きついている大蛇が、カササギのひなを食べようと、舌をチョロチョロとなめずっていた。

けしからんと思ったソンビが、矢を抜いて射ると大蛇の背にあたって、大蛇は木の下の池に落ちてしまった。

ソンビが科挙に合格して帰ってくる道で、ちょうどカササギのひなを救ってやった村で休んでいたところ、村の人たちがこのソンビをもてなそうと、魚をとりに池に行った。不思議なことにとてつもなく大きな魚が一匹かかってきた。

옛날 선비가 과거를 보러 가는데 나무 위에서 까치 세 마리가 울고 있었다. 요란하고 이상하게 울어서 올려다보니 나무에 감겨 있는 이무기가 까치 새끼를 잡아먹으려고 혀를 날름거리며 입술을 핥고 있었다.

괘씸하다고 생각한 선비가 화살을 뽑아 쏘자 이무기의 등에 맞아 이무기는 나무 아래 연못으로 떨어지고 말았다.

선비가 과거에 합격하고 돌아오는 길에 마침 까치 새끼를 구해준 마을에서 쉬고 있을 무렵, 마을 사람들이 이 선비를 대접하려고 물고기를 잡으러 연못으로 갔다. 신기하게도 엄청나게 큰 물고기 한 마리가 걸렸다.

早速魚を切っておいしい汁を作った。ソンビが偉い両班(ヤンバン—高麗、朝鮮時代の支配者階級)であり、今回の科挙に首席で合格したと知り、村人たちはソンビをたたえて広場に大きな食卓を準備し、ごちそうを並べた。そして大きな魚の切り身を一番先にソンビにあげた。ソンビがその魚を食べようとしたところ、いきなり一群れのカササギがやってきて、ソンビの頭の上をぐるぐる回った。

　村の人たちは、この異常な現象に驚き、どういうことなのか、訳が分からないでいると、一羽のカササギが急降下して魚の切り身を突き刺し、下に落ちて死んでしまった。それで、その魚の切り身を割ってみると、中に矢が一つ折れたまま刺さっていた。

　それはぶ厚い背中の部分にあたるところで、よく見ると大きな魚と思ったものは異様に長かったし、うろこはつるつるして柔らかく、まるで蛇のようだった。
　その時から、カササギは霊物だと言われ、恩返しをする動物であり、蛇はいつでも一度は恨みを晴らす動物であると伝えられてきた。

재빠르게 생선을 썰어 맛있는 국을 끓였다. 선비가 훌륭한 양반이고 이번 과거에 수석으로 합격했다는 것을 알고, 마을 사람들은 선비를 기려 광장에 크나큰 식탁을 준비하여 진수성찬을 차렸다. 그리고 큰 생선 토막을 제일 먼저 선비에게 올렸다. 선비가 그 생선을 먹으려는데 갑자기 한 무리의 까치가 찾아와 선비의 머리 위를 빙빙 돌았다.

마을 사람들은 이 이상한 현상에 놀라 무슨 일인지 영문을 모르고 있는데, 한 마리의 까치가 급강하하여 생선 토막을 쪼아대고 아래로 떨어져 죽고 말았다. 그래서 그 생선 토막을 쪼개 보니 안에 화살이 하나 부러진 채 박혀 있었다.

그것은 두툼한 등 부분에 해당하는 곳으로, 자세히 보니 크나큰 생선이라고 생각했던 것은 이상하게 길었고 비늘은 매끌매끌 하고 부드러워 마치 뱀 같았다.
그때부터 까치는 영물이라 하여 은혜를 갚는 동물이며, 뱀은 언제든지 한 번쯤 한풀이를 하는 동물이라고 전해져 왔다.

大蛇の復讐

むかし、山奥にお爺さんとお婆さんが住んでいた。この夫婦は歳をとるまで子どもがいなかった。

ある日、お爺さんが山へ木を切りに行ったところ、大蛇がキジをぐるぐる巻きにし、今にも食べようとしていた。お爺さんは弓を射て大蛇を殺し、キジを助けてやった。

その後、意外にもこの老夫婦に男の子が誕生した。その息子が成長しお嫁さんをもらう事になった。今日は婚約者の家を訪ねるために出かけ、堤防のそばを歩いていた。すると堤防の水が渦巻いて、その中から大蛇がニュッと現れた。「おい、ちょっと待て。私の夫はお前のおやじに殺されたから、お前は私の手にかかり死んでしまえ」と叫びながら向かって来た。息子は「今、嫁さんをもらいに行く途中だ。私が行かないと新婦の家は大騒ぎになる。それに私を待っている新婦が気の毒だから、結婚式をあげて実家に帰ってくる時は死んでもよい」と言った。大蛇はこの事情を聞いて気の毒に思ったのか「では、そのようにせよ」と約束した。

이무기의 복수

옛날 산속에 할아버지와 할머니가 살고 있었다. 이 부부는 나이가 들 때까지 아이가 없었다.

어느 날 할아버지가 산에 나무를 베러 갔는데 이무기가 꿩을 둘둘 감아 금방이라도 잡아먹으려 하고 있었다. 할아버지는 활을 쏘아 이무기를 죽이고 꿩을 살려 주었다.

그 후, 뜻밖에도 이 노부부에게 아들이 탄생했다. 그 아들이 성장하여 며느리를 맞이하게 되었다. 오늘은 약혼자의 집을 방문하기 위해 나가서 제방(둑) 옆을 걷고 있었다. 그러자 둑의 물이 소용돌이치고 그 물속에서 이무기가 불쑥 나타났다. 「이봐, 좀 기다려. 나의 남편은 너의 아버지에게 살해당했으니 너는 내 손에 걸려 죽어 버려야 해」라고 외치며 다가왔다. 아들은 지금 신부를 맞이하러 가는 도중이다. 「내가 가지 않으면 신부의 집은 큰 난리가 난다. 게다가 나를 기다리고 있는 신부가 불쌍하니까 결혼식을 올리고 친정으로 돌아올 때는 죽어도 된다」라고 말했다. 이무기는 이 사정을 듣고 불쌍했던지 「그럼 그렇게 해요」라고 약속했다.

初夜を心配しながら過ごし、二日目の夜明け、新郎はこっそり新婦の家を出た。それに気付いた新婦はすぐに新郎の後を追った。約束した堤防に着くと大蛇が出て来た。驚いた新婦は飛び出して「どうかお助けください」と哀願した。大蛇は、「お前は百年の間食べて生きられるようにしてやるが、新郎は必ず殺す」と言い、堤防にある三つの穴を指して、「一つ目は米、二つ目は衣服が出てくる。三つ目は死だ」と言った。それを聞くや、新婦は三つ目の穴に向かって「大蛇を殺してくれ！」と叫んだ。大蛇はたちまち、しぼむようにその場で息たえた。新婦の才知たけた機転で助かり、二人は末永く幸福に暮らしたそうだ。

-終り-

첫날 밤은 걱정하면서 보냈고, 둘째 날 새벽, 신랑은 슬그머니 신부의 집을 나섰다. 그것을 눈치챈 신부는 바로 신랑의 뒤를 쫓았다. 약속한 제방에 도착하자 이무기가 나왔다. 놀란 신부는 뛰어나와서 「제발 도와주세요」라고 애원했다. 이무기는 「너는 백 년 동안 먹고 살 수 있도록 해 주지만 신랑은 반드시 죽인다」고 하며 제방에 있는 세 개의 구멍을 가리켜 「첫째는 쌀, 둘째는 의복이 나온다. 세 번째는 죽음이다」라고 했다. 그 말을 듣자 신부는 세 번째 구멍을 향해 「이무기를 죽여 줘요！」라고 외쳤다. 이무기는 금세 오므라들 듯이 그 자리에서 숨이 끊어졌다. 신부의 뛰어난 재치로 도움을 받아 두 사람은 오래도록 행복하게 살았다고 한다. -끝-

MEMO

135

32

ネギを植えた人
파를 심은 사람

人間がまだネギを食べなかった頃の話だ。その頃はよく人間が人間を食べた。それはお互いが牛に見えるからだった。うっかりすると自分の親や兄弟を、牛と間違えて食べてしまうことがあった。本当の牛と、人間の見さかいがないのだから、こんな物騒な話はないだろう。

ある人が、やはり間違えて自分の兄を食べてしまった。後でそれと気がついた時には、もう取りかえしがつかない。「ああ、いやだいやだ。なんてあさましいことだろう。こんな所に暮らすのは、つくづくいやだ！」

その人は家を後にして、あてのない旅に出た。広い世間にはきっとまともな国があるに違いない。何年かかってもよい。その国を探し出そうと心に決めていた。山奥にも海辺にも行ったがどこへ行ってもやはり人間どうしが喰いあいをしていた。それでもあきらめずに旅を続けた。秋冬を何度も送り迎え、いつかその人はお爺さんになってしまった。

인간이 아직 파를 먹지 않았을 때의 이야기다. 그 무렵에는 흔히 인간이 인간을 잡아먹었다. 그것은 서로가 소로 보이기 때문이었다. 깜빡하면 자신의 부모나 형제를 소라고 잘못해서 잡아먹어 버리는 적도 있었다. 진짜 소와 인간의 구분이 없기 때문에 이러한 소란스러운 이야기는 없을 것이다.

어떤 사람이 역시 실수로 자기의 형을 잡아먹어 버렸다. 나중에 그것을 깨달았을 때는 이미 돌이킬 수가 없다. 「아아, 싫다 싫어. 이 얼마나 무시무시한 일인가. 그러한 곳에 사는 건 정말 싫다！」

그 사람은 집을 뒤로하고 정처 없이 여행을 떠났다. 넓은 세상에는 날렵하게 제대로 된 나라가 있음에 틀림없다. 몇 년 걸려도 좋다. 그 나라를 찾아 나서려고 마음을 먹었다. 산속에도 바닷가에도 갔었지만 어디를 가더라도 역시 인간들끼리 서로 잡아먹기를 하고 있었다. 그래도 포기하지 않고 여행을 계속했다. 가을 겨울을 몇 번이나 보내고 맞으며 어느새 그 사람은 할아버지가 되고 말았다.

とうとう、ある見知らぬ国へたどり着くと、そこが長い間その人の探していた国だった。そこでは誰もが仲むつまじく暮らしていた。牛は牛、人間は人間と、ちゃんと見さかいがついていた。

마침내 어느 낯선 나라에 도착하자 그곳이 오랫동안 그 사람이 찾고 있던 나라였다. 그곳에서는 누구나 화목하게 살고 있었다. 소는 소, 인간은 인간으로 제대로 분별이 되어 있었다.

「あなたはどこから来なさったかね。そしてどこへ行きなさるんだね?」その国の年寄りが旅人に聞いた。「どこといってあてがある訳ではありません。」旅人は、人間を食べない国はないかと、長い間探し歩いた話をした。「まあまあ、それはえらい苦労なさった。なにね、もとはこちらでもやっぱり人間が牛に見えたもんです。それで始終、間違いが起こっていたが、ネギを食べるようになってから、もう間違いはなくなりましたよ」「ネギですって?」。その人はびっくりして聞き返した。「そのネギというのは、いったいどんな物ですか?」「こっちへ来て見なされ、あれがネギというものです」。年寄りは親切にネギ畑へ案内して、ネギを見せてくれた。その上、作り

「당신은 어디서 왔는지요. 그리고 어디로 가시는지요」그 나라의 노인이 여행자에게 물었다.「어디라고 목적이 있는 것은 아닙니다」여행자는 인간을 잡아먹지 않는 나라는 없을까 오랫동안 찾아다닌 이야기를 했다.「어머나, 정말 대단한 고생이셨네요. 글쎄요, 원래는 이쪽에서도 역시 인간이 소로 보인 것입니다. 그래서 시종, 잘못이 일어나고 있었지만 파를 먹고 나서 이제 실수는 없어졌지요」「파라고요?」그 사람은 깜짝 놀라 되물었다.「그 파라는 것은 도대체 어떤 것입니까?」「이쪽으로 와 보세요, 저것이 파라는 것입니다」노인은 친절하게 파밭으로 안내하여 파를 보여 주었다. 게다가 만드는 방법과 먹는 방법까지 자세히 가르쳐 주었다.

方や食べ方まで詳しく教えてくれた。

　その人は大喜びでネギの種を分けてもらい、自分の国へと向かった。一刻も早くみんなに教えたくて、遠い遠い道のりも苦しいとは思わなかった。

　やっとのことでその人は、自分の故郷へ帰りつき、なにはさておき、まっ先に軟らかい土の上にネギの種を播いた。種を播き終わると、安心してその人は、久し振りに懐かしい知りあいや友だちを訪ねた。ところが、誰の目にもその人が牛に見え、みんなで寄ってたかってつかまえ、その人はその日のうちに食べられてしまった。

　それからしばらくたってからの事だ。畑のすみに見たことのない青い草が生えた。ためしにちょっとばかり食べてみると良い匂いがした。それがネギだということは誰も知らない。知らないながらも人々はその青い草を食べた。すると食べた人だけは、人間がちゃんと人間に見えた。

　それからはみんながネギを食べるよう

　그 사람은 매우 기뻐하며 파씨를 나누어 자기 고향으로 향했다. 한 시각이라도 빨리 모두에게 가르쳐 주고 싶어서 머나먼 길도 고생이라고는 생각하지 않았다.

　간신히 그 사람은 자기의 고향으로 돌아갔고, 어쨌든 무엇이든 제쳐두고 맨 먼저 부드러운 땅 위에 파씨를 심었다. 파씨 심기를 마치자 안심하고 그 사람은 오랜만에 그리운 지인과 친구들을 찾아갔다. 그런데 누구의 눈에도 그 사람이 소로 보여 여러 사람이 달라붙어 붙잡아 그 사람은 그날 잡아먹히고 말았다.

　그로부터 얼마 후의 일이다. 밭 구석에 본 적 없는 푸른 풀이 돋아났다. 시험 삼아 조금 먹어 봤더니 좋은 냄새가 났다. 그것이 파였다는 것은 누구도 알지 못했다. 모르면서도 사람들은 파란 풀을 먹었다. 그러자 먹었던 사람들은 인간이 제대로 인간으로 보였다.

　그리고 나서는 모두가 파를 먹게 되

になり、昔のような間違いは起こらなく
なった。

　ネギを植えた人は誰からも礼を言われ
ることはない。けれども、その人の真心
はいつまでも生きていて、大勢の人を幸
せにした。 -終り-

어 옛날처럼 잘못은 일어나지 않게 되
었다.

　파를 심었던 사람은 누구에게도 감
사의 예를 들을 수 없다. 하지만 그 사
람의 진심은 언제까지나 살아 있고 많
은 사람을 행복하게 했다. -끝-

MEMO

_____
_____
_____
_____
_____
_____
_____
_____
_____
_____
_____
_____
_____

キジとハトとカササギ
꿩과 비둘기와 까치

ある森の中にキジとハトとカササギが仲良く棲んでいた。ところが不作の年にあって食べるものが無くなってしまった。そこで、みんなで相談して、まめに働いて食べ物を蓄えているネズミを訪ねることになった。

一番初めに、キジが出かけて行った。キジは日ごろから、ネズミをバカにしていたので、言葉まで、ついぞんざいになった。

「おいこら！ネコの喰いそこないはおらんか？キジの<u>旦那</u>がじきじきにおいでになったぞ。食べ物を少し貰おうかい」

すると、それを聞いて、台所で火をくべていたネズミのおかみさんは、すっかり腹をたててしまった。そして飛び出してくるなり、火かき棒でいやという程キジの横っつらを打ちのめした。

「ひと様にものを貰いに来て、何という口のきき方をするんだい。捨てるもの

어느 숲속에 꿩과 비둘기와 까치가 사이좋게 살고 있었다. 그런데 흉작의 해를 맞아 먹을 것이 없어지고 말았다. 그래서 다 같이 상담하여 부지런히 일해서 먹을 것을 비축하고 있는 쥐를 방문하기로 하였다.

첫 번째로 꿩이 나갔다. 꿩은 평소에 쥐를 바보로 취급하고 있었기 때문에 말까지 그만 반말이 되어 버렸다.

「이봐 이봐! 고양이 먹이는 없나? 꿩 남편이 직접 오셨단 말이야. 먹을 것을 좀 얻을까?」

그러자 그 말을 듣고 부엌에서 불을 지피고 있던 쥐 아내는 완전히 화가 났다. 그리고 뛰어나오자마자 부지깽이로 꿩의 뺨을 불쾌할 정도로 세게 때려 박살을 냈다.

「남에게 먹을 것을 얻으러 와서 무슨 말을 하는 거야. 버릴 것은 있어도 너한

140

はあっても、お前さんにやるものはないよ」

　キジは打たれたほっぺたをさすりさすり、大恥をかいて引き下がった。今でもキジのほっぺたが赤いのは、その時のあざだということだ。

　二番目にハトが出かけて行った。ハトもやはりネズミをバカにしていたので、「やい、米びつのこそ泥、喰いものをちょっとばかり貰いに来たぜ」とこれ又、横柄な口をきいた。ネズミのおかみさんは、今度も大そう腹をたてて、火かき棒でハトの頭をピシリと打ちすえた。ハトの頭が青いのも、その時のあざだそうだ。

　三度目に今度はカササギが行くことになった。キジやハトの二の舞いをしたの

테 줄 건 없어」

　꿩은 얻어맞은 뺨을 문지르며 개망신을 당하고 물러났다. 지금도 꿩의 뺨이 붉은 것은 그때의 멍이라는 것이다.

　두 번째로 비둘기가 나갔다. 비둘기도 역시 쥐를 바보 취급하고 있었기 때문에 「어이, 쌀 뒤지의 좀도둑아, 먹을 것 좀 얻으러 왔어」라고, 이 또한 거만한 말을 했다. 쥐의 아내는 이번에도 크게 화를 내며 부지깽이로 비둘기의 머리를 '딱' 하고 때렸다. 비둘기의 머리가 파란 것도 그때의 멍이라고 한다.

　세 번째로 이번에는 까치가 가게 되었다. 꿩이나 비둘기의 전철을 밟는다

では、食べるものが全く手に入らないので大変だ。カササギはネズミの家の戸口に着くなり、頭を下げて丁寧に頼んだ。

「もし、ネズミの旦那様、どうもお米がとれなくて困っております。食べ物を少々分けて頂けませんでしょうか?」

すると奥からネズミが出て来て言った。「あげないでもないが、お前さん、キジやハトと一緒じゃないのかい?そんならまっぴらだよ」「いいえ、とんでもない・・・。」カササギは慌てて打ち消した。「そんな名前は、ついぞ聞いたこともありません。」「そんならお這入り。」

ネズミは安心してカササギに食べ物を分けてくれた。すると奥から出てきたおかみさんまで機嫌をよくして、「お前さんは姿が上品なもんで、言葉づかいまで違うよ。育ちがいいんだね。」とお愛想を言った。

* カササギはカラスより細身で、白と黒に色分けされた美しい姿は、今でも韓国の人々に愛されている。高木の枝に大きなまん丸い巣を作り、吉兆をもたらす鳥だと言い伝えられている。

면 먹을 것을 전혀 손에 넣을 수가 없기 때문에 큰일이었다. 까치는 쥐의 집 문간에 도착하자마자 고개를 숙여 공손하게 부탁했다.

「혹시, 쥐 남편님, 아무래도 쌀이 떨어져서 곤란합니다. 먹을 것을 좀 나눠 주시면 안 될까요?」

그러자 안쪽에서 쥐가 나와 말했다. 「주지 않아도 되지만 너는 꿩이나 비둘기와 함께 있는 거 아냐? 그렇다면 딱 질색이야」「아니요, 천만에요… 그런 이름은 여태까지 들어본 적이 없어요」 까치는 황급히 대답했다. 「그럼 들어오세요」

쥐는 안심하고 까치에게 먹을 것을 나눠 주었다. 그러자 안에서 나온 마나님까지 기분이 좋아서 「너는 모습이 고상하고 말투까지 다르네요. 잘 자랐군요」라며 격식을 차렸다.

* 까치는 까마귀보다 날씬하고 흰색과 검은색으로 구분된 아름다운 모습은 지금도 한국 사람들에게 사랑받고 있다. 높은 나무가지에 크고 동그란 둥지를 만들어 길조를 가져다주는 새라고 전해지고 있다.

日本には17世紀ごろ朝鮮半島から持ち込まれた。佐賀平野を中心に北部九州に生息し、天然記念物である。朝鮮烏、高麗烏、烏鵲、カチガラス等と呼ばれている。 －終り－

일본에는 17세기 무렵 조선반도에서 반입되었다. 사가(佐賀)의 평야를 중심으로 북부 규슈(北部九州)에 서식하는 천연기념물이다. 조선까치, 고려까치, 오작(까막까치), 까치까마귀 등으로 불리고 있다. －끝－

MEMO

34

合図の旗
신호의 깃발

目の見えないおじいさんがいた。目は見えないが、おじいさんには不思議な力があった。目の見える人に分からないことが、何でも分かるのだった。

それまでも、苦しんでいる人を何十人も助けたので、おじいさんの評判は広く知れわたっていた。ある日、おじいさんが道を歩いていると、すぐそばを一人の小僧さんが通りかかった。小僧さんは背中においしそうなお菓子を背負っていた。見るとそのお菓子の中に一匹の小鬼がちょこんと座っているのだった。それは誰の目にも見えないが、お爺さんにはちゃんと見えた。

「さてはあの鬼め、またどこかの家へ悪さをしに行くのだな。」おじいさんはそう気がついて、小僧さんの後を黙ってついて行った。すると鬼は婚礼をしている家に入っていった。

家の中は大勢の人が集まって賑わっていた。小僧さんが注文されたお菓子を届

눈먼 할아버지가 있었다. 눈은 보이지 않지만 할아버지한테는 신기한 힘이 있었다. 눈이 보이는 사람이 알지 못하는 것도 무엇이든 알 수 있었다.

그때까지도 고통받는 사람을 수십 명이나 도왔기 때문에 할아버지의 평판은 널리 알려져 있었다. 어느 날 할아버지가 길을 걷고 있는데, 바로 옆을 한 꼬마 스님이 지나갔다. 꼬마 스님은 등에 맛있을 것 같은 과자를 짊어지고 있었다. 그런데 보자 하니 그 과자 속에 작은 귀신, 작은 도깨비가 쪼그리고 앉아 있는 것이었다. 그것은 누구의 눈에도 보이지 않았지만 할아버지한테는 잘 보였다.

「그럼 저 귀신 같은 놈, 또 어느 집에 나쁜 짓을 하러 가는구나」할아버지는 그렇게 생각하며 꼬마 스님의 뒤를 잠자코 따라갔다. 그러자 귀신은 혼례가 있는 집으로 들어갔다.

집 안은 많은 사람이 모여들어 붐비고 있었다. 꼬마 스님이 주문한 과자를

けて帰っていくと、しばらくして家の中が急に騒がしくなった。おじいさんは急いで中へ入ってみた。たった今まで奥の部屋に座っていた花嫁さんが、お菓子を一口食べたとたん、その場に倒れて息が絶えてしまったのだ。肝心の花嫁さんが亡くなったのだから、ひっくりかえるような大騒ぎだ。

おじいさんはすぐに、「心配なさることはない。嫁御はわしが助けてあげよう」と皆を鎮めた。おじいさんの評判を知っている人々は、もうお嫁さんが生き返ったかのように喜んだ。

おじいさんは家の人に言った。「わしが部屋に入ったら、入り口も窓も少しの隙間もないように外からふさいでくだされ。針の穴ひとつでもあってはならんのじゃ。」おじいさんが部屋に入ると、言われた通り部屋のまわりをすっかり塞いだ。

中から呪文を唱える声が聞こえ始めると、まもなくドタン、バタンと大きな音が聞こえてきた。呪文の力に苦しくなった鬼が暴れているのだ。あんまり騒がしいので、若い召使がこっそり部屋に近づ

갖고 돌아오자 잠시 후 집안이 갑자기 소란스러워졌다. 할아버지는 서둘러 집안으로 들어가 보았다. 마침 지금까지 안방에 앉아 있던 신부가 과자를 한 입 먹자마자 그 자리에 넘어져 숨이 끊어지고 만 것이었다. 귀중한 신부가 죽었기 때문에 뒤집힐 것 같은 큰 소동이 일어났다.

할아버지는 곧바로 「걱정하실 것 없어요. 신부는 내가 살려 주겠습니다」라며 모두를 안심시켰다. 할아버지의 평판을 알고 있던 사람들은 이미 신부가 살아 돌아온 듯이 기뻐했다.

할아버지는 집안사람에게 말했다. 「내가 방으로 들어가면 입구도 창문도 조금의 틈새도 없도록 밖에서 막아 주세요. 바늘구멍 하나라도 있어서는 안 됩니다」 할아버지가 방으로 들어가자 말한 대로 방 주위를 완전히 막았다.

방 안에서 주문을 외우는 소리가 들리기 시작하자 이윽고 쿵쿵, 쿵쾅 하며 큰 소리가 들려왔다. 주문의 힘에 괴로워진 귀신이 날뛰고 있는 것이다. 너무 시끄러워서 젊은 하인이 몰래 방으로

き、小さな穴をあけて中をのぞこうとした。するとアッという間に鬼はその穴から外へ逃げ出した。

鬼が離れたので花嫁さんは息を吹き返したが、おじいさんはため息をついて「ああ、わしの命も長くはない」とつぶやき、お礼も受けとらずに帰っていった。

大変な評判を知ったこの国の王様が、お爺さんを呼びつけた。一匹の死んだネズミを前において、「これが何かあててみよ」「はい、ネズミが三匹でございます」と答えた。王様は、「何だと、ネズミには違いないが三匹はおらぬ。今日まで大勢の人をたぶらかしたな。こいつを獄門にかけよ」命令した。役人は都のはずれにある刑場へ、おじいさんを引き立てて行った。

王様はふと気づいてネズミの腹を割いてみると、中に子ネズミが2匹入っていた。すぐに刑を中止するよう言いつけた。家来はやぐらに上り、刑場に向かって中止

다가가 작은 구멍을 통해 안을 엿보려 했다. 그러자 아차 하는 순간에 귀신이 그 구멍을 통해 밖으로 도망쳐 버렸다.

귀신이 떠났기 때문에 신부는 숨을 돌렸지만, 할아버지는 한숨을 쉬며 「아아, 나의 목숨도 길지는 않아」라고 중얼거리고는 답례도 받지 않고 돌아갔다.

대단한 평판을 알게 된 이 나라의 왕이 할아버지를 불렀다. 죽은 쥐 한 마리를 앞에 두고 「이것이 뭔지 맞춰 보아라」 하였다. 「네, 쥐 세 마리입니다」라고 대답했다. 임금님은 「쥐임에는 틀림없지만 세 마리가 아니다. 오늘까지 많은 사람을 속였구나. 이놈을 옥문에 쳐넣어라」라고 명령했다. 관리들은 도읍 변두리에 있는 형장으로 할아버지를 연행해 갔다.

왕은 문득 눈치채고 쥐의 배를 째 보았다. 뱃속에는 새끼 쥐가 두 마리 들어있었다. 왕은 급히 형을 중지하도록 명령했다. 하인은 망루에 올라 형장을 향해 중

の合図の旗を振ろうとしたが、急に風が吹いて「切れ」の合図となり、おじいさんは首を切られてしまった。その時、旗のすぐそばでカラカラ笑う小鬼の声がした。 -終り-

지 신호의 깃발을 흔들려고 했지만 갑자기 바람이 불어서 「잘라」라는 신호가 되고 말았다. 할아버지는 결국 목이 잘려 버렸다. 그때 깃발 바로 옆에서 깔깔 웃는 꼬마 귀신의 목소리가 났다. -끝-

MEMO

35

ロバの卵
당나귀의 알

ある男が市場に行くと西瓜があった。男は「これはいったい何の卵だ？」とたずねた。西瓜売りは、この人は西瓜をしらないのだと思ったが、すました顔で、「それはロバの卵さ、一つ買ってくださいよ」と言った。

「ほう、それは珍しいね。どうしてかえすのかね？」「棉（わた）で包んでおけばいいのです。暖かい部屋において、2，30日たつと中からロバの子が生まれます」「そうか、では一つ買っていこう」西瓜売りは下を向いてくすくす笑っていた。

男は西瓜を買って家へ持って帰り、暖かい部屋に置いてロバの子にかえるのを、毎日待っていた。ところが西瓜は日を経るにつれて腐りだし、その臭いことといったらなかった。とうとうおかみさんは我慢しきれなくなって、「こんなものを家の中に置いては臭くてたまりません」と西瓜を捨てようとした。男は慌てて押し止め、「何をするんだ！大事なロ

어떤 남자가 시장에 갔더니 수박이 있었다. 남자는「이게 도대체 무슨 알이지?」라고 물었다. 수박 장수는 이 사람은 수박을 모르는구나라고 생각했지만, 시무룩한 얼굴로「그건 당나귀 알이야. 하나 사 주세요」라고 말했다.

「허, 그건 진귀한 일이네요. 어떻게 부화하는지요？」「솜으로 싸두면 되는 겁니다. 따뜻한 방에 두고 20~30일 지나면 그 속에서 당나귀 새끼가 태어납니다」「그런가, 그럼 하나 사가자」수박 장수는 아래를 향해 킬킬거리며 웃고 있었다.

남자는 수박을 사서 집으로 갖고 돌아와 따뜻한 방에 두고 당나귀 새끼로 부화하기를 매일 기다렸다. 그런데 수박은 날이 지날수록 썩기 시작했고, 그 냄새가 말할 수 없을 정도로 고약했다. 드디어 주인아주머니는 참을 수 없게 되어「이런 것을 집 안에 두면 냄새가 나서 견딜 수 없다」라며 수박을 내다 버리려고 했다. 남자는 허둥지둥하며「뭘 하는 거야! 소중한 당나귀 알이야!」라

バの卵だぞ！」と言ったが、おかみさんはかまわず表へ投げ捨てた。

地面へ落ちると西瓜は割れてつぶれてしまった。そのとたん1匹の鼠がそこへ飛び出し、慌てて向こうへ逃げていった。「あっ、ロバの子だ！逃がしち

ゃ大変だ！」男は夢中になって後を追いかけた。野といわず、山といわず、どんどん追っていったが、とうとう鼠の姿を見失ってしまった。そこへ1匹のノロ(鹿の一種)が突然樹木の間から飛び出して、前を駆けていった。

「おや、いつの間にかロバの子があんなに大きくなってしまった。」今度はノロの後をわき目もふらずに追っていった。しかし、そのノロもやがて見えなくなり、その代わりに今度は1匹の鹿がやぶの中からぬっと現れた。男はノロをあきらめ、今度は鹿を追いかけた。夢中になってやぶや林の中を一生懸命に追いかけ

고 했지만, 부인은 상관없이 밖으로 내던져 버렸다.

땅에 떨어지자 수박은 깨져서 으깨지고 말았다. 그 순간 한 마리의 쥐가 밖으로 뛰어나와 황급히 저쪽으로 도망갔다. 「앗, 당나귀 새끼다! 놓치면 큰일이다!」 남자는 정신없이 뒤를 쫓아갔다. 들이고 산이고 가리지 않고 자꾸 쫓아갔지만, 결국 쥐의 모습을 놓치고 말았다. 그런데 이번에는 노루 한 마리가 돌연 수목 사이로 뛰어나와 앞을 달려갔다.

「어머나, 어느새 당나귀 새끼가 저렇게 커 버렸네」 이번에는 노루의 뒤를 한눈도 팔지 않고 쫓아갔다. 그러나 그 노루도 이윽고 보이지 않게 되었다. 그 대신 이번에는 한 마리의 사슴이 덤불 속에서 불쑥 나타났다. 남자는 노루를 포기하고 이번에는 사슴을 쫓아갔다. 정신없이 덤불 숲속을 열심히 쫓았다. 그러나 그것마저 놓쳐서 아무것도 얻을

た。しかしそれもまた見失って、何の得るところもなかった。

　男はがっかりして家へ帰って来ると、「ああ、せっかく丹精込めてかえしたロバの子に逃げられ、何もかも無くなってしまった」とうなだれた。

　割れた卵から飛び出した小さなロバの子は、逃げて走るうちにいつの間にかノロ程に大きくなり、もっと走っている間に、まるで鹿のように美しい姿になり、最後には立派なロバになっていたのが、深い林の中に入ってみえなくなってしまったのだと思っているのだ。

　男はまぶたの裏に幻のように残っているロバのことがあきらめきれず、それから数日経って又、お金を準備すると市場へ出かけていった。人々の間を巡りながら、ロバの卵を売っていた男を探して回った。しかし、どこを捜してもその男の姿は見つからなかった。

　そうだ。今は暑い夏が過ぎて秋風が吹き、もう西瓜の季節は終わっていたからだ。

수 없었다.

　남자는 실망하여 집에 돌아와 「아아, 모처럼 정성 들여 부화한 당나귀 새끼가 도망쳐 모든 것이 없어져 버렸다」라며 고개를 떨궜다.

　깨진 알에서 뛰어나온 작은 당나귀 새끼는 도망치며 달리는 중에 어느새 노루만큼 커졌고, 더 달리는 동안에 마치 사슴처럼 아름다운 모습이 되었다. 마지막에는 훌륭한 당나귀가 되었지만, 깊은 숲속으로 들어가 보이지 않게 되어 버렸다고 생각한 것이다.

　남자는 눈꺼풀 속에 환상처럼 남아 있는 당나귀의 일을 포기할 수 없었다. 며칠이 지나 다시 돈을 마련하자 시장으로 나갔다. 사람들 사이를 돌며 당나귀 알을 팔고 있던 장수를 찾아 헤맸다. 그러나 어디를 찾아도 그 장수의 모습은 보이지 않았다.

　그렇다. 이제 더운 여름이 지나고 가을바람이 불어 수박의 계절이 끝나 버렸기 때문이다.

西瓜をロバ卵と思い込んでいる男は、まだあきらめずに今日も市場に出かけ、ロバの卵売りを、当てもなく探し続けているのではないだろうか・・・。-終り-

수박을 당나귀 알이라고 믿는 남자는 아직도 포기하지 않고 오늘도 시장에 나가 당나귀 알을 파는 장사꾼을 무작정 계속 찾고 있는 것은 아닐까. -끝-

MEMO

_____
_____
_____
_____
_____
_____
_____
_____
_____
_____
_____
_____
_____
_____
_____
_____

坊さんと牛商人
스님과 소(牛)장사

山寺で、麻を編んではき物を作っている坊さんが、ある日、材料の麻を買おうと思って、2両をふところに入れて清州という町へ出かけた。途中道に袋が落ちていたので、拾って開けてみると、中に20両のお金が入っていた。「市場へ商いに来た者が落としたものと見える。さぞ今頃は探していることだろう。」こう思って、知り合いの飯屋に入って説明し、そこの主人に預けたが、ついでに自分の2両も入れて預け、外へ出てお金をなくした人がいないかと探して回った。

すると道端で一人の牛商人が、仲間と話しているのが耳に入った。「俺は今日、牛を2頭買おうと思って40両持ってきて、今、よその町で1頭買ったけど、もう1頭はこの町で買いたいので、残りの20両を牛の背中に結び付けてやってきたところ、町の入口まで来て金袋を落としたのに気が付いたんだ。こんなに大勢の人が行ったり来たりしているんだから、もう誰かが拾ってふところに入れただろうね」と牛商人は落胆していた。

산의 절에서 삼을 엮어 신발을 만드는 스님이 어느날 재료인 삼을 사려고 두 냥을 품에 넣고 청주라는 동네로 갔다. 가는 도중에 길에 자루가 떨어져 있어서 주어서 열어보니 안에 20냥의 돈이 들어있었다. 「시장에 장사하러 온 사람이 떨어뜨린 것으로 보인다. 필시 지금쯤은 찾고 있을 것이다. 이렇게 생각하고 알고 지내던 식당에 들어가 설명하고 그 주인에게 맡겼는데 이윽고 자기의 돈 2냥도 넣어 맡기고 밖으로 나가 돈을 잃어버린 사람이 있지 않을까 하고 찾아 돌아다녔다.

그러자 길가에 한 소 장사가 동료와 이야기 하는 것이 귀에 들어왔다. 「나는 오늘 소 두 마리를 사려고 40냥을 갖고 와서 지금 딴 동네에서 한 마리를 샀지만 또 한 마리는 이 동네에서 사고 싶어서 나머지 돈 20냥을 소등에 매고 왔는데 동네 입구까지 와서 돈주머니를 떨어뜨린 것을 알아차렸던 것이다. 이렇게 많은 사람이 오가고 있는데 벌써 누군가가 주어서 주머니에 넣었을 것이네요」라며 소 장사는 낙담하고 있었다.

坊さんは、さっき拾った袋はこの男のものに違いないと思い「もしもし、今うかがえば、あなたは金袋を落としなさったそうですが、どんな袋で、中にはい

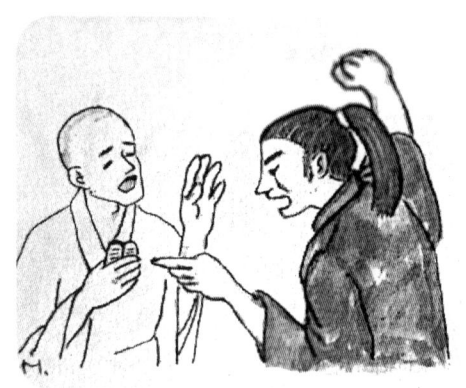

くら入っていましたか？」と尋ねた。「それは細縄で編んだ網袋ですが、その中にはきっちり20両入っておりました」坊さんの拾ったのも、網袋で入っている金額も牛商人の言うとおりだったので、「それなら私が拾いました。すぐ近くの飯屋に預けてありますから来てください」と言って坊さんは牛商人を飯屋へ連れて行った。

そこに預けておいた袋から2両だけ取り除き、「あなたのなくしたのはこれでしょう。この2両は私のですから取りますよ」と言った。牛商人は金袋を受け取って中を改めたが、急に顔色を変えて、「あなたの取りのけた2両も私のものです。さっきは牛を買うお金のことだけ言って、他に2両あることを忘れていたん

스님은 아까 주운 봉지는 이 남자의 것임에 틀림없다고 생각하고 「여보세요, 지금 들어보니 당신은 돈주머니를 잃어버렸다는데 어떤 주머니였고 안에는 얼마가 들어있었습니까?」라고 물었다. 「그것은 가는 줄로 짠 그물주머니인데 그 안에는 정확히 20냥이 들어있었다고 했다」. 스님이 주운 것도 그물주머니에 들어있는 금액도 소 장사의 말대로였기 때문에 「그거라면 내가 주었다. 바로 근처 식당에 맡겨놨으니 오세요」라고 말하고 스님은 소 장사를 식당으로 데리고 갔다.

거기에 맡겨둔 자루에서 2냥만 꺼내고 「당신이 잃어버린 것은 이거잖아요. 이 2냥은 내 것이니까 꺼내지요」라고 말했다. 소장사는 돈주머니를 받아들고 주머니 속을 들여다보자 갑자기 얼굴빛을 바꾸며 「당신이 꺼낸 2냥도 내 것이다. 아까는 소 살 돈 얘기만 하고 다른 2냥이 있는 것을 잊고 있었던 것이다. 그것은 좋은 일을 하는 것이라

です。それをよいことにして20両だけしか返してくれないというのは、なんとひどい人だ」と思いもかけないことを言い出した。

坊さんはびっくりして、「何をおっしゃるのです。私はさっき、自分のお金も一緒にしてこちらに預けたのです。私に金を盗む気があるなら、何わざわざ拾ったなどと言いましょう。それにあなたは、はっきり20両なくしたと言ったじゃありませんか。私の入れた2両を見て、それも自分のものだと言い出すなんて、あきれたもんだ！」と言ったが、牛商人は「さっき20両と言ったのは牛を買うお金のことで頭がいっぱいで、少しばかりのお金のことは全く忘れていたのだ」と言って譲らなかった。

2人の周りには人だかりができていたが、どちらも理屈があるので、どちらが正しいとだれも判断できなかった。そこで2人を役人のところへ連れて行った。役人は話を聞いてしばらく考えていたが、やがて「その方は22両入った袋をなくしたと言っておるので、坊さんの拾った袋は別の人のものであろう。改めて22両入った袋を拾った人を探しなさい」そ

며 20냥만 돌려준다고 하는 것은 정말 지독한 사람이다」라고 생각지도 못한 말을 꺼냈다.

스님은 깜짝 놀라, 「무슨 말씀을 하십니까? 저는 아까, 제 돈도 같이해서 여기에 맡긴 것입니다. 내가 돈을 훔칠 생각이 있다면 왜 일부러 주웠다는 등의 말을 할까요. 게다가 당신은 분명히 20냥을 잃어버렸다고 했지 않습니까, 내가 넣은 2냥을 보고 그것도 자기 것이라고 말하기 시작하니 어이가 없군요!」라고 말 했지만 소 장사는 「아까 20냥이라고 말 한 것은 소 살 돈 때문에 머리가 꽉 차서 적은 돈에 대해서는 까맣게 잊고 있었던것이다」라며 양보 하지 않았다.

두사람 주위에는 사람들이 인산인해를 이루고 있었지만 어느쪽도 이유가 있어서 어느쪽이 옳다고 아무도 판단할 수 없었다. 그래서 두 사람을 관리 쪽으로 데려갔었다. 관리는 이야기를 듣고 잠시 생각하고 있었지만 이윽고 「그 분은 22냥이 든 자루를 잃어버렸다고 하니 스님이 주었던 자루는 다른 사람 것일 것이다. 다시 22냥이 든 자루를 주운 사람을 찾으세요」. 그리고 스님에게는

して、坊さんには「そちらは20両落とした人を見つけて返してやりなさい」と判決した。牛商人ががっくりして外へ出ると、坊さんは「欲は出さないことですね」と言って金袋を牛商人に返してやった。

-終り-

「그 쪽은 20냥을 떨어 뜨린 사람을 찾아 돌려 주세요」라고 판결했다. 소 장사가 맥없이 밖으로 나가자 스님은 「욕심은 내지 않는 것이지요」라고 말하며 돈 자루를 소 장사에게 돌려주었다. -끝-

MEMO

37

姿を盗まれた話
모습을 도둑맞은 이야기

　ある所に若い男がいた。学問をして立派な人になりたいと、山の寺へこもった。1年2年と日夜勉学に励み、いつしか3年の月日がたってしまった。男は懐かしい故郷へ帰り、我が家に着いて驚いた。何と自分に生き写しのようにそっくりな若者が居て、その男はすっかり自分になりますし、家の中で大いばりに振るまっていた。

　男はあっけにとられてしまった。しかしそれより困ったのは、家中の人が皆あべこべに自分を偽物扱いすることだった。せっかく帰って来たのに、その男はすっかり自分になりすまし、家の中で大いばりに振るまっていた。「冗談じゃない。私はたった今、寺から帰ったところです。あいつはきっと何かの化物ですよ」。家族の前で男が大声で言うと、偽物も黙っていなかった。「だまれ！お前こそどこの古ダヌキだ。化けの皮がはがれないうちに、とっとと帰れっ！」と言い返した。

　어느 곳에 젊은 남자가 있었다. 학문을 해서 훌륭한 사람이 되고 싶다고 산의 절에 들어가 있었다. 1년 2년 밤낮으로 면학에 힘써 어느덧 3년의 세월이 흘러 버렸다. 남자는 그리운 고향으로 돌아가 우리 집에 도착해 놀랐다. 마치 자신을 꼭 닮은 젊은이가 있었는데, 그 남자는 완전히 자신이 되었고, 집 안에서 거만하게 굴었다.

　남자는 어안이 벙벙해졌다. 그러나 그보다 곤란한 것은 온 집안 사람들이 모두 거꾸로 자신을 가짜 취급하는 것이었다. 모처럼 돌아왔는데, 그 남자는 완전히 자기 행세를 하고, 집 안에서 거만하게 굴고 있었다. 농담이 아니다. 저는 방금 절에서 돌아온 참입니다. 그 녀석은 분명 무슨 괴물이에요.」가족 앞에서 남자가 큰 소리로 말하면, 가짜도 가만히 있지 않았다. "닥쳐라! 너야말로 어디의 늙은 너구리냐?" 도깨비 가죽이 벗겨지기도 전에 빨리 돌아가라고 말했다.

その声までそっくりで、家中の人にも見分けがつかなかった。生まれた月日や、小さい時の出来事を一つ一つ言わせてみても、どちらの返事にも間違いはなかった。しまいには家中にある道具や品物の数を、残らず当てさせる事になった。ところが男は3年間も家を離れていたので、返事ができないものもあった。偽物の方はすらすらと言い当てた。家の者は、これで見分けがついたと、本物の息子を追い出してしまった。

男は仕方なく、あてのない旅に出た。そして毎日淋しい思いで野宿をしたりして過ごした。ある日、男はひとりのお坊さんに出会った。お坊さんは、男の顔をしげしげと見て、気の毒そうに言った。「あんたは誰かに自分の姿を盗まれている。そっくりの者が、もうひとりおる筈じゃ」

男はそれを聞いて、このお坊さんが自分を助けてくれる人に違いないと思った。そこで、今までの事を話し、家を追い出されている事をうちあけた。お坊さんはうなずきながら男に言った。

「あんたは寺で勉強をしている時、爪

그 목소리까지 쏙 빼닮아 온 집안 사람들도 분간할 수 없었다. 태어난 세월이나 어린 시절의 일을 하나하나 말해 봐도 어느 쪽의 대답도 틀린 말은 없었다. 결국 집안에 있는 도구와 물건의 수를 남김없이 알아맞히게 되었다. 그런데 남자는 3년 동안이나 집을 떠나 있었기 때문에 대답을 못하는 것도 있었다. 가짜 쪽은 술술 알아맞혔다. 집안사람들은 이것으로 분간이 됐다며 진짜 아들을 내쫓고 말았다.

남자는 어쩔 수 없이 정처없는 여행을 떠났다. 그리고 매일 쓸쓸한 마음으로 노숙을 하며 지냈다. 어느 날 남자는 한 스님을 만났다. 스님은 남자의 얼굴을 찬찬히 바라보며 안쓰러운 듯이 말했다. 당신은 누군가에게 자신의 모습을 도둑맞고 있다. 꼭 닮은 사람이 한 명 더 있을 테지."

남자는 그 말을 듣고 이 스님이 자신을 도와줄 사람이 틀림없다고 생각했다. 거기서, 지금까지의 일을 이야기하고, 집에서 쫓겨난 것을 털어놓았다. 스님은 고개를 끄덕이며 남자에게 말했다.

"너는 절에서 공부할 때 손톱을 깎아

を切ってどこへ捨てた
じゃろう？」「はい、寺
の前の川で水あびして
から、河原の石に腰か
けて爪切りをしていま
した。爪はそのまま河
原に捨てていました」
「そうじゃろう。その
爪を食べたものがあん
たの姿を盗んだのじゃ。あんたは猫を一
匹つれて、もう一度家へ帰りなされ。そ
して偽物の前へその猫をはなしてやれば
よい。そうすりゃ何もかも分る筈じゃ。」

　男は言われた通りに猫を一匹ふところ
にしのばせて、また我が家へと戻った。
そして偽者の男の前に猫をポンと放した
ところ、偽者の男は真っ青になって逃げ
ようとした。

　猫が追いかけてその男の衿首に食いつ
くと、もの凄いつかみ合いが始まった。
そのうちにとうとう、偽者の男は喉ぶえ
を食い切られ、座敷の真ん中に倒れてし
まった。そして、あっという間に大きな
野ネズミの姿に変わっていた。

　野ネズミが男の爪を河原で食べて、男

서 어디다 버렸
지?" "네, 절 앞
의 강에서 물놀
이를 하고 나서
강변의 돌에 걸
터앉아 손톱을
깎고 있었습니
다. 손톱은 그대
로 강변에 버렸
습니다." "그렇
지. 그 손톱을 먹은 것이 네 모습을 훔
쳤구나. 너는 고양이를 한 마리 데리고
다시 집으로 돌아가라. 그리고 가짜 앞
에 그 고양이를 풀어주면 된다. 그렇게
하면 모든 걸 알 수 있을 거야."

　남자는 시키는 대로 고양이를 한 마
리 품에 안고 다시 우리 집으로 돌아왔
다. 그리고 가짜 남자 앞에 고양이를 툭
놓았더니 가짜 남자는 새파랗게 질려
도망치려 했다.

　고양이가 쫓아가 그 남자의 멱살을
물자, 무시무시한 격투가 시작되었다.
그러다가 결국 가짜 남자는 목젖을 물
려 방 한가운데로 쓰러지고 말았다. 그
리고 순식간에 커다란 들쥐의 모습으로
변해 있었다.

　들쥐가 남자의 손톱을 강변에서 먹

の姿を盗んだのだと分かった。爪には人間の精気が宿っているので、それを食べた野ネズミは、らくらくと、その人の姿に化けられたのだった。 - 終り-

고 남자의 모습을 훔친 것으로 알려졌다. 손톱에는 인간의 정기가 깃들어 있기 때문에, 그것을 먹은 들쥐는, 손쉽게, 그 사람의 모습으로 변신할 수 있었던 것이다. -끝-

MEMO

38

トッケビのシルム
도깨비의 씨름

　むかしむかし、山深い谷に大変シルム（相撲）好きのトッケビ(韓国の妖精、日本の河童のようなもの)が棲んでいた。丈夫で強そうな人間の男を見ると、シルムで勝負しようと話を持ちかけてくるのが常だった。

　ある日、近くの川べりに市が立った。近くの村々から大勢の人が集まり、市は朝から賑わっていた。谷間に棲んでいるトッケビは、川辺に人々が集まって騒がしいのが気に入らず、1日中不機嫌だった。暗くなりかけて、そろそろ市も終わろうとするころ、とうとう我慢ならず、川からひとっ飛びに、市が立っている川辺までやってきた。

　市に来ている人々の間をうろうろと歩き回り、強そうな男を見つけると「おれとシルムをしないか」と誘った。トッケビが声をかけた男は、その村で一番強いシルムクン（シルム王者）だった。男は一瞬ひるんだ。ひげもじゃで体の大きいトッケビは、見るからに強そうだ。しか

　옛날 옛날, 깊은 산골짜기에 씨름을 무척 좋아하는 도깨비(한국의 요정, 일본의 하동 같은 것)가 살고 있었다. 튼튼하고 강해 보이는 인간 남자를 보면 늘 씨름으로 승부하려고 이야기를 꺼내기 일쑤였다.

　어느 날 근처 강변에 장(시장)이 섰다. 주변 마을에서 많은 사람들이 모여들어 장터는 아침부터 붐볐다. 산골짜기에 사는 도깨비는 강변에 사람들이 모여 떠들썩한 것이 마음에 들지 않아 하루 종일 시무룩했다. 날이 어두워지고 슬슬 장도 끝나려 할 무렵, 마침내 참지 못하고 강에서 단숨에 뛰어 장터가 열린 강변으로 나왔다.

　장에 와 있던 사람들 사이를 어슬렁거리던 도깨비는 건장해 보이는 한 남자를 발견하자, 「나와 씨름을 하지 않겠느냐」하고 권했다. 도깨비가 말을 건 남자는 그 마을에서 제일 힘이 센 씨름꾼이었다. 남자는 순간 기가 죽었다. 수염도 텁수룩하고 덩치도 큰 도깨비는 보기만 해도 힘이 셀 것 같았다. 그러나

しここで引き下がるとシルムクンとしてのメンツが立たない。「さあ、かかってこい」。多くの村人の面前で男は勇気を出してトッケビとシルムを始めた。

サッパ（細い帯状のふんどしのようなもの。シルムでは腿と腰にこれを結び、お互いに相手のそれをつかんで取り組む）をつかんだ瞬間、男はトッケビに投げ飛ばされた。どう

したことだろう。何度向かっても飛ばされるばかりで、らちがあかない。トッケビは本当に強かった。このままではシルムクンとして笑い者になってしまう。気を取り直して、どうしたらトッケビに勝てるか必死に考えた。

「そうだ、足をひっかければいいんだ」作戦がひらめくと、男は再びトッケビに立ち向かった。サッパをつかむや否や、素早く足をひっかけた。トッケビはあっけなくずっこけてしまった。

여기서 물러서면 씨름꾼으로서 체면이 서지 않는다. 「자, 덤벼라!」 수 많은 마을 사람들 앞에서 남자는 용기를 내어 도깨비와 씨름을 시작했다.

삿빠(가는 띠 모양의 훈도시. 남성의 하체를 가리기 위한 긴 천으로, 씨름에서는 대퇴와 허리에 매고 서로 상대의 삿빠를 잡고 승부를 겨룬다)를 잡는 순간, 남자는 도깨비에게 내동댕이쳐졌다. 어찌 된 일일까. 몇 번을 맞서도 번번이 날아가기만 하고 결말이 나지 않았다. 도깨비는 정말로 힘이 셌다. 이러다가는 씨름꾼으로서 웃음거리가 되고 만다. 남자는 정신을 가다듬고 어떻게 하면 도깨비를 이길 수 있을지 죽을힘을 다해 생각했다.

「그렇다, 다리를 걸면 될 것이다.」 작전이 떠오른 남자는 다시 도깨비에게 맞섰다. 삿빠를 잡자마자 재빨리 발을 걸었다. 그러자 도깨비는 어이없이 걸려 넘어지고 말았다.

この闘いを見ようと、取り囲んでいた村人たちは図体の大きい強そうなトッケビが、村のシルムクンによって倒されたので、やんやの拍手喝采を送った。

トッケビに勝った男はこれで自信を取り戻し、さあ、まだいくらでもやるぞと、意気込んで立ち上がると、トッケビの姿はもうどこにも見えなかった。その代わりトッケビが倒れたところに、1本の箒が残っていた。

トッケビは勝てないとわかると、あっという間に棲家のある山へと戻り、姿をくらましてしまったのだ。やれやれ、トッケビに化かされていたのか」と男は急に全身の力が抜け、その場にへなへなと腰を下ろしてしまった。そしてしばらくぽかんとその箒を見つめていた。 -終り-

이 싸움을 보려고 에워싸고 있던 마을 사람들은 덩치가 크고 강해 보이는 도깨비가 마을 씨름꾼에 의해 쓰러지자 우레와 같은 박수갈채를 보냈다

도깨비를 이긴 남자는 이로써 자신감을 되찾았고, 자, 아직 얼마든지 하겠다며 벼르고 일어서자 도깨비의 모습은 이제 어디에도 보이지 않았다. 대신 도깨비가 쓰러진 자리에 빗자루 하나가 남아 있었다.

도깨비는 이길 수 없다는 것을 알게 되자 순식간에 거처가 있는 산으로 돌아와 잠적해 버린 것이다. 아이고, 도깨비로 둔갑했느냐며 남자는 갑자기 온몸에 힘이 풀리면서 그 자리에 풀썩 주저앉고 말았다. 그리고 잠시 멍하니 그 빗자루를 바라보고 있었다. -끝-

MEMO

MEMO

39

鹿足のお母さん
사슴 발의 어머니

昔、高句麗の都に、7つ児を生んだお母さんがいた。このお母さんには、乳房が7つあった。その上不思議なことに鹿と同じ足をしていた。生まれた7人の男の子も、お母さんに似て鹿と同じ足だった。

옛날 고구려 도읍에 일곱 쌍둥이를 낳은 어머니가 있었다. 이 어머니에게는 유방이 일곱 개가 있었다. 게다가 신기하게도 사슴과 같은 다리를 하고 있었다. 태어난 일곱 명의 남자 아이도 엄마를 닮아 사슴과 같은 다리였다.

7つの乳房を吸って、7人の子はすくすくと育った。ところがこれを知って、心配されたのはこの国の王様だ。「それはきっと人間の子ではない。今にこの国の災いとなるだろう」。そう考えて王様は7人の子どもを海に捨てさせた。王様の言いつけに背くことはできない。お母さんは泣く泣く7人の子を大きな箱に入れて、大同江(平壤の中心を通り黄海に注ぐ川)の流れの上に浮かべた。

일곱 개의 유방을 빨고 일곱 명의 아이는 무럭무럭 자랐다. 그런데 이것을 알고 걱정된 것은 이 나라의 왕이다. 「이건 분명히 인간의 아이가 아니다. 곧 이 나라의 재앙이 될 것이다」, 그렇게 생각하고 왕은 일곱 명의 아들을 바다에 버리게 했다. 왕의 분부를 어길 수 없었다. 어머니는 울며불며 일곱 명의 아이를 큰 상자에 담아 대동강(평양의 중심을 지나 황해로 흘러드는 강)의 흐르는 물 위에 띄었다.

やがて、海に出た箱は流れ流れて、中国の海辺についた。土地の人が箱を拾い

이윽고 바다에 떠어진 상자는 흘러흘러 중국의 강변에 도착했다. 그 지방

あげると、中から可愛らしい7人の子が出てきた。

7人の子は土地の人に育てられ、立派な大人になった。彼らは学問もよくできたが、武芸にかけてはかなう者がいない程だった。

まもなく戦いが始まった。7人の将軍は何十万もの兵隊を引き連れて高句麗を攻めることになった。高句麗の王様は、文徳という大将を使わせて、敵に当たらせた。戦は何年も続いた。なかなか、らちがあかなかった。文徳も大変強い大将だったが、相手側は7人の将軍だ。兵隊も何十倍という沢山の数だった。やがて高句麗の方が危うくなった。

その時だ。年とった女の人がひとり、文徳の陣を訪れた。それは20年前に7人の子を海へ捨てた、鹿足のお母さんだった。「7人の将軍はもしかしたら私が生んだ子かも知れません。」鹿足のお母さんはそういって、自分を敵の陣へやってくださいと文徳将軍に頼んだ。お母さんはただひとりで、敵の陣へ乗り込んだ。

敵の陣では門番の兵士が通してくれな

사람이 상자를 주워 들자 상자 안에서 귀여운 일곱 명의 아이가 나왔다.

일곱 명의 아이는 지방 사람에게 길러져 훌륭한 어른으로 성장했다. 그들은 학문도 잘할 수 있었지만 무예에 있어서는 당할 자가 없을 정도였다.

얼마 안 되어 싸움이 시작되었다. 일곱 명의 장군은 수십만 명의 군사를 거느리고 고구려를 공격하게 되었다. 고구려의 왕은 문덕이라는 대장을 기용하여 적에게 맞서게 했다. 전쟁은 몇 년이나 계속되었다. 좀처럼 결말이 나지 않았다. 문덕도 대단히 힘이 강한 대장이었지만 상대편은 일곱 명의 장군이다. 군사도 몇십 배라는 많은 수였다. 이윽고 고구려 쪽이 위태로워졌다.

그때였다. 나이 든 여자 한 사람이 문덕의 진영을 찾았다. 그것은 20년 전에 일곱 명의 아이를 바다에 버린 사슴 다리의 어머니였다. 「일곱 명의 장군은 어쩌면 내가 낳은 아이일지도 모른다」. 사슴 다리의 어머니는 그렇게 말하며 자기를 적 진영으로 보내 달라고 문덕 장군에게 부탁했다. 어머니는 다만 혼자서 적 진영에 뛰어 들었다.

적의 진영을 가니 문지기 병사가 통

かった。お母さんは、準備した風呂敷から7足の足袋(たび)を出して、それを門番に渡した。「この足袋を将軍たちに渡してください。そうすれば何もかも分かります。」

門番の兵士が7足の足袋を届けると、将軍たちは驚いた。その足袋はどれも鹿足に合うように作られていた。「誰も知らないはずの自分たちの足のことを、どうして知っているのだろうか。」そう思って7人の将軍は、ともかくその人をお通しするようにと言った。

7人の将軍の前で、お母さんは言った。「ここはあなたたちが生れた国です。そして私があなたたちを生んだ母です。嘘だと思ったらこれをごらんなさい。」そう言って足袋を脱ぐと鹿足を出して見せた。その上、乳房を出して乳を搾った。7つの乳房からほとばしった乳は、7筋の糸を引いて将軍たちの口へ届いた。

「お許しください。お母さん。私たちは少しも知らなかったのです。」そういってひざまずくと、母の国、生みの国へ弓を引いた罪を詫びた。

과시켜 주지 않았다. 어머니는 준비한 보자기에서 일곱 켤레의 버선을 꺼내 그것을 문지기에게 건넸다. 「이 버선을 장군들에게 건네주세요. 그렇게 하면 모든 것을 알 수 있습니다」.

문지기 병사가 일곱 켤레의 버선을 전달하자 장군들은 놀랐다. 그 버선은 모두 사슴 발에 맞도록 만들어져 있다. 「아무도 알 수 없는 자신들의 발에 대해 어떻게 알고 있는 것일까」하고 생각하며 일곱 명의 장군은 어쨌든 그 사람을 모셔오라고 했다.

일곱 명의 장군 앞에서 어머니는 말했다. 「여기는 당신들이 태어난 나라다. 그리고 내가 당신들을 낳은 어머니다. 거짓이라고 생각하면 이것을 봐라」. 그렇게 말하고 버선을 벗어 사슴 발을 내밀어 보였다. 게다가 유방을 꺼내 젖을 짜니, 일곱 개의 유방에서 솟은 젖은 일곱 가닥의 실을 뽑아 장군들의 입에 닿았다.

「용서해 주세요. 어머님. 우리들은 조금도 알지 못했던 것입니다」. 그렇게 말하고 무릎을 꿇자 어머니의 나라, 태어난 나라로 활을 쏜 죄를 사죄했다.

7人の将軍は、その日から何十万の兵隊とともに、高句麗側についた。激しい戦いはあっけなく終わり、鹿足のお母さんも別れた7人の子供と巡り合って、幸せな日を送った。 - 終り-

그날부터 일곱 명의 장군은 수십만 명의 군사와 함께 고구려 편에 섰다. 격렬한 싸움은 어이없이 끝났으며, 사슴다리 어머니도 헤어진 일곱 명의 아이들과 만나 행복한 날을 보냈다.
-끝 -

MEMO

40

鳳仙花哀歌
봉선화의 슬픈 노래

元の国の都、瀋陽(シェンヤン)に満月が上がった。月を眺めている太子の目は悲しみにくれていた。元に人質として連れてこられて、もう10年近くになっていた。「あの月は高麗の宮殿の上にも上っていることだろうに、私はいつになったら故国の土を踏むことができるやら。」望郷の思いに耽っていた太子は、ふと風に乗って聞こえてくる音色に耳を傾けた。月の光の中でかすかに聞こえてくる旋律は伽倻琴(カヤグム)の音色に違いなかった。「伽倻琴、祖国の旋律!」太子はパッと立ち上がって音が聞こえてくる方へ向って走り出した。その音色の聞こえてくる家の門の前で足を止めた太子は、塀の中を覗いた。すると、窓際で伽倻琴を弾いている女人の姿があった。無我の境地で演奏している女人の表情や細い手の動きまで見えた。「ああ、何と美しいことか・・・・・。」太子の口から思わず感

원나라의 수도 심양에 보름달이 떴다. 달을 바라보고 있는 태자의 눈은 슬픔에 젖어 있었다. 원나라에 인질로 끌려온 지 벌써 10년 가까이 되었다. 「저 달은 고려의 궁궐 위에도 떠 있을 텐데, 나는 언제쯤 고국 땅을 밟을 수 있을까」 망향의 생각에 잠겨 있던 태자는 문득 바람을 타고 들려오는 음색에 귀를 기울였다. 달빛 속에서 희미하게 들려오는 선율은 가야금 음색이 틀림없었다. 「가야금이면 고국의 선율이다!」 태자는 벌떡 일어나 소리가 들려오는 쪽으로 향해 달리기 시작했다. 그 음색이 들려오는 집의 문 앞에서 걸음을 멈춘 태자는 담 안을 들여다보았다. 그러자 창가에서 가야금을 연주하고 있는 여인의 모습이 있었다. 무아의 경지에서 연주하고 있는 여인의 표정과 가느다란 손놀림까지 보였다. 「아아, 얼마나 아름다운가……」 태자의 입에서 나도 모르게 감탄의 말이 새어 나왔다. 「누구십니까?」 음악에 도취해 있

嘆の言葉がもれた。「どなた様ですか?」音楽に陶酔していた太子は、はっと我に返った。「許せ。伽倻琴の音色に誘われて我知らずここまで・・・。失礼をした。」太子の言葉に女人は緊張を緩めた。「もしかして高麗からいらっしゃったのでは?」「そうだ。異国で祖国の旋律を聞き感慨無量だ」「むさくるしい所ですが、どうぞお入りください。」女人は高麗人という言葉に懐かしさを隠しきれぬように彼を招き入れた。彼女も高麗人で、名を鳳仙といった。

　高麗を征服した元は、多くの物資と共に高麗の女人たちを貢女として中国本土に連れて来た。女人たちの中には一国の王妃となった者もいるが、大抵は奴隷の生活と変わらない試練の中で、望郷の思いに悩みながら生きていく憐れな身の上だった。鳳仙もそんな貢女のひとりであったが、伽倻琴の腕前を認められ、宴会で演奏する妓女となった。

　お互いの身の上を知った二人は、あっという間に相思相愛となった。太子は毎晩鳳仙の家を訪ね、伽倻琴の音色に慰められた。二人の愛が更に深まっていった頃、元の朝廷は、太子を元の皇女と結婚

던 태자는 번쩍 정신이 들었다. 「용서하게. 가야금 소리에 이끌려 나도 모르게 여기까지…… 실례를 했네요」 태자의 말에 여인은 긴장이 풀렸다. 「혹시라도 고려에서 오신 것은 아닐까요?」「그렇다. 이국에서 고국의 선율을 듣다니 감개무량하다」「누추한 곳이지만 자, 어서 들어오세요」 여인은 고려인이라는 말에 그리움을 감추지 못하듯이 그를 불러들였다. 그 여자도 고려인으로, 이름은 봉선이라고 했다.

　고려를 정복한 원나라는 많은 물자와 함께 고려의 여인들을 공녀로서 중국 본토로 데리고 갔다. 여인들 가운데는 한 나라의 왕비가 된 자도 있지만, 대개는 노예생활과 다를 바 없는 시련 속에서 망향의 생각에 고민하며 살아가는 불쌍한 신세였다. 봉선도 그런 공녀의 한 사람이었지만 가야금 솜씨를 인정받아 연회에서 연주하는 기녀가 되었다.

　서로의 신상을 알게 된 두 사람은 순식간에 서로 생각하고 서로 사랑하게 되었다. 태자는 매일 밤 봉선의 집을 찾아 가야금 소리에 위로를 받았다. 두 사람의 사랑이 다시 깊어져 갔을 무렵 원

させた上で、高麗に派遣することを決定
した。

　太子の苦悩は大きかった。政略結婚を
強いられた上、傀儡（かいらい）となっ
て父王と対立しなければならないのだ。
高麗に発つ前夜、太子は鳳仙の家を訪ね
悲しみの別れをした。故国に到着すると
すぐに彼女を迎えるための使いをよこす
と、固い約束を残して発って行った。

　帰国した太子は父王の後を継いで高
麗王になったが、王位継承をめぐる軋轢
を解消させ、内政を安定させる為に忙
しく、鳳仙との約束を果たす暇がなかっ
た。

　数年後、招請を受けて王は元に行く
事になった。やっと約束を果たそうと、
元に着くと使いを出して鳳仙を探させ
たが、八方手をつくしても鳳仙は見つか
らなかった。帰国の日が近づくと王は焦
り、臣下に悟られないよう宿所を抜け出
し、自ら思い出の町を歩いて探した。と
ある道端で、流民のような女が王に物乞
いをした。「お前は高麗人か？」女は驚い
て、「もしかして高麗の太子様？今頃い

나라의 조정은 태자를 원나라의 황녀와
결혼시킨 다음에 고려에 파견할 것을
결정했다.

　태자의 고뇌는 컸다. 정략결혼을 강
요당하고 괴뢰가 되어 부왕과 맞서야
한다. 고려로 떠나기 전날 밤 태자는 봉
선의 집을 찾아 슬픈 이별을 했다. 고국
에 도착하자마자 그 여자를 맞이하기
위한 하인을 보내겠다고 굳은 약속을
남기고 떠났다.

　귀국한 태자는 부왕의 뒤를 이어 고
려 왕이 되었지만, 왕위 계승을 둘러싼
알력을 해소하고 내정을 안정시키기에
바빠서 봉선과의 약속을 지킬 틈이 없
었다.

　수년 후, 초청을 받아 왕은 원나라에
가게 되었다. 겨우 약속을 지키려고 원
나라에 도착해 하인을 내보내 봉선을
찾게 했지만, 팔방으로 손을 다 써도 봉
선을 찾을 수 없었다. 귀국할 날이 다가
오자 왕은 초조해져 신하가 눈치채지
못하도록 여관을 빠져나와 스스로 추억
의 마을을 걸어 찾아다녔다. 어느 길가
에서 유민 같은 여인이 왕에게 구걸을
했다. 「너는 고려인인가?」 여인은 놀라
서 「혹시 고려의 태자님이신가요? 이제

らして…。鳳仙は可哀そうに、あれから毎日太子様を思い伽倻琴を弾き続け、10本の指から血を流して死んでしまったよ」と言った。「鳳仙の墓はどこに?」女が案内してくれた墓には、か細い枝の可憐な花が咲いていた。王はその赤い花を鳳仙の化身と思い、種を持ち帰った。その後、この花が咲くと高麗の女人たちは花びらの汁で爪を染め、指から血を流して死んでいった鳳仙の魂を讃えたと伝えられている。 -終り-

야 오시다니 불쌍한 봉선이… 그때부터 매일 태자님을 생각하며 가야금을 계속 치다가 열 손가락에서 피를 흘리며 죽고 말았어요」라고 말했다. 「봉선의 무덤은 어디에 있는가?」 여자가 안내해 준 무덤에는 가냘픈 가지에 가련한 꽃이 피어 있었다. 왕은 그 빨간 꽃을 봉선의 화신이라고 생각하여 씨를 갖고 돌아왔다. 그 후, 이 꽃이 피면 고려의 여인들은 꽃잎 즙으로 손톱을 물들이고 손가락에서 피를 흘리며 죽어 갔던 봉선의 혼을 기렸다고 전해지고 있다.
-끝 -

MEMO

_____

_____

_____

_____

_____

_____

_____

_____

_____

_____

_____

_____

_____

トラとウサギ
호랑이와 토끼

お腹をすかした年寄りのトラが、道でウサギに会った。トラは目をギラリと光らせて、「お前を食べてしまうぞ」と言った。利口なウサギは「ちょっと待ってください。おいしいお餅を上げますから。火で焼いて食べると、とてもおいしいのですよ」と言いながら、丸い小石を11個拾ってトラに見せた。「だが、これをどうして食べるんだい」とトラが尋ねると、ウサギは「焼いて、真っ赤になった時、一口に呑んでしまうんです。私がたきぎを集めますから、おじいさんは焼いてくださいよ」と言った。

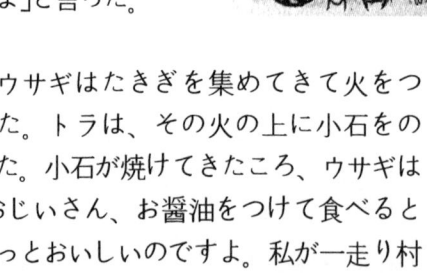

ウサギはたきぎを集めてきて火をつけた。トラは、その火の上に小石をのせた。小石が焼けてきたころ、ウサギは「おじいさん、お醤油をつけて食べるともっとおいしいのですよ。私が一走り村へ行って少し貰って来ますから、食べな

배고픈 늙은 호랑이가 길에서 토끼를 만났다. 호랑이는 눈을 부라리며 「너를 잡아먹을 거야」라고 말했다. 영리한 토끼는 「잠깐만 기다려 주세요. 맛있는 떡을 드릴 테니까. 불에 구워 먹으면 아주 맛있어요」라고 말하면서 동그란 조약돌 11개를 주워서 호랑이에게 보여 주었다. 「하지만, 이걸 어떻게 먹는 거야」라며 호랑이가 묻자 토끼는 「구워서 새빨갛게 되었을 때 한입에 삼켜버리는 겁니다. 내가 나무를 모아 올 테니까 할아버지는 구워 주세요」라고 말했다.

토끼는 나무를 모아 와서 불을 피웠다. 호랑이가 그 불 위에 조약돌을 올렸다. 조약돌이 구워질 무렵 토끼는 「할아버지! 간장을 찍어 먹으면 훨씬 더 맛있을 거예요. 내가 한걸음에 마을에 가서 좀 얻어 올 테니까 먹지 말고 기다려

172

いで待っていてください。丁度10ありますからね」と数を念押してから、ぴょんぴょんと村の方へ逃げてしまった。真っ赤に小石が焼けてくると、トラは１つ２つと数をかぞえてみた。何度かぞえても小石は１つだけ余分にあった。お腹のすいたトラは、ウサギの居ない間に余分の１つを食べようと一番よく焼けたのを大急ぎで口に放り込むと、ぐっと呑み込んだ。歯や舌を黒く焼けただれさせて、小石はお腹へ入っていったが、あまりの熱さにトラは飛び上って、もがき苦しんだ。お腹の中を大火傷したトラは、それから暫くは何も食べられなかった。

　ある日のこと、又トラはウサギに会った。「この間は、ひどい目に遭わせたな。今度こそお前を喰ってやろう」とトラは目を怒らせた。ウサギは怖れる風もなくにこにこしながら答えた。「おじいさん、そんなに怒らないで、まあ聞いてください。私はおじいさんの為にスズメを何万羽も捕まえる工夫をしていたんですよ。口を開けていれば、ひとりでにスズメが入ってくるのです。」年寄りのトラは、これを聞くと舌なめずりをしながら、「ほう、それはいい」と口を開けて空を見上げ、今度もウサギの言いなりになった。

주세요. 딱 10개 있으니까요」라며 수를 다짐하고는 깡충깡충 뛰어 마을 쪽으로 도망쳐 버렸다. 새빨갛게 조약돌이 구워지자 호랑이는 하나, 둘하고 숫자를 세어 보았다. 몇 번을 세어봐도 조약돌은 하나가 여분으로 있었다. 배고픈 호랑이는 토끼가 없는 사이에 여분 한 개를 먹으려고 가장 잘 구워진 것을 허겁지겁 입에 집어넣고 꿀꺽 삼켰다. 이빨과 혀가 검게 그을려 화상을 입고 진물이 나며 조약돌은 뱃속으로 들어갔지만 너무 뜨거워 호랑이는 날뛰며 괴로워했다. 뱃속에 큰 화상을 입은 호랑이는 그 뒤로 한동안 아무것도 먹을 수가 없었다.

　어느 날, 호랑이는 또 토끼를 만났다. 「지난번에는 심한 봉변을 당했지. 이번에야말로 너를 잡아먹겠다」라며 호랑이는 눈을 부라렸다. 그러나 토끼는 두려운 기색도 없이 싱글벙글 웃으며 대답했다. 「할아버지, 그렇게 화내지 마시고 제 말 좀 들어 보세요. 저는 할아버지를 위해 참새를 몇만 마리나 잡을 궁리를 하고 있었거든요. 입을 벌리고 있으면 저절로 참새가 들어오는 겁니다」늙은 호랑이는 이것을 듣자마자 입맛을 다시며 「허, 그거 좋다」며 입을 벌리고 하늘을 쳐다보더니 이번에도 토끼가 시키는 대로 했다.

173

ウサギは、竹やぶの枯れ草に火をつけた。すると丁度スズメが何万羽も飛んでくるような羽音が聞こえた。ウサギは、遠くの方から「ヤーシュイ」とスズメを追うふりをして、「おじいさん、スズメが沢山行きますよ」と言って又逃げてしまった。火が近づいてもいっこうにスズメは入ってこない。あたりを見渡すと一面火の海だった。トラは死に物狂いで火の中を駆け抜けてやっと命が助かった。

冬になり、又ウサギに出会うとトラは「もう許さないぞ、お前を喰ってやる」「あら何も食べてないんですか？しっぽを川につけて、じっとしていてごらんなさい。魚がいっぱい食いつきますよ。

私が魚を追ってきますからね」と言われ、トラはしっぽを水につけて、じっと目をつぶって待っていた。

夜になり、「何だかしっぽが重いぞ、魚がいっぱい食いついたらしい。そろそろ引き上げよう」と思っている間に、川はすっかり凍りつき、トラは動けなくなってしまった。 －終り－

토끼는 대나무숲 덤불의 마른 풀에 불을 질렀다. 그러자 마침 참새가 수만 마리나 날아오는 듯한 날개소리가 들렸다. 토끼는 멀리서 「야쉬이!」 하며 참새를 쫓는 척하다가 「할아버지, 참새가 많이 날아갑니다」라고 말하고 또 도망쳐 버렸다. 불길이 다가와도 전혀 참새는 들어오지 않았다. 주위를 둘러보니 온통 불바다였다. 호랑이는 필사적으로 몸부림치며 불길 속을 뛰쳐나가 겨우 목숨을 건졌다.

겨울이 되어 또 토끼를 만난 호랑이는 말했다. 「이제는 용서하지 않겠다. 너를 잡아먹겠다」 「어머, 아무것도 안 잡으셨나요? 꼬리를 강물에 담그고 가만히 계셔 보세요. 물고기가 잔뜩 달려들어 물어뜯을 겁니다.

내가 물고기를 몰고 올 테니까요」라는 말을 듣고 호랑이는 꼬리를 강물에 담그고 가만히 눈을 감고 기다렸다.

밤이 되자 「왠지 꼬리가 무겁다. 물고기가 잔뜩 물었구나. 슬슬 끌어올리자」라고 생각하는 사이에 강물은 완전히 얼어붙어 호랑이는 움직일 수 없게 되어버렸다. － 끝 －

MEMO

地球の始まる頃·三話
지구가 시작될 무렵·세 가지 이야기

42

大昔のこと、天上の国のお姫様が指輪をどこかへ失くした。天上の国をのこらず探したが、失くした指輪は出てこなかった。お姫様がしくしく泣いていると、天上の国の王様が言った。「きっとそれは下界へ落としたに違いない。誰か行って探してまいれ。」そこで、王さまの家来のひとりが、はるばる人間の世界まで、指輪を探しに降りて来た。さて、降りては来たが、なにしろ大昔のことだ。まだ人間の世界は出来たばかりで、どこもかしこも一面の泥沼だった。どこに指輪が落ちたのか見当もつかなかった。

王様の家来は、かまわず泥の中に手を突っ込んで、あちこち探しまわった。あっちの泥をかきまわし、こっちの泥をすくい上げして、やっとのことでお姫様の指輪を探し出すことができた。その時、泥をすくいあげた所が海になり、その泥を捨てた所が、山になった。手のひらで撫でた所は、平らな野原になり、指でかきまわした跡が川になった。

아주 옛날 하늘나라의 공주가 반지를 어딘가에 잃어버렸다. 하늘나라를 남김없이 찾았지만 잃어버린 반지는 나오지 않았다. 공주가 훌쩍훌쩍 울고 있자 하늘나라의 임금님이 말했다. 「분명 그것은 지상으로 떨어졌음에 틀림 없다. 누군가 가서 찾아와라」 그래서 임금님의 신하 중 한 명이 머나먼 인간 세상까지 반지를 찾으러 내려왔다. 그런데 내려오긴 했지만 아무튼 너무 오래된 일이다. 아직 인간 세상은 생긴 지 얼마 되지 않았고 여기저기 온통 진흙탕이었다. 어디에 반지가 떨어졌는지 도무지 알 수가 없었다.

임금님의 신하는 개의치 않고 진흙 속에 손을 집어넣고 여기저기 찾아 돌아다녔다. 저쪽 진흙을 휘젓고 이쪽 진흙을 집어 올려 겨우 공주의 반지를 찾아낼 수 있었다. 그때, 진흙을 파낸 곳이 바다가 되었고 그 진흙을 버린 곳이 산이 되었다. 손바닥으로 쓰다듬은 곳은 평평한 들판이 되었고 손가락으로 휘저은 자국이 강이 되었다.

176

ところでその後、天の一方が傾いて、今にもくずれ落ちそうになったことがあった。天上の国の王様は、仕方なく大きな銅の柱で、傾いた所を支えようとした。ところが、具合悪いことに天上の国はふわりと浮いているので、柱が立てられない。長い柱はその重みでずんずん下の方へ下がっていく。これではいけないと、王様の家来の中から、天上の国で一番力があるひとりが地面の下へ送られた。そして地面が下がらないように、下界から肩で支えることになった。

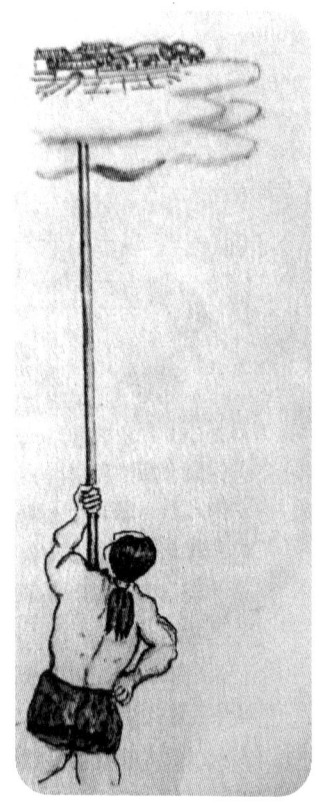

柱はどうにか立てられたが、肩をはずしては、また下がってしまう。

今でも、その力持ちの家来は、重い地面を支えているのだが、長く支えていると肩が痛くなる。痛くなれば、もういっぽうの方へ、肩がわりをしなければなら

그런데 그 후, 하늘 한쪽이 기울어져서 금방이라도 무너져 떨어질 뻔한 적이 있었다. 하늘나라의 임금님은 어쩔 수 없이 아주 크나큰 구리 기둥으로 기울어진 곳을 지탱하려고 했다. 그런데 안타깝게도 하늘나라는 둥둥 떠 있기 때문에 기둥을 세울 수 없었다. 긴 기둥은 그 무게로 자꾸자꾸 아래로 내려갔다. 이래서는 안 된다고 하여 왕의 신하 중에서 하늘나라에서 가장 힘센 한 사람을 지상으로 보냈다. 그리고 땅이 내려가지 않도록 지상에서 어깨로 지탱하게 되었다.

기둥은 어떻게든 세워졌지만 어깨를 떼면 다시 내려가 버린다.

지금도 그 힘센 하인은 무거운 지면을 지탱하고 있지만 오랫동안 지탱하고 있으면 어깨가 아파진다. 아프면 다른 사람이 대신 어깨를 떠맡아야 한다. 따

ない。したがってその度に、天上の国でも、下界でも地面がぐらぐら動いて、地震がおきるというわけだ。

下界には鹿とウサギと、ヒキガエルが一緒に暮らしていた。ある日、お祝いのご馳走を、誰が最初に食べるかという話から、お互いに歳の自慢が始まった。

まず、鹿が言うのは「私は、天地を初めて作る時に、天に星を打ちつけるのを手伝ったのだ。だから私が一番年上さ。」次のウサギが言うのには「私は天の星を打ちつけるのに使った梯子（はしご）の、その木を植えたのさ。だから、私が一番年上だよ」

黙ってそばで聞いていたヒキガエルが、その時、急にしくしくと泣きだした。驚いた鹿とウサギが、「どうしたんだい」とわけを尋ねると、ヒキガエルは涙ながらに答えた。「実は、私には三人の息子がいたんだ。息子たちは、幼い頃、めいめい一本ずつ木を植えたもんだが、大きくなって長男はその木で、星を打ちつける時に使った小槌（こづち）の柄（え）を作り、次男はその木で銀河を掘る時に使った鋤（すき）の柄を作り、

라서 그때마다 하늘나라에서도 인간 세계에서도 지면이 흔들흔들 움직여 지진이 일어난다는 것이다.

지상에는 사슴과 토끼와 두꺼비가 함께 살고 있었다. 어느 날 축하의 진수성찬을 누가 먼저 먹느냐 하는 이야기로 서로 나이 자랑을 시작했다.

먼저 사슴이 말했다. 「나는 천지를 처음 만들 때에 하늘에 별을 박는 것을 도왔다. 그러니까 내가 제일 연상이야」 다음 토끼가 말했다. 「나는 하늘에 별을 박는 데 사용했던 사다리인 그 나무를 심었던 거야. 그러니까 내가 제일연상이야」

잠자코 옆에서 듣고 있던 두꺼비가 그때 갑자기 훌쩍훌쩍 울기 시작했다. 놀란 사슴과 토끼가 「왜 그러냐」라고 이유를 묻자 두꺼비는 울면서 대답했다. 「실은 나에게는 세 명의 아들이 있었지. 아들들은 어렸을 때 각자 한 그루씩 나무를 심었는데, 커서 장남은 그 나무로 별을 박을 때 사용된 망치 자루를 만들고, 차남은 그 나무로 은하를 박을 때 사용된 호미 자루를 만들고, 막내는 그 나무로 해와 달을 박을 때 쇠망치 자루를 만들었던 것이야. 그런데 지금은

末っ子はその木で日や月を打ちつける時の金槌（かなづち）の柄を作ったんだよ。ところが、今は三人とも死んでしまっていない。お前さん等の言い争いを聞いていると、子供らのことが思い出されて、つい涙がこぼれたのさ。」そこでヒキガエルが一番の年上と決まり、ご馳走の最初のお膳をいただくことになった。

-終り-

세 명 모두 죽고 없다. 너희들의 말다툼을 듣고 있으니 아이들이 생각나서 그만 눈물이 났던 거야」 그리하여 두꺼비가 제일 연상으로 결정되어 진수성찬의 첫 상을 받게 되었다.

- 끝 -

MEMO

一日でしらが頭
하루 만에 백발머리

二人の老人が渡し舟を待っていた。舟が着くと、髪の黒い老人が白髪頭(しらがあたま)の老人に先に乗るように勧めた。すると白髪頭の老人は「私はまだ五十にもなりません」と髪の黒い老人を先に勧めた。年下とは信じられなかったが、仕方なく先に乗ると、「私がこんな白髪頭になった訳を話しましょう」と舟の中で髪の白い男が話し始めた。

男は塩売りの商いをしていた。ある時、塩袋を背負って金剛山を越えることになった。いくつもの峠を越えて行く途中、峠道に空っぽの米袋が落ちていた。男はそれを拾って又一つ峠を越えたところで、とっぷりと日が暮れた。ちょうど谷の向こうに明りのともった家があったので、そこへ行き戸を叩くと、若いおかみさんが出て来た。「旅をしていて日が暮れました。一晩泊めてください」。すると、「どうぞ」と言うので中へ入った。

家に上がって暖かい夕食を頂いたが、おかみさんは塩売りの拾ってきた袋を見

두 명의 노인이 나룻배를 기다리고 있었다. 배가 도착하자 머리가 검은 노인이 백발 노인에게 먼저 타라고 권했다. 그러자 백발 노인은 「나는 아직 쉰도 안 됐다」라고 하며 머리가 검은 노인을 먼저 권했다. 나이가 아래라고는 믿을 수 없었지만 어쩔 수 없이 먼저 타자 「제가 이렇게 흰머리가 된 까닭을 얘기하지요」라고 하며 배 안에서 머리가 하얀 남자가 말하기 시작했다.

남자는 소금 장사를 하고 있었다. 어느 날 소금 푸대를 짊어지고 금강산을 넘어가게 되었다. 몇 개의 고개를 넘어가는 도중, 고갯길에 빈 쌀자루가 떨어져 있었다. 남자는 그것을 주워 또 하나 고개를 넘었더니 완전히 날이 저물었다. 마침 계곡 너머에 불이 켜진 집이 있어서 그곳에 가서 문을 두드리자 젊은 아주머니가 나왔다. 「여행을 하고 있는데 날이 저물었습니다. 하룻밤 재워주세요」 그러자 「자, 어서 오세요」라고 해서 안으로 들어갔다.

집에 올라가 따뜻한 저녁밥을 먹었는데 주인 아주머니는 소금 장수가 주

て、「お客さん、その米袋はどうしましたか?」と聞いたので、「ああ、これは峠の向こうの道に落ちていたので拾ってきました。」

すると、おかみさんは台所に入ったかと思うと、包丁を握って出てきた。そして男に包丁をつきつけて、「その米袋は私の夫のものです。道に落ちて

いたのなら、夫は泥棒に米を奪われて殺されていることでしょう。夫の亡骸を探しに行かなければなりません。ここでこの包丁で死にますか、それとも私と一緒に探しに行きますか?」塩売りは腰が抜ける程びっくりして、一緒に行くと言った。

二人は家を出た。おかみさんは松明(たいまつ)を持って、「前を歩きますか、後を歩きますか?」と聞いた。怖かったので後を歩くと言った。あたりは真っ暗で、獣たちが目を光らせて後をつけてき

워온 봉지를 보고 「손님, 그 쌀자루는 어떤 것입니까」라고 물었다. 「아아, 그건 고개 너머 길에 떨어져 있어서 주워 왔습니다」

그러자 아주머니는 부엌으로 들어가더니 부엌칼을 쥐고 나왔다. 그리고 남자에게 부엌칼을 들이대며 「그 쌀자루는 나의 남편 것입니다. 길에 떨어져 있었다면 남편은 도둑놈에게 쌀을 빼앗기고 살해당한 것이겠지요. 남편의 시체를 찾으러 가야 합니다. 여기서 이 부엌칼에 죽을 겁니까, 그렇지 않으면 나와 함께 찾으러 가겠습니까」 소금 장수는 기겁할 정도로 놀라 함께 가겠다고 했다.

두 사람은 집을 나섰다. 아주머니는 횃불을 들고 「앞에서 걷겠습니까, 뒤에서 걷겠습니까」라고 물었다. 무서워서 뒤에서 걷겠다고 했다. 주위는 캄캄해서 짐승들이 눈을 반짝이며 뒤를 따라

た。獣たちが飛びかかってくると、おかみさんは松明を振り廻して追い払った。

　こうして二人で山中を探しまわると、本当におかみさんの夫の死体があった。おかみさんは男に聞いた。「この亡骸を背負って戻りますか、それとも松明で獣を追い払いますか？」松明で獣を追い払う方が楽だと思った男は、松明を受け取った。虎なのか山猫なのか、真っ青な目の玉をぎらぎら光らせて飛びかかってくるので男は胆をつぶした。それでも何とか家にたどりついた。

　おかみさんは亡骸を部屋に寝かせてから男に聞いた。「葬式を出しますので、実家の兄を呼んでこなければなりません。峠の向こうの実家まで行ってきますか、それともここで骸を守っていますか？」男はどっちも嫌だったが死体を守ることにした。

　しばらくすると寝ていた死体がパッとはね上がった。塩売りはびっくりして台所にかけ込み、かまどの焚き口に頭を突っ込んで気絶してしまった。

　おかみさんがお兄さんを連れて戻って

왔다. 짐승들이 덤벼들자 아주머니는 횃불을 휘두르며 쫓아냈다.

　이렇게 둘이서 산속을 찾아 돌아다니자 정말 아주머니의 남편 시체가 있었다. 「이 시체를 짊어지고 돌아갈까요, 아니면 횃불로 짐승을 쫓을 겁니까」 횃불로 짐승을 쫓는 편이 낫다고 생각한 남자는 횃불을 받아들었다. 호랑이인지 살쾡이인지, 새파란 눈동자를 번쩍이며 덤벼들자 남자는 담력이 깨졌다. 그래도 간신히 집에 도착했다.

　주인 아주머니는 시체를 방에 눕히고 나서 남자에게 물었다. 「장례를 치러야 하므로 친정의 오빠를 불러와야 해요. 고개 너머 친정까지 다녀오겠습니까, 아니면 여기서 시체를 지키고 있겠습니까」 남자는 양쪽 다 싫었지만 시체를 지키기로 했다.

　잠시 후 눕혀 있던 시체가 펄쩍 뛰었다. 소금 장수는 놀라 부뚜막 아궁이에 머리를 처박고 기절해 버렸다.

　주인 아주머니가 오빠를 데리고 돌

みると、死体は起き上がっているし、男は台所で死んだようになっていた。おかみさんは男に熱い白湯を飲ませて気をつかせた。葬式を済ませ、実家のお兄さんも帰った後、おかみさんは金塊をさし出して、「お世話になりました」と言った。金塊を貰って家を出ると、空が明るくなってきた。ふり向くとあの家から火の手が上がり、おかみさんが屋根の上で火の粉をかぶっていた。男はこの一晩で頭が真っ白になったそうだ。 -終り-

아와 보니 시체가 일어나 있고, 남자는 부엌에서 죽은 것처럼 쓰러져 있었다. 주인 아주머니는 남자에게 뜨거운 맹물을 먹여 정신을 차리게 했다. 장례식을 치르고 친정 오빠도 돌아간 뒤, 주인 아주머니는 금괴를 내밀며 「신세를 많이 졌습니다」라고 했다. 금괴를 받아 집을 나서자 하늘이 밝아왔다. 뒤를 돌아보자 그 집에서는 불길이 치솟고 주인 아주머니가 지붕 위에서 불똥을 뒤집어쓰고 있었다. 남자는 이 하룻밤 사이에 머리가 새하얗게 되었다고 한다. -끝-

MEMO

塩売りの息子

塩売りの息子
소금 장수의 아들

昔あるところに一人の塩売りがいた。塩売りといえば、常民(農民・商人などの一般庶民。平民。被支配階級)の中でも一番下の身分に見られていた。ところが、この塩売りの息子にずば抜けて賢い子がいた。一を聞いて百を知るというふうだった。

しかし、塩売りは息子に十分な学問をさせることはできなかった。もちろん常民なので科挙の試験を受けることもできない。そこで塩売りはこう言って嘆いた。「本当に惜しいことだ。お前が家柄の良い家に生まれていれば大人物になれるのだが、父親を間違えて生まれて来たばかりに、塩袋の山の中で埋もれてしまうとはなあ・・・」

ところが息子は書堂に通えなくても、書堂の戸の外で、先生や生徒の声を聞きながら勉強した。本一冊買ってもらえなくても、人の本を借りて写し、十五の年に四書三経を読破した。それを見ると父親は、どうしても放っておけなかった。

옛날 어느 곳에 한 명의 소금장수가 있었다. 소금장수라고 하면 상민(농민·상인등 일반서민. 평민. 피지배계급) 중에서도 맨 아래 신분으로 보였다. 그런데 이 소금 장수의 아들 중에 유달리 영리한 아이가 있었다. 하나를 듣고 백을 안다는 식이었다.

그러나 소금 장수는 아들에게 충분한 학문을 배우게 할 수 없었다. 물론 상민이기 때문에 과거시험을 볼 수도 없다. 그래서 소금 장수는 이렇게 말하며 탄식했다. 「참으로 애석한 일이다. 네가 가픙 좋은 집에서 태어났다면 큰 인물이 될 수 있을 텐데, 아버지를 잘못 만나 태어난 탓에 소금 포대 더미 속에 묻혀 버릴 줄이야……」

그런데 아들은 서당에 다니지 못해도 서당 문밖에서 선생과 학생의 목소리를 들으며 공부했다. 책 한 권 사주지 않아도 남의 책을 빌려 베껴서 열다섯 살에 사서삼경을 독파했다. 그것을 보자 아버지는 차마 내버려 둘 수 없었다. 그래서 어느 날 아들에게 말했다. 「너의

そこである日、息子に言った。「お前の才能をこのまま腐らせてはいかん。この家を出て氏素性を隠し、科挙（官吏の登用試験）を受けることだ。お父さんやお母さんのことは忘れて、幸せに暮らすんだぞ。」こう言い聞かせて家を出した。

すると息子は漢城(現在のソウル)に上って、どこで手に入れたのか両班(ヤンバン―官僚・支配機構を担った階級)の号牌(身分証明)を腰にぶら下げて、科挙の試験を受けた。もちろんすんなり及第(合格)した。科挙に及第すると役人になり、賢いので国務をそつなくこなし目立つ若者となった。

ついにある大臣の目にとまり、その家の婿になることに決まった。大臣の家では日取りを決めて婚礼の準備に大忙しである。

ところで、息子は婚礼に父親を呼ばない訳にはいかなかった。そこで、官服と帽子と木靴までそろえてこっそり田舎へ送った。婚礼の日に着てくるようにと送ったのだった。

塩売りの父親はおかみさんに言った。

재능을 이대로 썩힐 수는 없다. 이 집을 떠나 성씨와 신원을 감추고 과거（관리의 등용 시험）를 보는 것이다. 아버지 어머니의 일은 잊고 행복하게 사는 거야」이렇게 타일러서 집을 떠나게 했다.

그러자 아들은 한양(현재의 서울)에 올라가 어디서 구했는지 양반(양반-관료·지배 기구를 맡은 계급)의 호패(신분증명)를 허리에 매달고 과거시험을 치렀다. 물론 순조롭게 급제(합격)했다. 과거에 급제하자 관리가 되었고, 똑똑해서 국무를 빈틈없이 처리하여 눈에 띄는 젊은이가 되었다.

마침내 어느 대신의 눈에 띄어 그 집 안의 사위가 되기로 결정되었다. 대신의 집에서는 날짜를 정하여 혼례 준비에 바빴다.

그런데 아들은 혼례에 아버지를 부르지 않을 수 없었다. 그래서 관복과 모자와 나무 신발까지 갖추어 몰래 시골로 보냈다. 혼례 날에 입고 오시라고 보낸 것이었다.

소금장수 아버지는 아내에게 말했

185

「おい、お前、あの麦餅を作ってくれ。あいつに持って行ってやろう」「まあ、あの子は大臣様の婿になったのに、麦餅なんか食べますかね」「あの子は麦餅が大好きだった。いくら大臣家の婿になっても、食べ物の好みは変わらんだろう。」

そこで、おかみさんは麦餅を一臼蒸した。父親は官服と木靴の正装の上に、麦餅を蒸し器ごと背負って都に上った。こうして大臣のお屋敷に着いた。大臣はその姿を見てたまげてしまった。父親は大臣にかまわず、息子に向かって、「おい、お前は麦餅が大好きだったな。さあ、思う存分食え。わしの嫁御や、お前も食べてみろや」と麦餅をすすめた。その様子を見ていた大臣は、すぐに婿の氏素性を怪しみ、婿が塩売りの息子だという事をつきとめた。大臣は即座に婿と父親を追い出してしまった。

次の朝、大臣の娘は朝食のお膳を用意する前に、召使いに「今日のお膳には、

다. 「여보, 당신 그 보리떡을 좀 만들어 줘요. 그 녀석에게 갖다 줄 거야」「뭐, 그 애는 대신님 사위가 되었는데 보리떡 같은 거 먹겠어」「그 애는 보리떡을 아주 좋아했지. 아무리 대감 집 사위가 되어도 음식의 취향이 바뀌었을까.」.

그래서 아내는 보리떡을 한 절구 찐다. 아버지는 관복과 나무 신발로 차려입은 다음에 보리떡을 찜통째 짊어지고 도읍으로 올라갔다. 이렇게 해서 대신의 저택에 도착했다. 대신은 그 모습을 보고 깜짝 놀라 버렸다. 아버지는 대신에게 아랑곳하지 않고 아들을 향해 「그래, 너는 보리떡을 너무 좋아했지. 자, 실컷 먹어라. 내 며느리야 너도 먹어 보아라」라고 보리떡을 권했다. 그 모습을 보고 있던 대신은 즉시 사위의 성씨와 태생을 의심하고 사위가 소금 장수의 아들이라는 것을 알아냈다. 대신은 즉석에서 사위와 아버지를 내쫓아 버렸다.

다음 날 아침, 대신의 딸은 아침 밥상을 준비하기 전에 하인에게 「오늘의 반

塩の入ったものは一切出さないように」と言いつけた。食事をした大臣は、「今日の朝ごはんは何故こんなに水っぽいのじゃ?」娘は「お父様は、私の旦那様が塩売りの子だからと言って追い出されたので、塩気はお嫌いかと思いまして‥。塩売りを蔑みますと、これから誰が塩売りになろうと思いましょうか。塩が無いと民の暮らしは成り立ちません。民が暮らしを立てていけるようにするのが大臣のお仕事ではないのでしょうか?」と言った。大臣は自分の過ちに気づき、婿を呼び戻して改めて婚礼の式を挙げたそうだ。-終り-

찬은 소금이 들어가는 것은 일체 나오지 않도록」하라고 당부했다. 식사를 한 대신은 「오늘 아침밥은 왜 이렇게 싱겁지」라고 물었다. 딸은 대답했다. 「아버지는 제 남편이 소금 장수의 아들이라고 해서 쫓겨났기 때문에 소금기는 싫어하실까 생각했습니다. …… 소금 장수를 업신여기면 앞으로 누가 소금 장수가 되려고 할까요. 소금이 없으면 백성들의 삶은 성립되지 않습니다. 백성이 삶을 꾸려나갈 수 있도록 하는 것이 대신의 일이 아니겠습니까」 대신은 자신의 잘못을 알아차리고 사위를 불러들여 다시 혼례식을 올렸다고 한다.

– 끝 –

MEMO

_____

_____

_____

_____

_____

_____

_____

_____

_____

45

嫁さがし
며느리 찾기

昔、ある両班 (ヤンバン―支配階級)の家の息子が大人になって、嫁取りをする年頃になった。ところがこの息子は五代独子(五代続いた一人息子)だった。そこで「玉よ、金よ」と大切に育てられたので、ひ弱な世間知らずの人間になってしまった。父親の目から見ても、この様では一家を率いてうまくやっていけるとは、とても思えなかった。そこで、息子の嫁には賢くてしっかりした娘を選びたい。そうすれば息子も暮らしを守り、よい生き方を身につけることだろうと思った。

そこで父親は、あちこちの村に嫁のなり手を探しているという噂を流した。それは屋敷に来て、米1斗だけで3人で3カ月持ちこたえたものを嫁にするという話だった。

噂が流れると、あちこちから「やってみます」という娘たちが訪ねてきた。両班の家柄ではあり、暮らしも豊かだったので、嫁入り先としてはまず申し分なか

옛날, 어느 양반 (양반-지배계급)집 아들이 어른이 되어 장가들 나이가 되었다. 그런데 이 아들은 오대독자(5대를 이어온 독자)였다. 그래서 「금이야 옥이야」 하고 소중하게 자랐기 때문에 허약한 철부지 인간이 되어버렸다. 아버지의 눈으로 봐도 이런 식으로는 한 집안을 이끌고 잘해 나갈 수 있으리라고는 도저히 생각할 수 없었다. 그래서 아들의 아내로는 똑똑하고 당찬 처녀를 고르고 싶었다. 그러면 아들도 삶을 지키고 좋은 삶의 방식을 몸에 익힐 것이라고 생각했다.

그래서 아버지는 여기저기 마을에 며느리가 될 사람을 찾고 있다는 소문을 냈다. 그것은 저택에 와서 쌀 한 말로 세 명이 석 달을 버티는 사람을 며느리로 삼는다는 이야기였다.

소문이 돌자 여기저기에서 「해 보겠다」고 하는 처녀들이 찾아왔다. 양반 집안이고 살림도 풍족했기 때문에 시집갈 곳으로는 좋다는 것을 우선 알았다. 양

った。両班は娘らが来るたびに召使いの夫婦をつけ、住む家を用意し、米を1斗持って行ってやった。だが、それでおしまいだった。

　すると、どの娘も3カ月どころか1カ月さえも持たなかった。大人1人が少なくとも1カ月に1斗の米がいるのに、3人ではいくら食べる量を減らしても、3カ月は持ちこたえられなかった。米ひとにぎりを粥に炊いて、1日に2回だけ食べるようにしても、1カ月がやっとだった。どの娘も少しずつ食べてみたが、米がきれると降参して帰って行った。

　ところで隣村にとても貧しい百姓がいた。そこにはちょっと年のいった娘が1人いたが、貧しい暮らしなので嫁にやれずにいた。

　ある日、娘が父親に言った。「隣の村の両班のお宅で、米1斗で3人が3カ月過ごせたら嫁にもらうと言っていますが、私が一度行ってみます。」すると父親は、「れっきとした両班のお宅のお嬢さんたちも、1月も持たずに戻っているのに、お前に何の取り柄があって、3カ月我慢できるというのだ。」それでも娘は「心配

반은 처녀들이 올 때마다 하인 부부를 붙여 살 집을 마련하고 쌀 한 말을 가져다주었다. 하지만 그것으로 끝나버렸다.

　그러자 어느 처녀도 3개월은커녕 1개월조차도 버티지 못했다. 어른 한 명이 적어도 한 달에 한 말의 쌀이 필요한데 셋이서는 아무리 먹는 양을 줄여도 3개월은 버티지 못했다. 쌀 한 주먹으로 죽을 끓여서 하루에 2회만 먹도록 해도 1개월이 고작이었다. 어느 처녀도 조금씩 먹어 보았지만 쌀이 떨어지자 손들고 돌아갔다.

　그런데 이웃 마을에 아주 가난한 농부가 있었다. 거기에는 좀 나이든 딸이 한 명 있었는데, 가난한 생활이라서 시집을 보내지 못하고 있었다.

　어느 날 딸이 아버지께 말했다. 「이웃 마을 양반댁에서 쌀 한 말로 세 사람이 석 달을 지내면 며느리로 맞이한다고 하고 있습니다만 제가 한번 가보겠습니다」 그러자 아버지는 「버젓한 양반댁 따님들도 한 달도 지탱하지 못하고 돌아가고 있는데 네가 무슨 재주가 있어서 3개월을 버틸 수 있겠느냐」 그러나 딸은 「걱정하지 마시고 보내 주세

しないで行かせてください」と言った。
父親は仕方なく行くことを許した。

　娘が両班の家へ行くと、すぐに召使い
の夫婦をつけ、米をきっちり1斗渡して
くれた。娘は何を考えているのか、最初
の日から米を1升すくって、ご飯をたっ
ぷり炊いて食べようというのだった。

　召使いが心配して、「えっ、そんなに
食べると10日は持たないですよ」と言っ
た。しかし娘は心配しないでお腹いっぱ
い食べるようにと言うだけだった。

　次の日も米を1升
炊き、また次の日
もそうやって腹い
っぱいに食べた。4
日たってから娘は
召使いを呼び、「さ
あ、そろそろ仕事に
かかりましょう。私とおばさんは山菜を
取ります。おじさんは薪を取ってきてく
ださい。それを売って食べていきましょ
う。」

　その日から3人はせっせと仕事をし
た。山菜と薪を売り、そのお金で米を買

요」라고 했다. 아버지는 어쩔 수 없이
가는 것을 허락했다.

　딸이 양반 집에 가자 바로 하인 부부
를 붙여 쌀을 꼭 한 말을 건네주었다.
딸은 무슨 생각을 하고 있는지 첫날부
터 쌀 한 되를 퍼서 밥을 듬뿍 지어 먹
자는 것이었다.

　하인이 걱정해서 「어, 그렇게 먹으면
열흘도 못 가요」라고 했다. 그러나 처녀
는 걱정하지 말고 배불리 먹으라는 말
뿐이었다.

　다음 날도 쌀을
한 되로 밥을 짓고
또 다음 날도 그렇
게 해서 배부르게
먹었다. 나흘이 지
나고 나서 처녀는
하인을 불러 「자,
슬슬 일을 시작합
니다. 나와 아주머니는 산나물을 채취
합니다. 아저씨는 땔감을 구해 오세요.
그것을 팔아서 먹고 살아갑시다」라고
말했다.

　그날부터 세 사람은 부지런히 일을
했다. 산나물과 땔나무를 팔아 그 돈으

い込んだので、減るより増える方が多かった。

3カ月たって両班がどうなったかと思って行ってみると、米はかますのまま積んであり、3人は元気にしていた。「あんたこそ我が家の嫁だ」とすぐに日取りを決め、息子の婚礼の式を挙げた。

娘は両班の嫁になっても一生懸命働き、夫にも仕事をおぼえさせ、しっかりした男に仕立てたそうだ。 -終り-

로 쌀을 샀기 때문에 줄어들기보다 불어나는 편이 많았다.

석 달이 지나 양반이 어떻게 되었나 싶어 가 보니 쌀은 가마니 그대로 쌓여 있었고 세 사람은 잘 지내고 있었다. 「너야말로 우리 집의 며느리다」라고 하며 바로 날짜를 잡고 아들의 혼례식을 올렸다.

딸은 양반의 며느리가 되었어도 열심히 일했고, 남편에게도 일을 익히게 하여 야무진 남자로 만들었다고 한다.
- 끝 -

MEMO
_____
_____
_____
_____
_____
_____
_____
_____
_____
_____

46

しんぼう3年
참고 견딘 3년

　昔、江原道の深い山村に30歳を過ぎた
チョンガー(独身の男)がいた。このチ
ョンガーの住む村から山一つ越えたとこ
ろに、年のいった娘が住んでいた。とて
も深い山奥なので、結婚話を持ってきて
くれる仲人も近くにはいなかったのだ。
2人とも年ばかりくっていったが、ある
日のこと2人は偶然に山中で出くわし
た。するとたちまち意気投合し、その日
のうちに岩清水を酒の代わりに盃につい
で百年の契りを結んだ。

　こうして婚礼を挙げたあと、夫婦は
本当に楽しく暮らし始めた。ところが夫
は妻が恋しいあまり、ちょっと離れた畑
仕事に出ても、妻の顔が目の前にちらつ
いて仕事にならなかった。そこで仕事に
出ないで妻の顔ばかり眺めて暮らした。
仕事をしないので当然食べていけなくな
った。たまりかねた妻が、「あなた、仕
事をしないで昼も夜も私のそばで暮らす
つもりですか」と言うと、夫は「お前と離
れていては仕事にならん。どうしたもの
か・・・」と言った。「では、私の顔を絵

　옛날, 강원도 깊은 산촌에 서른 살이
넘은 총각(젊은 미혼 남자)이 있었다.
이 총각이 사는 마을에서 산 하나 넘은
곳에 나이든 처녀가 살고 있었다. 워낙
깊은 산골이라 결혼 이야기를 가져다줄
중매장이도 근처에 없었던 것이다. 둘
다 나이만 먹어 갔는데 어느 날 이 두
사람은 우연히 산속에서 마주쳤다. 그
러자 금세 의기투합하여 그날 안에 석
간수를 술 대신 술잔에 따라놓고 백년
가약을 맺었다.

　이렇게 혼례를 올린 후 부부는 참으
로 즐겁게 살기 시작했다. 그런데 남편
은 아내가 그리운 나머지 좀 떨어진 밭
일을 나가도 아내의 얼굴이 눈앞에 어
른거려 일이 되지 않았다. 그래서 일을
나가지 않고 아내의 얼굴만 바라보고
살았다. 일을 안 하니 당연히 먹고 살
수 없게 되었다. 참다못한 아내가 「당
신 일 안 하고 밤낮으로 내 옆에서 살
겁니까」라고 하자 남편은 「당신과 떨어
져 있으면 일이 안 돼요. 어떻게 된 건
지……」라고 말했다. 「그럼 나의 얼굴
을 그려 드릴 테니까 밭 이쪽에 한 장

に書いてあげますから畑のこちらに1枚ぶら下げて、もう1枚をあちらにぶら下げて仕事をしてください。そうしたらいつでも見られるでしょう。」それは良い考えだと思った夫は、2枚の絵を持っていき、畑の両側にぶら下げて仕事を始めた。ところが、つむじ風が吹いて1枚の絵が空高く飛んでいってしまった。

絵は王様のいる宮殿まで飛んでいった。王様がこの絵を見て女の顔が気に入り、国の隅々まで探させ、山奥にこの絵とそっくりの女がいたので捕まえてきた。女は連れて行かれながら考えた。片時も離れていられない夫がどれほど嘆くことか。そこで夫にこっそり伝えた。「なんとか3年だけ我慢してください。しんぼう3年を習って、3年たったら私を迎えに来てください」

女は都に連れてゆかれ、後宮（側室）になった。しかし、女はそこでの暮らしでは一切笑わなかった。王様がいくら笑わせようとしても、にこりともしなかった。

やがて3年たった時、女は王様に申しあげた。「わたしには一生のお願いが—

매달고 또 한 장을 저쪽에 매달고 일을 해 주세요. 그렇게 하면 언제라도 볼 수 있을 거예요」그거 참 좋은 생각이라고 생각한 남편은 그림 두 장을 갖고 가서 밭 양쪽에 매달고 일을 하기 시작했다. 그런데 회오리바람이 불어 그림 한 장이 하늘 높이 날아가 버렸다.

그림은 임금님이 계시는 궁전까지 날아갔다. 임금님이 이 그림을 보고 여인의 얼굴이 마음에 들어 나라의 구석 구석까지 찾게 하여 산속에 이 그림과 꼭 닮은 여인이 있어서 붙잡아 왔다. 여인은 끌려가면서 생각했다. 잠시도 떨어져 있지 못하는 남편이 얼마나 한탄할 일인가. 그래서 남편에게 몰래 전했다. 「어떻게든 3년만 참아 주세요. 참고 견디는 3년을 배우고 그리고 3년이 지나면 나를 데리러 와 주세요」

여인은 도읍으로 끌려가 후궁(측실)이 되었다. 그러나 여인은 그곳 생활에서는 일절 웃지 않았다. 임금님이 아무리 웃기려고 해도 벙긋도 하지 않았다.

이윽고 3년이 지났을 때 여인은 임금님께 아뢰었다. 「저는 평생 소원이 하

つあります」「どんな願いじゃ」「乞食の宴会を一度見てみたいのです」「そうか、ではやってみよう。」

　そこで王様は国中の乞食たちを呼んで乞食の宴会を開いた。女は夫が来ていないかと、毎日すだれごしに乞食たちを見た。夫は間違いなく乞食になっているはずだった。

　するとある日、夫が乞食になってやってきた。宴会なのでご馳走を食べて踊っていた。女はそれをみて嬉しくてたまら

ず、思わず笑みがこみ上げてきた。王様はすぐに気付いてお尋ねになった。「何を見てそんなに笑っておるのじゃ」「あそこで踊っている乞食を見ております。」王様は、いくら笑わせようとしても笑わなかった後宮が笑うので気分が良くなり、「では、わしがあの服を着て踊ってみ

나 있습니다」「어떤 소원이지」「거지 잔치를 한번 보고 싶습니다」「그래, 그럼 한번 해 보지요」

　그래서 임금님은 온 나라 안의 거지들을 불러서 거지 잔치를 열었다. 여인은 남편이 와 있지 않을까 하고 매일 쳐 놓은 가리개 발 사이로 거지들을 살펴보았다. 남편은 틀림없이 거지가 되어 있을 것이다.

　그러던 어느 날 남편이 거지가 되어 찾아왔다. 연회라서 진수성찬을 먹고 춤을 추고 있었다. 여인은 그것을 보고 기뻐서 참지 못하고 나도 모르게 웃음이 치밀어 올랐다. 임금님은 바로 알아차리고 물으셨다. 「무엇을 보고 그렇게 웃고 있는 거야」「저기서 춤추고 있는 거지를 보고 있습니다」 임금님은 아무리 웃기려고 해도 웃지 않던 후궁이 웃으니 기분이 좋아져 「그럼 내가 저 옷을 입고 춤을 춰보자」라고 하며 남편의 옷과 바꿔 입고 춤을 추었다. 그때 여인은 남편에게 「참고 견딘 3년 동

よう」と王様は夫の服と取り換えて踊った。その時、女は夫に「しんぼう3年は何のために習ったんですか」と大声で叫んだ。夫はすぐにその意味に気づき、王座に座って「もう乞食どもを追い出せ」と号令した。王様は乞食の服を着ていたので一緒に追い出されてしまった。こうして妻は夫と再び巡り会って、幸せに暮らしたそうだ。 –終り–

안 무엇을 위해 배웠던 것입니까」라고 큰 소리로 외쳤다. 남편은 곧바로 그 의미를 알아차리고 왕좌에 앉아 「이제 거지들을 쫓아내라」라고 호령했다. 임금님은 거지 옷을 입고 있었기 때문에 함께 쫓겨나고 말았다. 이렇게 해서 아내는 남편과 다시 만나 행복하게 살았다고 한다. –끝–

MEMO

47

米の減らないパガジ
쌀이 줄지 않는 바가지

　昔、貧しい農夫がいた。ある夏、凶作になって食べ物がすっかりなくなってしまった。仕方がなく家にある所帯道具を売ることにした。釜とさじと箸だけは残して全部市場に行って売りはらった。それでも米1升を手に入れるのがやっとだった。

　その帰り道で、大きな蛙をたくさん捕まえた男に出会った。「その蛙をどうするんだね」と尋ねると「家に食べ物がなくなったから、蛙でも焼いて食おうかと思ってな、農夫は思った。」一凶作なので誰もが食うに困っているんだ。蛙まで捕まえて喰うとはなあー。しかし、ピョンピョンはねる生きた蛙を見ると心が痛んだ。一あいつらも生きるために生まれてきたのに、ひと夏も過ごせず死んでしまうのかー。農夫は蛙がかわいそうになって男に頼んだ。「この米1升で、その蛙を売ってくれんか?」男はこんなぼろい儲けはないと思った。「本気かい」「本気だとも、さあ取り替えよう。」こうして米1升と蛙を交換してしまった。

　옛날, 가난한 농부가 있었다. 어느 여름, 흉년이 들어 먹을 것이 다 없어져 버렸다. 할 수 없이 집에 있는 살림 도구를 팔기로 했다. 솥과 숟가락과 젓가락만은 남기고 전부 시장에 가서 팔아 버렸다. 그래도 쌀 한 되를 손에 넣는 것이 고작이었다.

　거기서 돌아오는 길에 큰 개구리를 많이 잡은 남자를 만났다. 「그 개구리를 어떻게 할 것이냐」라고 묻자 「집에 먹을 것이 떨어졌으니 개구리라도 구워 먹을까 하고 농부는 생각했다고 했다」. -흉년이라서 누구나 먹고살기가 어렵다. 개구리까지 잡아먹을 줄이야 -. 그러나 팔딱팔딱 뛰는 살아있는 개구리를 보자 마음이 아팠다. -그놈들도 살기 위해 태어났는데 한해의 여름도 지내지 못하고 죽어버리는 건가 -. 농부는 개구리가 불쌍해져서 남자에게 물었다. 「이 쌀 한 되에 그 개구리를 팔아 주겠어요?」. 남자는 이런 쉬운 벌이는 없다고 생각했다. 「진심인가」「진심 이구말구, 자 어서 바꾸지요」. 이렇게 쌀 한 되와 개구리를 교환해 버렸다.

農夫は近くの池に行って蛙を1匹ずつ放してやった。蛙は大喜びするように水にもぐっては、また顔を出してゲロゲロ鳴いた。「おまえ達、早くもぐれ。外に出ていると、また捕まってしまうぞ。」それでも蛙たちは逃げずにゲロゲロ鳴いた。どうしたものかとじっと見ていると、蛙の群がどこからかパガジ（ふくべを半分に切って作った容器）をひとつ引っ張ってきた。

一ほう、こんな小さな生き物でも恩返しをするんだなあ。よしよし、古いパガジだがありがたくもらっておこう一とパガジを拾い上げた。蛙たちもうれしいのか、あちこち跳ね回りながら池へもぐっていった。

農夫は古いパガジひとつ手にして家へ戻った。おかみさんが、所帯道具を売って買ってきた米を出すように言った。「米の代わりに空のパガジを一つ買ってきたよ。台所のかまどに置いておくから大事に使え。」おかみさんが台所に行ってみた。「まあ、冗談ばかり言って。空っぽと言ったけど、お米がいっぱい入っているじゃないの。」

농부는 가까운 연못에 가서 개구리를 한 마리씩 놓아 주었다. 개구리는 크게 기뻐하는 듯 물에 잠겼다가는 또 얼굴을 내밀고 개굴개굴 울었다. 「너희들 빨리 숨어라, 밖에 나와 있으면 또 붙잡힐 거야」. 그래도 개구리들은 도망치지 않고 개굴개굴 울었다. 무슨 일인가 하고 가만히 보고 있자, 개구리 떼가 어디선가 바가지(박을 절반으로 잘라 만든 용기)를 하나 끌고 왔다.

-호오, 이런 작은 생물이라도 보답을 하는 구나. 좋아 좋아, 낡은 바가지이지만 고맙게 받아 두자- 라며 바가지를 주어 올렸다. 개구리들도 기쁜지 이리저리 뛰어다니며 연못으로 숨어들었다.

농부는 낡은 바가지 하나를 들고 집으로 돌아왔다. 아주머니가 살림살이를 팔아 사온 쌀을 내놓으라고 했다. 「쌀 대신 빈 바가지를 하나 사 왔어요. 부엌의 부뚜막에 놓아둘 테니 소중하게 사용해요」. 아주머니가 부엌으로 가 봤다. 「뭐요, 농담만 하고. 텅 비었다고 했는데 쌀이 가득 들어있지 않은가」.

農夫はあまりに不思議なので台所へ行ってみると、嘘ではなかった。さっきまで空っぽだったパガジに、いつのまにか白いお米があふれていた。夫婦はその米を炊いて、久しぶりにお腹いっぱいにご飯を食べた。

ところで、次の朝おかみさんが台所へ行ってみると、昨日、空にしたパガジにまたお米がいっぱいに入っていた。「あなた、ちょっとこっちに来てみなさいよ。パガジにまたお米がいっぱいですよ。」このパガジは噂に聞いた宝のパガジらしい。米がなくなれば、またいっぱいになって、使っても使っても減らないので、夫婦は大喜びした。

—蛙たちが命を助けてもらったお礼に、わしにこんな宝物をくれたんだな。これは独り占めにしてはいかん—。農夫はこう思って、パガジから出てきた米を隣近所に惜しげもなく分けてやった。いや、隣近所だけではなかった。噂を聞いて米のなくなった人々が、遠く

농부는 하도 신기해서 부엌으로 가 보니 거짓말이 아니었다. 조금전까지만 해도 텅 비어 있던 바가지에 어느새 하얀 쌀이 넘쳐나고 있었다. 부부는 그 쌀로 밥을 지어 오랜만에 배불리 밥을 먹었다.

그런데 다음 날 아침 아주머니가 부엌에 가보니 어제 비운 바가지에 또 쌀이 가득 들어있었다. 「여보, 잠깐 이리로 좀 와 봐요. 바가지에 또 쌀이 가득 찼어요」. 이 바가지는 소문에 들었던 보물 바가지인 것 같다. 쌀이 떨어지면 다시 가득 차서 사용해도 사용해도 줄지 않기 때문에 부부는 매우 기뻐했다.

개구리들이 목숨을 구해 준 답례로 내게 이런 보물을 준 것이구나. 이것은 독차지해 서는 안된다. 농부는 이렇게 생각하며 바가지에서 나온 쌀을 이웃에게 아낌없이 나누어 주었다. 아니, 이웃뿐만 아니었다. 소문을 듣고 쌀이 떨어진 사람들이 멀리서까지 찾아오게 되면서 이 집 앞에는 긴 줄이 생겼다. 매일 매

からまでやってくるようになり、この家の前には長い列ができた。毎日毎日米をもらいに来る人が押し寄せ、1年中、途絶えることなく列が続いていた。

　それから何年かたち、農夫が死んだらそのパガジも一緒にどこかへ消えてしまったそうだ。 –終り–

일 쌀을 받으러 오는 사람이 몰려들어 1년 내내 끊이지 않고 줄을 이었다.

　그로부터 몇 년이 지나, 농민이 죽자 바가지도 함께 어디론가 사라져 버렸다고 한다. -끝-

MEMO

大同江の流れを変えた男
대동강의 물 흐름을 바꾼 남자

今では大同江は平壌の真ん中を横切って流れているが、昔はそうではなかった。平壌から20里も離れたところを流れていた。そのため平壌の人々は水汲みに大変な苦労をしていた。

その頃、平壌には水売りがいて、お金持ちは遠くまで水汲みに行かず、この水売りから水を買っていた。

ある日のこと、水売りは1日の商いを終えて、稼いだ金を手に、市場へ向かった。すると男が瓶（かめ）に鯉を1匹入れて売っていた。見ると腕位の太い鯉が、水売りを上目づかいにじっと見つめた。涙を流しているようにも見えた。水売りは鯉がとても可哀そうに思えた。ーえい、今晩のおかずを買わなくてもこいつをどうにか助けてやらなければ…ー。こう決心して鯉を相手の言い値で買ってしまった。

水売りはすぐに鯉を水桶に入れて背中にしょい、大同江まで2里の道を走っ

지금은 대동강이 평양의 한복판을 가로질러 물이 흐르고 있지만 옛날에는 그렇지 않았다. 평양에서 20리나 떨어진 곳을 흐르고 있었다. 그러니까 평양 사람들은 물을 길어 오느라 큰 고생을 하고 있었다.

그 무렵, 평양에는 물장수가 있었고 부자는 멀리까지 물을 길으러 가지 않고 이 물장수한테 물을 사고 있었다.

어느 날 물장수는 하루 장사를 마치고 번 돈을 들고 시장으로 향했다. 그러자 남자가 옹기에 잉어 한 마리를 넣어 팔고 있었다. 보고 있자, 팔뚝만 한 굵은 잉어가 물장수를 멀뚱멀뚱 쳐다보았다. 눈물을 흘리는 것처럼 보이기도 했다. 물장수는 잉어가 너무 불쌍해 보였다. 에이, 오늘 저녁 반찬을 사지 않아도 이 녀석을 어떻게든 도와줘야겠다고 결심하고 잉어를 상대방이 부르는 값에 사버렸다.

물장수는 바로 잉어를 물통에 넣어 등에 짊어지고 대동강까지 2리의 길을

た。暗くなる頃、やっと大同江に着いて鯉を放してやると、鯉はスーイスイと泳いで流れの中に消えた。水売りはほっと安心して土手道を歩いて帰っていくと、編み笠をかぶった少年がどこからかひょいと現れた。「あの、ちょっと私について来てください。」水売りがついて行くと、川べりに降りた所で少年が背中におぶさるようにと言った。

　水売りが戸惑っていると、「心配しないで背中に乗ってください。私は龍宮に住む龍王の3番目の息子です。人間の世界を見物に来て、釣り人に釣られてしまったのです。あなた様が助けてくださって命拾いをしました。父がこのことを知って、すぐにお連れするようにと申しております。ですからどうぞご安心ください。」少年がこういうので、水売りは少年の背に素直におぶさった。

　少年は矢のように早く水中を進んだが、水売りは水中でも息苦しくはなく、ものも言えた。水の中は明るく輝き陸の上と変わりなかっ

달렸다. 어두워질 무렵에 겨우 대동강에 도착하여 잉어를 놓아주자 잉어는 훌쩍 헤엄쳐 흐르는 물속으로 사라졌다. 물장수는 후유 안심하고 제방 길을 걸어서 돌아오자 삿갓을 쓴 소년이 어디선가 불쑥 나타났다. 「저, 잠깐 저를 따라와 주세요」 물장수가 따라가 강가에 내려서자 소년이 등에 업히라고 했다.

　물장수가 당황하자 「걱정하지 말고 등에 타오. 나는 용궁에 사는 용왕의 셋째 아들입니다. 인간 세계를 구경하려 왔다가 낚시꾼에게 낚여 버렸었소. 당신이 도와주셔서 목숨을 건졌습니다. 아버지께서 이 사실을 알고 바로 모셔오라고 합니다. 그러니까 부디 안심해 주시오」 소년이 이렇게 말하자 물장수는 소년의 등에 순순히 업혔다.

소년은 화살처럼 빨리 물속을 나아 갔지만 물장수는 물속에서도 답답하지 않고 말도 할 수 있었다. 물속은 환하게 빛나고 육지 위와 다를

た。しばらく行くとピカピカの大きな御殿が見えた。多くの門を通って奥に入ると、人々が絹の衣を美しくまとって立ち働いていた。

龍王は広い部屋にどっしりと腰かけ、目は灯のように輝き、頭には珊瑚（サンゴ）の冠をかぶっていた。龍王は水売りを喜んで迎えてくれた。キラキラ光る螺鈿（らでん）のお膳に、見たこともない料理があふれ、美しい楽の音を聞きながら食事をした。

いつのまにか4日がたち、家のことが気になり始めお暇を乞うと、龍王が、「何か願い事でもあればおっしゃってください」と言うので、水売りはすぐに思いついて、「一つだけお願いがあります。大同江は平壌の街から遠いので、人々は水汲みに苦労しています。平壌の近くを流れるようにしてください」とお願いすると、龍王は「では何日の何時から大雨を降らせて河の流れを変えることにする。平壌に住む民にこれを知らせて難を避けるようにしなさい。」この約束をもらって水売りは陸へ帰り、さっそく平壌監営（道庁）へ行ってこの件を伝えた。しかし、役人たちも平壌監司も水売りの言

바 없었다. 한참을 가니 반짝반짝 빛나는 크나큰 저택이 보였다. 많은 문을 지나서 안쪽으로 들어가니 사람들이 비단 옷을 곱게 걸치고 서서 일하고 있었다.

용왕은 넓은 방에 위엄 있게 걸터앉아 눈은 등불처럼 빛나고 머리에는 산호관을 쓰고 있었다. 용왕은 물장수를 기쁘게 맞이해 주었다. 번쩍번쩍 빛나는 나전(자개) 상에 본 적도 없는 요리가 넘쳐나고 아름답고 즐거운 노래 소리를 들으면서 식사를 했다.

어느덧 4일이 지나 집안일이 궁금해져 짬을 내어 작별인사를 고하자 용왕이 「뭔가 소원이라도 있으면 말씀해 주세요」라고 하자 물장수는 얼른 떠올라「한 가지만 소원이 있습니다. 대동강은 평양 거리에서 멀기 때문에 사람들은 물 긷기에 고생하고 있습니다. 평양 근처로 흐르도록 해 주세요」라고 부탁했다. 그러자 용왕은 「그럼 며칠 몇 시부터 큰비를 내리게 해 강의 흐름을 바꾸기로 하겠다. 평양에 사는 백성들에게 이것을 알려 어려움을 피하게 해주세요」라고 말했다. 이 약속을 받고 물장수는 육지로 돌아와 곧바로 평양감영 (도청)으로 가서 이 일을 전했다. 그러나 관리들도 평양감영도 물장수의 말을 믿지 않고 모두 상대하지 않았다. 할 수

葉を信じず、全く相手にしなかった。仕方なく水売りは市場や村々へ出かけ、大声でふれてまわった。

龍王との約束の日になると、本当に大雨となって街は大水につかり、海のようになった。3日3晩の雨が止むと大同江は平壌の真ん中を流れていた。

水売りの言葉を信じて避難した人だけが助かった。平壌市民は水売りの言葉を信じた人の子孫かも知れない。-終り-

없이 물장수는 시장과 마을로 나가 큰 소리로 외쳐대고 다녔다.

용왕과의 약속 날이 되자 정말로 큰비가 많이 와서 거리는 큰물에 잠겨 바다처럼 되었다. 3일 낮 3일 밤이 지나 비가 그치자 대동강은 평양의 한복판을 흐르고 있었다.

물장수의 말을 믿고 피난한 사람만이 살았다. 평양 시민은 물장수의 말을 믿은 사람의 자손일지도 모른다. -끝-

MEMO
_____
_____
_____
_____
_____
_____
_____
_____
_____
_____

49

上手なお裁き
훌륭한 심판

昔から毛皮といえば、カワウソの毛皮が一番だった。毛皮を裏にあてて防寒服を作った。そこで自然と値段も上がり、カワウソ1匹捕まえれば、山人参を1本掘り当てたくらい喜んだ。貧しい百姓の1年分の稼ぎくらいになったともいう。

昔、一人の貧しい百姓がいた。正月がくるというのに、正月の支度をする金もなかった。寒い真冬では働き口もないので、イタチでも捕まえて金をつくろうと思って、イタチの巣穴を探した。雪をかきわけてイタチの巣穴を見つけ、せっせと掘っていると、何やら獣がピョンと飛び出した。ところがそれはイタチではなくカワウソだった。

─やや、あれはカワウソだ。あいつを捕まえれば正月は越せるぞ─。 男は大喜びしてカワウソを追いかけた。カワウソは捕まるまいと必死で村の中へ逃げこんだ。ちょうどそこへ1匹の犬が出てきて、そのカワウソをガブリとくわえ、家に戻っていった。男もカワウソを追いか

옛날부터 모피라고 하면 수달의 모피가 최고였다. 모피를 안감으로 사용하여 방한복을 만들었다. 그래서 자연스럽게 가격도 올라, 수달 한 마리를 잡으면 산삼을 하나 캐낼 정도로 기뻤다. 가난한 농민의 1년 치 벌이 정도가 되었다고도 한다.

옛날, 한 사람의 가난한 농민이 있었다. 설날이 다가오는데 설 쇨 준비를 할 돈도 없었다. 추운 한겨울에는 일자리도 없어서 족제비라도 잡아 돈을 마련하려고 족제비가 사는 굴을 찾았다. 눈을 헤치고 족제비가 사는 굴을 발견하여 열심히 파고 있자 무엇인가 짐승이 뿅하고 뛰쳐나왔다. 그런데 그것은 족제비가 아니라 수달이었다.

「어유, 저것은 수달이다. 저놈을 잡으면 설날은 넘길 수 있을 거야」 남자는 크게 기뻐하며 수달을 뒤쫓았다. 수달은 잡히지 않으려고 필사적으로 마을 안으로 도망쳤다. 마침 그곳에 개 한 마리가 나와서 그 수달을 덥석 물고 집으로 돌아갔다. 남자도 수달을 쫓아 그 집으로 들어갔다.

けてその家へ入っていった。

犬の飼い主はその村の長者だった。自分の家の飼い犬がカワウソをくわえてきたので、大もうけできると、思わず口元がほころんだ。そこへ男が飛び込んできた。「このカワウソは、おらがイタチの巣穴から追い出したもんだから、おらのもんだ。」すると飼い主は「なんだと、これはうちの犬がくわえてきたから、わしのもんじゃ。」

男も決して引き下がらなかった。「ご主人様、おらの話も聞いて下せえ。もう何日かしたら正月ですが、正月を越す金がないもんで、朝早くから山をうろついていて、やっと捕まえたんですよ。どうか返して下せえ。」それでも飼い主は、「これがなんでお前が捕まえたんじゃ。うちの犬が捕まえたじゃないか」。こうして言い争ったが、らちがあかず、とうとう役所に行ってお裁きを受けることにした。2人は役所に行って訳を話した。

개 주인은 그 마을의 부호였다. 내 집에서 기르는 개가 수달을 물고 왔기 때문에 큰돈을 벌 수 있다며 생각지 않게 입에 웃음이 터졌다. 거기에 남자가 뛰어들었다. 「이 수달은 내가 족제비 굴에서 쫓아낸 것이니까 내 것이다」 그러자 개 주인은 「뭐라고, 이것은 우리 개가 물고 왔으니 내 것인 거예요」

남자는 결코 물러서지 않았다. 「주인님, 제 말도 들어 주세요. 이제 며칠 있으면 설날인데 설날을 넘길 돈이 없어서 아침 일찍부터 산을 쏘다니다가 겨우 잡았다니까요. 제발 돌려줘요」 그래도 개 주인은 「이게 왜 당신이 잡은 거야. 우리 개가 잡았던 거잖아요」 이렇게 언쟁을 벌이다가 결말이 나지 않아 마침내 관청에 가서 심판을 받기로 했다. 두 사람은 관청에 가서 사연을 말했다.

郡守が2人の話を聞いて判決を下した。「では、申し渡す。男は穴を掘ってカワウソを追い出したので、男にも取り分がある。また犬がカワウソを捕まえたので、犬の主にも取り分がある。そのカワウソを半分に分けるように命ずるすると、男も飼い主もどちらも不満顔だった。「おらが穴を掘って追い出さなかったら、犬もカワウソが捕れなかったんじゃないですか。それに、獣をどうやって二つに分けるんですかい」、「うちの犬がカワウソを捕まえなかったら、この男はカワウソを取り逃がしていたでしょう。

それに、カワウソをふたつに分けてしまえば、皮は何の値打ちもなくなりますが」。見物人たちもお裁きが腑に落ちなくて、ひそひそとささやきあった。そこで郡守が頭を痛めていると、見物人の中から10歳ほどの子どもが郡守の前にサッと進み出た。

「群守様、おいらならそん風にはやりません」「なんだと、無礼なガキめ。よっし、お前ならどうやると申すのか。」すると、子どもは声高らかに判決を言い渡した。「申し渡す。人は皮を欲しがり、犬は肉を欲しがるので、皮をはいで人に

군수가 두 사람의 얘기를 듣고 판결을 내렸다.「그럼, 말씀드리겠습니다. 남자는 구멍을 파서 수달을 쫓아냈기 때문에 남자에게도 몫이 있다. 또 개가 수달을 잡았기 때문에 개의 주인한테도 몫이 있다. 그 수달을 반으로 나누도록 명한다」그러자 남자도 개 주인도 어느 쪽도 불만스러운 표정이었다.「내가 구멍을 파서 쫓아내지 않았다면 개도 수달을 잡지 못했을 것이 아닐까요. 게다가 어떻게 짐승을 둘로 나누죠?」「우리 개가 수달을 잡지 않았다면 이 남자는 수달을 놓쳤을 거예요.

게다가 수달을 둘로 나눠버리면 가죽은 아무 가치도 없어지게 되는데요」구경꾼들도 심판이 납득 되지 않아 소곤소곤 속삭였다. 그래서 군수가 머리를 아파하고 있자 구경꾼 중에 열 살 정도의 아이가 군수 앞으로 획 뛰쳐나왔다.

「군수님, 저 같으면 그런 식으로는 하지 않겠습니다」「뭐라고, 무례한 녀석아! 그래, 너라면 어떻게 하겠다는 거냐」그러자 아이는 소리 높여 판결을 했다.「아뢰옵니다. 사람은 가죽을 갖고싶어 하고 개는 고기를 먹고 싶어 하므로 가죽을 벗겨 사람에게 주고 남은 고기

やり、残った肉を犬にやれ。そうすれば人も犬もほしいものが手に入るだろう。」

　賢い裁きに郡守は、「よし、この子の言った通りにいたせ」と言った。おかげで男は正月を無事に過ごすことができた。子どもは大きくなって、立派な牧民間（地方長官）になったそうだ。

–終り–

る개에게 쥐라. 그렇게 하면 사람도 개도 갖고 싶어하는 것을 얻을 수 있을 것입니다」

　현명한 심판에 군수는 「좋아, 이 아이가 말한 대로 해요」라고 말했다. 덕택에 남자는 설날을 무사히 보낼 수 있었다. 아이는 커서 훌륭한 목민관(지방장관)이 되었다고 한다. -끝-

MEMO

50

もぐら
두더지

　むかしむかし、目の不自由な母の世話をしている夫婦がいた。息子はたいへん親孝行で、母の食卓には毎日必ずおいしい肉料理を出していた。稼ぎが足りず家族分までは買えなくても、母にだけはか必ず肉料理を欠かさなかった。

　ある時、この孝行息子が暫く家を空ける事になった。それは商売のために都へ行かなければならなくなったからである。息子は目の不自由な母を家に残して出かけるのは、かなり心配であった。それは妻が意地悪な女で、特に母親に対しては冷たい態度をとっていたからだ。しかし、これといって良い方法も見つからないまま、妻には毎日の食卓においしい肉料理を出して母に食べさせるようにくれぐれも頼むと、何度も念を押してから出発した。

　息子が出発すると、嫁は最初の数日間は肉料理を作り義母の食卓に出していたが、やがて意地悪根性をむき出しにし

　옛날, 옛날에 눈이 불편한 어머니를 보살피고 있는 부부가 있었다. 아들은 매우 효심이 깊어 어머니의 식탁에는 매일 반드시 맛있는 고기 요리를 차려 드리고 있었다. 돈벌이가 여의치 않아 가족 몫까지는 살 수 없어도 어머니께만은 반드시 고기 요리를 빠뜨리지 않았다.

　어느 때 이 효자 아들이 잠시 집을 비우는 일이 있었다. 장사를 위해 도읍으로 가지 않으면 안 되었기 때문이었다. 아들은 눈이 불편한 어머니를 집에 남겨두고 나가는 것이 무척 걱정이었다. 그것은 아내가 심술궂은 여자여서, 특히 어머님에 대해서는 차거운 태도를 취하고 있었기 때문이기도 했다. 그러나 이렇다 할 좋은 방법도 찾지 못한 채 아내에게는 매일 식탁에 맛있는 고기 요리를 차려 어머니께 잡수시게 하도록 아무쪼록 잘 부탁한다고 몇 번이나 다짐하고 나서 출발했다.

　아들이 출발하자 며느리는 처음 며칠 동안은 고기 요리를 만들어 시어머니의 식탁에 차려내고 있었지만 이윽고

始めた。どうせ目が見えないのだから何
の肉でもかまわないだろうと、畑からミ
ミズを取って来て炒めて母の食事に出し
た。そして自分だけは買って来た肉の料
理を食べるようになった。

目の不自由な母はそれがミミズである
事も知らず、毎日感謝して食べた。そう
したある日、義母が嫁に向かって、「ど
うして毎日欠かさず肉を食べさせてくれ
るのか、息子が居ないのに家計は大丈夫
なのか？」と聞くと、嫁は「私が稼いでさ
し上げているのですよ」とすまして答え
た。

このようにして月日がたち、間もなく
息子の帰って来る日が近づいてきた。母
は息子が自分は食べなくても親に尽くす
子であると知っていたので、息子にもお
いしい肉を食べさせようと、嫁には内緒
で出された肉を取っておいた。

やがて息子が帰ってくると母は、「嫁
が毎日おいしい肉を出してくれたので、
十分食べたよ」と言った。そして、「お前
も長旅で疲れただろう。私が毎日食べ
る中から少し取っておいたから、お前も

심술궂은 본성을 드러내기 시작했다.
어차피 눈이 보이지 않으니까 무슨 고
기라도 상관없을 거라고 생각하여, 밭
에서 지렁이를 잡아 와서 볶아서 어머
니께 식사로 차려냈다. 그리고 자신이
먹을 것은 사 온 고기를 요리해 먹게되
었다.

눈이 불편한 어머니는 그것이 지렁
이인 것도 모르고 매일같이 감사하게
먹었다. 그러던 어느 날 시어머니가 며
느리를 향해「어떻게 매일 거르지 않고
고기를 먹게 해 주는 거냐, 아들이 없는
데 가계는 괜찮은 건가？」라고 묻자 며
느리는「제가 돈을 벌어서 차려드리는
겁니다」라고 시큰둥하게 대답했다.

이렇게 세월이 흘렀고 곧 아들이 돌
아올 날이 다가왔다. 어머니는 아들이
자신은 먹지 않아도 부모에게 최선을
다하는 아들이라고 알고 있어서 아들
한테도 맛있는 고기를 먹이려고 며느리
몰래 나왔던 고기를 떼어 놓았다.

이윽고 아들이 돌아오자 어머니는
「며느리가 매일 맛있는 고기를 차려 주
어서 충분히 먹었지」라고 하셨다. 그리
고「너도 긴 여행으로 피곤할 것이다.
내가 매일 먹던 것 중에서 조금 남겨 놓

食べてごらん」と言って、敷蒲団の下に油紙にくるんで隠しておいた肉を取り出し息子の前にさし出した。息子はそのミミズを見て驚き、激しい怒りがこみ上げてきた。

왔던 것이니까 너도 먹어 보렴」하고 말씀하시고 요 밑에 기름종이로 싸서 감춰둔 고기를 꺼내 아들 앞에 내밀었다. 아들은 지렁이를 보고 놀라 심한 분노가 치밀어 올랐다.

するとその時、空がにわかにかき曇り、稲光りがして稲妻がとどろいたと思うと、雷が嫁の頭上に落ちて、嫁はあっという間に死んでしまった。これは、まさに天罰だと、息子は自分の妻に何の未練も感じなかった。

死んだ嫁の魂はモグラになり、地中深くもぐって行った。モグラは地中を掘り返してはミミズを探した。来る日も、来る日も暗い土の中で暮らすモグラは、人間だった昔を懐かしんで、地上の景色を見たくても、家族の顔が見たくても、地上に少しでも顔をのぞかせると、地上は異常にまぶしくて、目を開けて見ることができなかった。それでも地上が恋しくて草の根を押し分け、地面を盛り上げながら歩き廻ってみたが、地面すれすれに

그러자 그때 하늘이 갑자기 흐려지고 번개 불이 번쩍였다. 번개가 쳤다고 생각하자 벼락이 며느리 머리 위에 떨어져 며느리는 순식간에 죽어버리고 말았다. 이것은 바로 천벌이라고 아들은 자기의 아내에게 아무런 미련도 느끼지 않았다.

죽은 며느리의 영혼은 두더지가 되어 땅속 깊이 숨어들었다. 두더지는 땅속을 파헤치고는 지렁이를 찾았다. 날이면 날마다 어두운 땅속에서 사는 두더지는 사람이었던 옛날을 그리워하며 지상의 경치를 보고 싶어도 가족의 얼굴을 보고 싶어도 지상에 잠깐만이라도 얼굴을 비치게 되면 지상은 비정상적으로 눈이 부셔서 눈을 뜨고 볼 수가 없었다. 그래도 지상이 그리워 풀뿌리를 헤치고 지면을 쌓아 올려 돌아다녀 봤지만 땅 바닥에 닿을락 말락 하자 눈이 아

なると目が痛くなり、どうしても地表に顔を出すことはできなかった。それからのもぐらは、毎日空を見ることもなく、ミミズだけをとって食べ、生きて行くことになったのである。 -終り-

파 도저히 땅의 표면으로 얼굴을 내밀 수가 없었다. 그 이후로 두더지는 매일 하늘을 보는 일도 없이 지렁이만을 잡아먹고 살아가게 되었던 것 이다.

-끝-

MEMO

_____
_____
_____
_____
_____
_____
_____
_____
_____
_____
_____
_____
_____
_____
_____
_____
_____
_____